殺禪

– Karma –

喬靖夫——著

重編版

vol. 01

殺禪

vol. 01

目錄

卷一【暴力集團】

Karma Vol. 1 Men Of Will

序章
無無明亦無無明盡

人，是大地上的異類。

佛呢？

□

盛夏。正午。

天空中赤裸、巨大的太陽。轟轟烈烈，剛陽壯美。**紅色的生命之火。**

陸地上古老的叢林。枝葉交織，幽深無限，像浪潮般蕩漾、消長、吞吐。**綠色的慾望之火。**

在火的肆虐、火的交媾、火的輪迴之中，人，生存了下來。

□

在一片沒有名字的南蠻之地裡，建著一座簡樸卻莊嚴的佛寺。

佛，安詳地坐在堂裡。

佛相雕工甚粗糙，那微笑歪歪斜斜，看來有點像哭——爲了仍然在生死悲歡中打滾的眾生而哭。

佛之法眼，洞悉一切。過去、現在、未來。

——無所謂「時間」。

□

每天最炎熱的中午時分，佛寺裡就會傳出誦經的聲音。

汗濕僧衣。成排在寺堂裡打坐的和尚，絲毫沒有因爲炎熱而動容，唸經的樣子很平和。汗珠從一顆顆禿頭滾滾而下。

一切肉體的痛癢，動搖不了這群見證過無邊佛法的傳教者。無念無想，滅卻心頭火自涼。

僧侶的唸經聲很大，似乎努力要讓面前木頭雕造的佛聽聞。

佛，一動不動。

□

這條偏僻的小農村，以佛寺為中心，散佈著數十座簡陋茅屋。人口稀少，耕地肥沃，一切都保持在原始純樸的狀態。

部落細小而和平，只因他們生命裡能夠擁有和追求的東西本來就不多。沒有爭奪，沒有妒忌；沒有仇恨，沒有奢侈。

沒有貪、嗔、痴。

村莊裡最後一宗殺人罪行，好像發生在四十多年前，村民依稀記得是一宗酒醉後的意外。即使在最年長老人的腦袋裡，那遙遠的悲傷記憶，早就變得淡薄。

但是不管村民多麼純良，只要是人，就依然要被生老病死所纏繞。

也就需要佛。

村裡本來不存在佛寺。是在七年前，有十六個來自陌生國度的老幼僧侶，穿越了部落以北那座會吃人的叢林，奇蹟般出現在村民眼前。那是凡人無法想像的苦行。偉大的佛法，證明了它的偉大。

——不管在當時還是往後三百年，這地帶在文明世界的地圖裡，長期是一片空白。

僧侶團抵達了才一年，就建起了佛寺，村民生活也漸漸圍繞著它。他們的靈魂得到了寄託。村民深信，自己每天五體投地膜拜的，並非僅僅一塊雕刻粗劣、上著灰暗油漆的死木頭。

眾僧輕易克服了語言的障礙，融入村落之中。他們是精研恢弘佛法的智者，這村落所說的原始語言，簡直就是小孩把戲。

除了傳播信仰，僧侶也帶來了各種世俗文明，對村民而言統統是無價寶：他們學會了怎樣調製染料漂印衣服；搭建起比從前的茅舍更穩固實用的房屋；改善耕種施肥的方法，大大增加收成；用骨頭或牙齒雕刻成小佛像，掛在頸上求取平安……不論是精神還是物質，這村落都獲得了前所未有的進步。

在大家心目中，僧侶儼然是佛賜的禮物，是無比睿智的領導者；六十高齡的老村長，經過兩年苦學之後皈依剃度，成爲寺中第十七位僧人。

一切都很完美。

直至那件事情發生。

□

在村眾與家人的逼問下，少女阿莎神情寧靜。她心裡正默默唱著一首古老的歌謠。

阿莎輕輕撫摸已經高隆得無法掩飾的肚皮。淚珠凝在眼眸，沒有掉下來。

——沒有後悔。

阿莎的父親抓著她胳膊，大聲吼叫。

她別過臉，繼續沉默著許久。

淚水終於滾下來。

她張開雙唇，吐露出答案。

眾人屏息。四周的空氣彷彿凝結了。

□

少年僧跪在佛前已許久。他那副比成人還要壯碩的身軀，不停在淌著汁。野性而黝黑的臉，堅實如鐵。

無悔的眼神，直視面前的佛。

在微微晃動的燭光掩映下，佛相顯得有些詭異。

眾僧侶站在佛堂兩旁，默默無語。堂裡瀰漫著一股焦慮。

良久，一把莊嚴的聲音，才終於從禪房傳來。

「你們都回房裡去吧。」

僧侶們聽著，瞬間錯覺，那說話是發自堂內的佛。

□

老方丈雙眼似閉非閉，神情既像憤怒又像微笑，跟他身後的佛相，隱約有點相像。

「你是孤兒，自小出家，就如一面從未沾過塵垢的鏡子。我原以為，你會比誰都更早開悟。」

少年僧充耳不聞，目中盡是溫柔之色。

——誘惑的無瑕女體。溫暖、柔軟的觸覺。古老的動聽歌謠……

老方丈懷著淡淡的懊悔說：「我錯了。**你原未踏足紅塵，我又如何導你看破紅塵？**」

少年僧哭泣。

——與女體溫存時那種平安喜樂，就算在佛的懷抱裡也沒法找到……

「不要哭。你沒有錯。」

老方丈從袍袖裡，掏出一顆烏黑的念珠。

「**你去吧。**」

少年僧驀然驚覺——

老方丈的左掌剎那間膨脹成無限大。無數透紅的掌紋清晰可見。眾生千絲萬縷的因果都在這掌中——

手掌印在少年僧額頭上。

□

被聲音驚動的僧侶，紛紛奔出觀看。佛堂內卻空無一人。
次日清晨，他們發現老方丈依然在房內禪定，似乎整夜未出外半步。

□

那個早上，天還沒全亮，村民阿瑪如常放牛，卻看見一條魁偉的身影步向北方的叢林。阿瑪向那人叫喊。
光禿禿的頭顱轉過來，向阿瑪痴痴一笑，然後回首，繼續向前。
那背影，隱沒在幽暗的樹木間。
阿瑪當然不敢追進去這吃人叢林。
他心裡奇怪：何以少年僧額頭上，多了烏黑一點。

□

佛，仍在笑。

第一章
無罣礙故無有恐怖

一柄式樣十分平凡的短刀，卻散發著一股莫名的威嚴，教觀者心寒顫抖。

只有兩尺的霜刃，象徵了「大樹堂」的威信與紀律。「大樹堂」十萬個敢用胸膛擋刀、啖炭蹈火的漢子，卻少有直視它的勇氣。

曾經死在這柄短刀下的，有曾經雄霸市街的黑道王者、縱橫捭闔的大軍將帥與掌握天下乾坤的朝堂權臣；也有十二歲就賣身的雛妓、目不識丁的卑賤農婦和只在世上生存了兩個月零五天的嬰孩……

它象徵了絕對公平的死亡力量。

「大樹堂」鎮堂聖刀——「殺草」。

——短短的兩尺。生與死之間一跨即過卻又永遠無法回頭的距離。當這兩尺鋒銳、冰冷的金屬貫穿、割裂和撕破血肉的剎那，人的一切生命靈氣從創口湧洩殆盡，從前所有愛恨榮辱統統蒸發無痕。

而今天，不必特地找來懂得占算刀劍吉凶的靈者，也能夠預知下一個死在「殺草」刃下的人是誰。

這個男人此刻就在「大樹總堂」華麗莊嚴的「養根廳」正中央，全身赤裸，像頭野獸般被繩索緊緊綑縛，跪在雕刻著古風花紋的青石地板上。繩索勒得他手腳與頸項皮膚出血，頭髮與體毛膠結著汗。

男人咬著牙，垂頭凝視石板地。披散的長髮，掩藏著臉孔。

「大樹堂」每一個人都知道他是誰。

沒有人想到會有這一天。

□

戰爭，是一場永恆的瘋狂。

戰場，則是奇蹟的領土。

在戰場上，生存，就是奇蹟。

白豆生存下來了。

當白豆睜開眼睛，發現眼前仍是一片黑闇時，他還以爲自己已經死掉。

各種意識繼而逐漸甦醒。視覺以外的官能也都緩緩恢復。他感到頭臉上沉重的壓力；鼻前籠罩著濃濁血腥；耳朵聽到蚊群般的鳴響；四肢痠痛得猶如扎滿尖針……

這時他斷定，自己仍然活著。

花了許久重整思緒，白豆了解了自己的處境：有屍體壓在他臉上。實在太疲倦了。白豆沒有力氣把壓在上面的敵兵屍首掀翻。他深吸一口氣，往側面翻滾，脫出屍叢下那狹窄的空間。

晨光像燒得赤紅的利刃，刺進他久處黑暗的雙眼。白豆緊閤眼皮，俯伏在黃土上好一會，才勉強坐起來，抖去臉上泥塵。

他瞇著雙眼遠望，眼睛漸漸適應陽光。

然後他在蒼茫大地上，迷濛烽煙中，辨出了葛小哥熟悉的身影。

屍體枕藉的平原之上，高瘦的葛小哥挺立不動，那身姿何等孤寂。

葛小哥背向著白豆，面對一片空茫，一頭赤髮猶如火焰般在晨風中狂亂飄颺，右手斜斜握著一柄已折斷的腰刀，一身銅片鞄甲結滿赭色的血痂，形貌彷彿一隻剛從地獄爬上來的修羅惡鬼。

白豆展顏笑起來。

——活著！我活著，葛小哥也活著！

白豆張開乾裂的嘴唇，向葛小哥呼喊——

他失聲。氣流被五根堅實有力的手指制止在喉嚨間。

驚悸的白豆，沿著那條捏著他喉頭的蒼白手臂看過去。這個突襲他的索命者，赫然就是剛才一直壓在他臉上那條「屍體」。

白豆凝視對方暴突的灰色眼珠。死魚般的眼瞳，帶著一股不屬於人間的執念。

「來吧……」那雙鉛色的眼睛像在說：「來吧……跟我一起走……」

枯瘦的手指越捏越緊。白豆痛苦得有如墜進沸水。

他本能地伸出雙手亂抓，想把那手臂撥開，這才發現自己僵硬的右拳裡，仍然握著一截斷折的槍桿。

白豆把斷桿捌進敵兵的左眼。那條欲把白豆拉進死亡之海的手臂，頓時失卻了力量，從白豆胸前滑落。

白豆喘息著坐起來，凝視剛剛死在自己手上的男人。

——爲甚麼？爲甚麼只餘最後一口氣，你還要……

他看著死者仍然暴睜的右眼。那股狂暴的執念，竟未隨死亡而消逝，仍然殘留在瞳仁裡。

白豆不禁懷疑：難道這個男人剛才……其實早已斷了氣？

——**死亡……甚麼是死亡？**

□

以後白豆在戰場上一次又一次跨過敵我的屍體，看見一張又一張熟悉的臉孔永遠自世界上消失。那個答案，漸漸在他心裡變得清晰……

□

今天狄斌知道，這個答案快將揭曉——當他四肢被緊緊綑縛，跪在「養根廳」上，面對著「殺草」那逼睫寒氣之時。

——三哥，你的刀。

狄斌低頭俯視石地板上一團古代傳說怪獸的雕刻花紋，好像要尋回甚麼失落的東西。

罪狀：刺殺堂主不遂。

刑罰：三刀六眼，草蓆裹屍。

狄斌緩緩抬頭。密佈血絲的悲哀眼睛，終於與高坐在廳首虎皮大椅上的于堂主對視。

——鋪在椅子上那塊陳舊脫毛的斑紋大虎皮，上面有一道三寸長的縫口。這破口是狄斌多年前親手握刀刺穿，也是他親手拿針線縫補。

旁人都誤解了狄斌，以爲他面對著于堂主流露出的哀傷眼神，是在做最後的乞憐。

這並非不可能。于堂主不是神，但近乎神。只要不違反自然定律，世界上沒有任何事情超越于堂主的權力。

現在只要于堂主擺動一下他那蒼老的手掌，狄斌隨時就能脫離繩索的束縛，穿上平日最喜愛的白衣，恢復「大樹堂」第二號人物的尊貴地位；或者擁著畢生也花不完的財富，遠走到永遠看不見于堂主的地方，度過平安富足的下半生……

不。狄斌不是要向于堂主求憐。他是要在這最後的四目交視裡，從于堂主的眼睛中，回溯這三十四年的往事。

于堂主衰老的臉木無表情，鬆弛下垂的肌肉之間，藏滿一道道深刻灰暗的皺紋。可是他那雙久已失卻神采的眼睛，竟在此際再一次燃亮——在看著誓同生死的義弟即將受刑的瞬間。

狄斌記得，第一次看見于老大的眼瞳散發出這股懾人異采，正是三十四年前的事情。

三十四年前，于潤生初嚐權力的滋味。

□

大河以南十四藩屬，經過六年休養生息捲土重來，再度舉起旌旗，以征夷名將文兆淵爲總帥，招集三十萬「勤王師」大軍展開北伐，矢誓直搗京都，斬殺皇座旁的亂臣賊子。

被「勤王師」視爲君側奸臣的何太師及內宮太監，火速奏請君主，策封身歷百戰、號稱「無敵虎將」的陸英風大將軍爲「平亂大元帥」，統率二十萬「平亂軍」南下迎戰。

南北兩軍，各自打出堂堂的正義旗幟，但誰都看得清楚，這不過是一場赤裸裸的權力爭奪。

雙方先鋒軍接觸交戰了三個月，南方「勤王師」仗著慓悍的蠻族部隊衝鋒陷陣，節節取勝。

北軍陸大元帥麾下的先鋒是范公豪將軍。他發現敵方「勤王師」的先頭軍力，比情報所描述的強大得多，我軍偵敵明顯出了重大錯誤，兵力不足的范軍因此傷亡慘重，最後僅收拾得五千殘兵，往東北方倉皇撤退，半途卻又聽聞敵方另有兩支翼軍已經悄悄包抄到來，攻陷了後方兩個重要據點。范軍不單退路被截，連糧草補給路線也遭切斷，已經完全陷入「勤王師」的三面包圍網裡。

范公豪進退兩難，整頓兵陣後經過四天苦戰，僅僅把敵軍逼退十里，得以暫時屯兵於陳家墩喘息。

午後。群山圍繞的陳家墩上，范軍營寨一片靜寂。

范公豪盤膝坐在主帳內，穿著戰甲的胖軀不住淌汗，神色敗喪。

「平亂軍」先鋒營各路校尉統領圍坐在他跟前，一個個平日雄健威風的武將，如今全都臉泛喪色，默然無語。

「派往元帥那邊求援的騎兵，回來了沒有？」范公豪的聲音裡懷著一絲寄望。看著專責消息偵察的統領王熙。

王熙一臉惶恐，用力搖了搖頭。

「混帳！」范公豪抹去額上汗水。「三天裡我們已派出五匹快馬，竟沒有半點回音？」

王熙鼓起勇氣說：「范將軍……細想下來，我們先鋒營這次接戰，所有戰陣部署的決策，還有敵軍佈置和兵力的通報，都直接來自元帥；結果一交戰下來，我們才發現全部疏漏百出！現在連請援的士兵也音訊全無，你不覺得太奇怪嗎？我營身陷重圍這件事，陸元帥沒可能不知道啊……」

范公豪心中悚然。他想起來：戰功顯赫的陸英風大元帥，過去出兵從未如此失算；元帥一向並未對我格外青睞，這次卻出人意表，委我以先鋒重任……

范公豪猛力搖頭站起來，揮去這些無益的猜測。「現在不是想這種事的時候！我營兵馬傷疲，糧草又被斷絕；萬群立那傢伙，現在必然正在整備兵力，準備會合後方兩側的翼軍，來個三面圍剿！我們再想不出取勝之法，這陣家墩就是埋葬骨頭的地方！」

營帳再度陷入沉默。

打破寧靜的，仍然是智謀最獲范公豪賞識的王熙：「將軍，屬下認爲如今只有……刺殺！」

「刺殺？」范公豪眼中又再燃起希望的火焰。

「對！」王熙點頭：「從我營步弓隊裡挑選一支精銳，借助這險要的山勢地形，乘今夜潛入前方敵陣，取下萬群立頭顱！亂軍要是失去主將，必然大亂，其時我們全軍乘勢衝鋒，可從正前方殺出一條生路！」

眾校尉立時熱烈討論，有人甚至已經拿起地圖來，研究最佳的突襲路線。范公豪舉手止住他們。

「這不失爲險中求勝之法，可是……」范公豪一字一字地說：「誰能率領這支隊伍？」

眾人面面相覷。誰都明白，這次九成是有去無回。

王熙冷靜地回答：「我相信軍中有一人能夠勝任……」

會議結束。范公豪秘密下達了刺殺敵將萬群立的命令。

白豆被挑選爲三十八名刺殺兵之一。

□

等待黑暗來臨同時，刺殺隊享用了異常豐富的一頓飯。這些原本只屬統領專享的美食，意味著明顯的不祥。

但久處戰陣的老兵，早練就了鋼鐵般的腸胃，仍在營地上開懷吃喝。

白豆例外。他只勉強吞下了一小塊肉乾。白豆是個特別容易緊張的人，出戰前常常做出教同袍恥笑的舉動。

——他不知道，別人不過是藉笑聲掩飾本身的不安。

白豆趁著吃飯，細看身邊這些很可能是自己生命最後夥伴的同袍。當中有幾個認識的，都是步弓隊裡的頂尖好手。

蓄著鬍子的龍爺默默在抓蚤子，蠟黃色的臉平靜如常。只有白豆留意到，平日愛說故事的龍爺，今天也很沉默。

白豆湊到龍爺身旁。「龍爺，吃肉嗎？」

「不。」龍爺的嘴巴癟成一線。「我牙疼，嚼不動。給葛小哥吧。」

白豆轉過頭，看見葛小哥仍是一貫平靜地坐在營地角落。

葛小哥綁好頭上的黑布巾，包裹著他那把矚目的赤紅長髮。那條從不離身的神秘長狀灰布包，仍然斜斜插在他腰帶上。他默默凝視著自己指節修長的雙掌，檢查著指甲有沒有修剪好。

白豆把盤子遞過去。「葛小哥？」

葛小哥抬頭看看白豆，微笑搖頭，沒有說話。

他是個天生的啞巴。

白豆回想那天，葛小哥獨自站在屍叢中的情景。他也瞧著葛小哥的手掌：誰能想像這麼一雙秀氣的手，竟能揮出步弓隊裡最快最狠的刀？

葛小哥拍拍自己身旁土地，示意白豆坐過來。

白豆跟葛小哥並肩而坐，看著另一頭正在擲骰子的那十幾人。

當莊家的是身軀像壯熊般的阿虎。滿腮長著鐵絲般鬍子的他，是先鋒營內罕見的勇者，擅長以一挺二十多斤重的長矛拚殺，當然也被挑選爲刺殺隊的一員。

白豆看著這些人，心裡很不明白，爲甚麼在這連生命都快將豁出去的時刻，他們還要把珍貴的光陰花在骰子點數上。

龍爺卻也加入了賭博行列。「來，讓我擲！動一動手腕，免得待會箭矢射歪了！」

白豆聽了想：龍爺那幾根扳弓扣弦的手指，今晚還能不能像往常一樣穩？那也許就是這次刺殺人物的一大成敗關鍵。

「龍爺已過三十歲了吧？」白豆向葛小哥說：「聽說他年輕時曾經住在漠北，這手弓箭就是當時學會的。」

葛小哥向白豆笑了笑，沒表示甚麼。

白豆瞧著葛小哥溫暖的笑容，心頭無法壓抑一股上湧的熱血。他透了口氣，決定說出想了許久的話。

「葛小哥，你知不知道，大家為甚麼叫我『白豆』？是在我剛進行伍的時候，有個姓馬的小子替我起的。我連他叫甚麼名字都忘記了……只記得他說我又白又矮，像顆白色的豆子，所以這麼叫我。哼，我在沙場上活到今天，仍然沒有曬黑，那臭小子卻早就去了……」

白豆從盤裡挑出一塊肉乾，放進嘴裡。

「投軍以來，人人都欺負我個子小，我又不懂逢迎別人……只有你，葛小哥。你救過我三次。三次。我記得很清楚。」

葛小哥因為白豆這番誠摯的說話愣住了。

「葛小哥，只有你一直不嫌我軟弱……你還教我用刀的訣竅……」白豆的聲音漸漸變成哽咽。

葛小哥體諒地一笑，拍拍白豆的肩膀，仰頭觀看漸暗的天色。

「嗯，天快黑了……」白豆也仰起臉。「天黑了……」

只待黑夜降臨，刺殺任務就要開始。三十八條草莽生命，就要投入那未知的恐怖。

白豆沒有怨尤——在戰場上，誰都在聽任某個比自己權力更大的人擺佈，誰也無權爲命運而抱怨。

□

狄斌只覺得，三十四年前那天，看著天空的顏色轉變，比今天瞧見「殺草」的寒光迫近還要令他畏懼。

□

范公豪將軍帶著一個高瘦的士兵到來營地。骰子賭局立時停止。三十七個刺殺兵起立，整齊地排在兩側。

眾人視線，落在范將軍身旁的青年身上。

那青年給白豆的第一個印象是：**生存者**。外面看來纖細瘦削的身軀，蘊藏著貓一般的敏銳神經。

范公豪整理一下裹著肚皮的腰帶，臉上露出面對部下一貫的傲慢神色。

他從懷中掏出一卷紙，攤開來向眾兵展示。紙上繪著一張臉形圓胖、上唇蓄著小鬚的男人臉孔。

「這個人就是叛首萬群立！牢記著這張臉！取回他的首級，你們每人賞金十兩！」

圖畫在刺殺兵之間傳閱。白豆接過時仔細端詳：這張臉，跟范將軍長得有點像……

范公豪又拿出一面赤黃相間的細小令旗，和一幅沾染著血跡的羊皮紙地圖，拍拍身旁那青年的肩膀。

「他是于隊目，今次刺殺的指揮。」

白豆細視眼前這「于隊目」：皮膚跟白豆幾乎同樣白皙，不同的是，那是一種近乎透明、泛著奇特氣色的白；瘦長的臉龐顯得冷峻，眼睛卻暗藏著火熱。那是極端理智與極端慾望的結合。一副教人一見難忘的長相。

「于隊目，我軍生死存亡，全看這一擊。」范公豪把那面又小又髒的令旗，連同地圖交到他手上。

白豆發現：于隊目神情漠然地接過令旗的剎那，眼瞳中閃出一團無法形容的光暈。

權力者的異采。

□

天色黑盡，但刺殺隊仍未出發。

缺了兩個人：于隊目與阿虎。

「怎麼搞的？」時間拖延，令眾刺殺兵倍感緊張。

「那于隊目，看來滿神秘……」

「阿虎剛才說去解手，然後我就沒看見他……」

「姓于的，我知道他。」其中一名擅使弩箭的刺殺兵忽然說。

其他人紛紛圍攏過來。

「你們看見剛才范將軍交給他的那幅地圖嗎？上面有血跡。我聽說那是折了九名探子兵的生命換回來的……是前夜的事，十個人乘夜去探測敵陣，只有一個活著回來……」

「就是他？」

那士兵無言點頭。

一顆圓球般的東西突然滾到他們腳邊，眾人惶然躍開。

是阿虎碩大的頭顱。

于隊目從暗處緩緩步出，雙手沾滿血污，臉色陰沉。

「他害怕。」他的解釋。沒有多花一個多餘的字。

白豆、葛小哥、龍爺和其他刺殺兵，全都驚疑不定地瞪著于隊目。

于隊目神情依舊冷漠，下達了他人生中第一道命令：

「出發。」

□

刺殺隊無聲無息接近到敵陣西北三里之內。三十七套黑布衣，裹著三十七副汗水淋漓的肉體。各種兵刃同樣全部用黑布密裹著。

白豆清楚聽到自己胸腔內擂鼓般的心跳。他默默緊隨在葛小哥和龍爺身後。

瘦削的龍爺揹著一把長度幾乎相當於他身高的強弓，左手套上烏革護臂，左腰掛著一個特大的箭囊，與葛小哥並肩走著；黑巾幪頭的葛小哥背負長刀，高挑的身軀挺得筆直，周身彷彿滿佈尖銳刺人的錂角。

白豆清晰感受到這兩人背項散發出的劇烈殺伐氣息。一種渾忘了生死之人才能夠發出的氣息。白豆很想學他們。但辦不到。此刻充塞在他腦海中的，是當天那名垂死敵兵的灰鉛眼珠，還有瞳孔裡的恐怖執念……

刺殺隊停止前進。三十六名士兵盡量縮小身軀，蹲踞圍攏著于隊目。

于隊目扯低幪著下半臉的黑布巾，攤開沾著血的羊皮軍圖。他的視線漫不經意地在地圖上游索。事實上他根本不必看。軍圖上彎彎曲曲的黑線，他全都牢記在心中。

眾士兵都在等待他解說刺殺的戰術。

但他只問了一句話：

「你們是不是還打算為別人送掉生命？」

□

三十四年來的一切不是偶然，也不是宿命。

今天狄斌是世上唯一知道這個秘密的人：**于老大一生翻雲覆雨的霸業，正是肇始於三十四年前那一夜、那一刻問的那句說話。**

□

這句話有如靈驗的魔咒，迅速鑽進人心，把求生本能喚醒。

于隊目證明了：賦予他權柄的，並不是那面連半分錢也不值的小令旗，而是他對人類心靈的透澈了解與絕對操縱。

□

白豆瞧著士兵一個個遁入黑暗中。

山野上只餘下四人：于隊目、葛小哥、龍爺、白豆。

「你們還留下來幹嘛？」于隊目把軍圖捏成一團，收回衣襟內。

「你呢？」龍爺神情肅穆地撫掃唇上鬍鬚：「你又為甚麼留下來？」

于隊目蹲跪下來，伸手往地上抓起一把泥沙，讓沙土自指縫間滑落，並凝視著那四道細小沙瀑的動態。那不過是頃刻間的事情，白豆卻感覺等待著于隊目的答案許久。

「我感到……」于隊目站起來，拍拍兩手。「……憤怒。」

他掃視其餘三人：「你們也一樣吧？」

白豆最初聽不明白。他看看身邊的同伴，驚覺龍爺與葛小哥散發的殺氣，仍然沒有消失。

他明白他們要去幹甚麼。

「你知道這事情有多瘋狂吧？」龍爺盯著于隊目說。

于隊目沒有回答，只是首次展露出微笑。那笑容之溫暖，令白豆很意外。

白豆左右看看葛小哥和龍爺，發現他們竟也同樣笑起來。

白豆瞧著自己手掌。十指竟然不再顫抖。原本急促的心跳聲也平緩下來。恐懼不知何時悄悄消退。

當他跟這三個人在一起。

四個男人就這樣在黑暗的山野中站立，交互對視，不言不語，卻已經默默訂立了一個契約。

他們已不需要語言。連繫彼此心靈的，是一種自出娘胎即與恐懼並存的侵略野性；混合了毀滅與自毀、對危機和刺激熱烈崇拜的黑闇慾望；一股超越理性、單純以敵人的毀滅證明自己存在的衝動。

——他們瞬間彼此了解：我們將要去完成的事情，不再是別人下達的任務，而是自行選擇進行的一場最神聖、最莊嚴的祭典。

白豆感到無比亢奮。他心底深處仍有點害怕，但此刻他寧可死去也不願逃避。許多年沒有感到如此自由。從這刻開始，他脫離了過去的一切束縛，面前彷彿充滿無限的契機。他驚異地看著于隊目——眼前這個臉色蒼白的年輕人，就是他的解放者。

于隊目重新披上黑臉巾，只露出那雙仍然異采流漾的眼睛。

「我的名字叫于潤生。」

□

好名字。

于潤生。潤澤蒼生。

——是嗎，老大？

□

「我前夜曾經親身偵察過敵營。」于潤生再次攤開那幅羊皮軍圖，在月色下指點當中的黑線。「這兩天我一直在心中推算，交戰最遲明早發生，戰場就在這裡！」他的食指在地圖的一塊上打圈。

蹲在于潤生身旁的龍爺，仰頭瞧瞧天色，再把食指伸進嘴巴吮一吮。他接著高高豎起濕指頭，感受風的流向。

「西北。我看明早也不會有大變。」

「好。」于潤生的視線在地圖上游移。「就到……這裡去。跟這座山相距不遠，是最好的退路。」

「但是……」白豆謹慎地說：「這是敵陣後方左翼，必定有防衛的騎兵巡邏……」

于潤生與龍爺瞧向葛小哥。

葛小哥拍拍背上刀柄，點點頭。

四人要趕在日出前繞行向目的地——「勤王師」先鋒營寨西面後方一堆可以藏身的亂石叢。

葛小哥提著仍包裹著黑布的長刀，走在最前方探路。天生無法說話的他，擁有比常人敏銳的聽覺。途中白豆沒有聽見過半點聲息，卻兩次越過敵兵的屍體。血水自人與馬匹的頸項汩汩流瀉，滲入黑暗的沙土中。歇息時，白豆留意葛小哥手上的刀。包在刀外的黑布早已濕透，刀鋒破出布帛一線。

到達亂石叢。于潤生似乎對地勢很熟悉，領頭在石隙之間潛行。白豆不禁想：于隊目先前必然已經到過這裡。就是日前偵察敵陣的時候吧？難道那天他已預早在尋找發動刺殺的最佳地點嗎？難道他能預知一切？……

幽暗石叢之間出現一團起伏的黑影，打斷了白豆的思緒。

四人在黑闇裡冷汗直冒。

葛小哥準備躍向那黑影——

「不要——」黑影發出低呼——

嘴巴被葛小哥的左掌緊緊捂住。

裹著黑布的長刀再次揚起。

那個隱秘者做出最後掙扎。一顆東西從他衣服裡掉下來，滾落泥土上，在月光下反射出淡白光芒。

「止住！」于潤生低聲喝令，伸手搭住葛小哥肩頭。

刀鋒在那人咽喉三寸前停止。

龍爺以鷹般的銳利眼神檢視這個匿藏者；一張沾滿污垢的臉，頭髮蓬亂得像堆鳥巢，在夜月下卻仍然看得出頗俊秀年輕。身上穿的是「平亂軍」漆紅戰甲，與于潤生他們是同袍。

「逃兵。」龍爺低語。

白豆看著這人，感到很奇怪：他分明髒得像條快要淹死在泥濘裡的豬，卻仍然散發著一股特殊的氣質。

——于隊目是不是也感覺出來了？所以叫葛小哥住手？

于潤生把掉在地上那顆小東西撿起來。

是一枚白石打磨而成的棋子。看來不是凡品。

——一個身上帶著棋的逃兵？

于潤生瞧著這年輕的逃兵，見他淚已盈眶，被葛小哥緊緊捂著的嘴巴，發出低啞不可聞的哀叫。

于潤生把臉湊到逃兵面前，兩人鼻子幾乎觸碰在一起。他近距離直盯對方雙眼。逃兵被嚇得停止了無用的呼叫。

于潤生把葛小哥那隻手掌拉開。葛小哥右手的刀鋒，卻仍然貼在那人的喉嚨。

「小聲說話。」于潤生伸出食指輕按在唇上。「明白嗎？」

逃兵看著于潤生的沉著表情，身體的劇烈顫抖慢慢停下來。

「你叫甚麼名字？」

逃兵稍感寬心。他知道眼前這個樣貌奇特的男人，最少仍把自己當作人類看待。假如要殺他，就不會問他的名字——正如沒有人會爲屠宰場裡快將被殺的豬起名字。

「姓齊……齊楚。」

「你爲甚麼會到了這裡？」

「我迷路了……我……」淚水自逃兵臉頰滾滾而下：「……我想活……」

「于……隊目，放過他好嗎？」說話的是白豆。「讓他跟著我們。」

于潤生回頭，以訝異的眼神看著白豆，又看看手上的雪白棋子。

「你欠我們一條命。」于潤生把棋子塞到齊楚手裡。「你要記住。」

□

交戰在天亮後一個時辰展開。廣大山野，頓變血肉激突的修羅場。

三萬五千人精力的總和，化爲持續的震天殺聲，與不斷相互激撞的狂暴能量。

如雨響箭交相掠過晨空，箭嘯聲是對地上死者的訕笑。

火焰四方騰躍起舞，煉燒成堆的殘缺屍體。死肉被烤炙至扭曲收縮，血漿蒸發。死者的精氣，化爲濃濁烽煙，緩緩爬升往明澄的穹蒼。

□

在萬群立將軍指揮下，南軍「勤王師」發動三面圍剿，迅速擊潰了范公豪陣營。「平亂軍」先鋒營五千戰士，僅有五百餘人能僥倖投降，其餘盡遭誅戮，四千幾顆首級如一座座小山，堆積在焚燬的范軍營地四周。各處豎立了長矛，貫穿著「平亂軍」校尉的無頭屍身。

「勤王師」三萬大軍，此戰損折不足一千人。一次漂亮的全勝。

戰事其實在午後不久就決定了勝負，但直至此際黃昏時分，「勤王師」的驃騎兵隊，仍在最前線掃蕩追擊敵軍的殘餘敗部。

確定主戰場已經平靜後，萬群立才志得意滿地策騎出寨，準備親身查驗最重要的戰利品。

萬群立蓄著小鬚，身材像范公豪般壯胖，更稍微矮小一些。此刻他看著前面的親衛騎兵隊正急馳著將獻禮，摩擦著雙掌在等待。沉緬於勝利氛圍中，萬群立並沒有空閒細心思考：何以敵方一支先鋒孤軍，竟這樣輕率墮進我方包圍網裡……

侍衛將戰利品傳送而來。萬群立坐在馬上，伸出雙手接過，解開外層布帛。

范公豪的頭顱，盛在一只銅盆裡，半埋在雪白鹽粒之中。

萬群立揪著范公豪的頭髮，把首級提到半空，向四周部下展示。

眾將士發出如潮的歌頌歡呼。

就在這個連呼吸都來不及的剎那，一支黑桿鐵簇柳葉箭，橫貫萬群立頸項。

他手上那頭顱滾跌到鞍下，被受驚的戰馬踏碎了。

□

五人全力奔往那座蒼翠幽深的大山。

在夕陽餘光勾勒下，大山的輪廓，彷彿一頭可怖的黑色怪物。

然而山林卻是生命的泉源，蘊藏著生存一切所需：水、糧食與庇蔭。

人類的世界容不下這五個人。他們只能奔向山野。

白豆全身的毛孔都擴張。有一股像發洩後的解放快感，在他身體裡奔騰。

除了對這一切不明所以的齊楚之外，其他三人的心情，此刻都跟白豆一樣。葛小哥和龍爺都無法掩藏眼裡的亢奮，嘴角展露出殺人後獨有的陰森笑意。

于潤生喘著氣的臉同樣在笑。但他所呈現的愉悅，與龍爺或葛小哥稍不相同。于潤生這天沒有親手揮刀發箭殺過人。但是一個統率萬人的大將，在他的籌劃指揮之下被送進了地獄。這對他來說，是一件更遠爲滿足的事。

白豆跑著時回頭，瞧瞧後頭已顯得腳步乏力的龍爺。他不禁回憶先前龍爺可怕的一箭。一次精采的殺戮表演。那種距離與風勢，半分不差。

山腳已然在望。白豆往回走過去扶著龍爺。「快到了，挺下去！」

林蔭投影在五人頭上。齊楚低聲歡呼。葛小哥繼續跑著，看看身旁的于潤生。

于潤生也看看他，眉頭首次放鬆下來。

這時在他們後方遠處一片土坡之上，一匹高駿的黑馬傲立在坡頂。

身體壯碩得異乎尋常的騎士，身穿「勤王師」青色冑甲，沒有戴上戰盔，披散著一頭獅鬃般的長髮，髮下隱約露出輪廓堅實如鋼鐵的黝黑臉孔。

圍著鬍鬚的嘴巴咧笑。粗壯長腿緊挾馬鞍。騎士巨熊般的雄偉身軀，自鞍上挺立。

他左手提著強弓，右手伸往背後，從箭囊裡抽出一支異樣地粗長的羽箭。

騎士以優美圓渾的動作搭箭張弓。閃著兇光的眼目，瞄準遠方山腳下那五人。

弓滿弦盡。弓欲折，弦欲斷。

騎士雙臂穩實如岩石。尖銳的精鋼箭簇，反射出夕陽血紅光華。

額頂中央，閃出一點烏黑亮光。

扣弦的指頭輕放。長箭循著無形路線怒射飛出。

箭的形體消失了。物質化爲殺人的能量。

白豆驚聞背後駭人的破風聲，惶然伏下。

撕裂空氣的箭矢，掠過白豆後腦，將及于潤生背項——

一道白色光芒，一閃即逝。

長箭剎那間折斷、墜落。箭內蘊藏的狂暴力量還沒完全消散，前半段深深射入于潤生腳跟後的土地裡。

于潤生這時才回首，看見了身後的斷箭。從那箭頭入土的深度，足以估算這箭的威力，假如命中他背項，隨時完整地穿胸而出。

葛小哥站在斷箭旁，手上握著一柄式樣十分平凡的兩尺短刀，森寒如冰的刀刃仍在彈顫。一滴冷汗流到于潤生鼻尖。他抹去汗珠，眺望遠方土坡上那騎士的細小身影。

葛小哥默默收刀回鞘，重新用灰布包起來，插回腰帶上。

□

五人站在山腰一塊朝東的高岩上，俯視荒原上的混戰。

人馬如潮捲岸裂。

就在夕陽快要消逝時，戰情竟發生逆轉。剛剛取得全勝、三面會師於中央腹地的「勤王師」三萬先鋒部隊，被突然來自八方的龐大兵力反包圍。十多萬人的叫號，結合成巨大可怖的潮音。無數火把燃點。發光的陣勢不斷張弛、旋轉，就像大地上出現了一個巨大的發光磨盤，輾絞著人的血肉與尊嚴。

「謝謝。」看著山下的夜戰，于潤生說。

葛小哥點點頭作回答。

「好刀。有沒有名字？」

葛小哥在黑暗裡，伸手握住于潤生的手掌，用指頭在他掌心寫了兩個字。

殺草

□

夜已深沉。「養根廳」內空無一人。

地上已無半絲血跡。

第二章
度一切苦厄

獨自站立在象徵死亡與毀滅的屍叢中，他是人類生命力精華的完美體現。

他仰首觀天。青天不仁。

□

矛尖從背後貫穿了逃兵的心臟。逃兵悲鳴仆倒。

葛元昇倒提著沾血長矛，策馬掠過屍體。赤紅長髮迎風飄揚。

狄斌隨後從林間奔出，俯身檢視逃兵的屍體。他解下死者的腰囊，裡面只有一把零碎的銀錢和一包乾糧。狄斌將腰囊綁到自己身上。

「葛小哥，我看見……有一只金牙！」狄斌用手指伸進死者嘴裡猛掏，卻怎也無法把金牙拔出來。

葛元昇牽著瘦馬踱步回來，把長矛交到狄斌手上，再拔出腰間的環首鋼刀。那戰刀刃脊上，佈滿了交錯的凹痕。

寒光閃逝。頭顱飛滾到數尺外。狄斌跳開躲避屍體斷頸處噴出的鮮血。

葛元昇收刀，抓起地上的頭顱，揪著頭髮把首級往地面猛摔。狠狠撞擊幾次後，閃亮的金牙連同幾顆眞齒，從死者嘴巴中飛脫而出。

狄斌愣愣看了葛元昇一會，才把金牙撿起來，用衣袍下襬擦乾淨，收進腰囊裡。

葛元昇朝狄斌微笑，揚一揚下巴，示意是時候回家。

兩人跨上無鞍的瘦馬，如風般在林間疾馳而去。

□

欲追跡「蔭天下」于潤生的傳奇，無可避免要以這座「猴山」為起點。

在于潤生等五人棲身此地前，猴山從來沒有任何重大的歷史意義，只有一個奇異的民間傳說：當第二次「南藩作亂」爆發時——即于潤生他們入山的六年前——山裡成群的猴子一夜間全部神秘消失。

有人附會說：謫星降世，猴兒避禍……

而現在，猴山裡確實沒有任何猴子。

□

「我操，又敗！」龍拜撥亂地上的棋子嚷著：「不玩啦！沒意思……」

盤膝坐在他對面的齊楚，微笑著慢慢收拾著地上的棋子。他們剛才在玩一種關外的棋賽，龍拜不久前才教會齊楚，可是不消幾局，齊楚反而在沙土地劃成的棋盤上，殺得龍拜棄甲投降。

「龍爺，這根本就是幾歲孩兒的玩意嘛。才用上十來只棋子，棋路就那麼幾著……」齊楚的表情活像個世家貴公子。「……唉，蠻族終究是蠻族……」

他說著瞧向山洞口。

兩人所坐之處，是一個面朝東方、位於半山的洞穴，位置十分隱密。洞口前草率搭起了破舊的篷帳，帳外拴著兩匹馬。

于潤生正坐在洞口帳篷下，托腮沉思。

齊楚急急回頭，不敢再看于潤生。即使已過了許久，齊楚對于潤生仍然懷有某種莫名的戒懼。

——你欠了我們一條命。你要記住。

于潤生這句既像說笑又像認真的話，至今在齊楚的心中揮之不去。

「小齊，教我圍棋好嗎？」龍拜一邊撫摸著心愛的長弓一邊問。

「免啦龍爺，你今年多大了？沒聽過嗎？弈棋之道，十八歲不成國手，終生無望……」

「你呢？你成了甚麼國手嗎？」

「我？」齊楚皺著眉：「不是自誇，要不是打仗——」

一隻手掌無聲無息按在齊楚肩頭上，唬得他整個人彈跳起來，還嗆得猛烈咳嗽。

他轉過頭，看見于潤生帶點冰冷的臉。

于潤生坐到他身旁，端詳著這個棋呆子的俊秀面目。

「你讀過不少書吧？」于潤生拈起地上一枚白棋子。

「嗯……有一些……」

「你知道那一夜，我爲甚麼不殺你？」

齊楚的身體顫抖。

坐在對面的龍拜，卻若無其事地彈著弓弦。

「因爲……我們都是王軍的同袍嗎？」

于潤生搖搖頭：「那是毫無意義的。那夜，我們已經不是軍人。」

他用兩根指頭挾著棋子，舉到齊楚眼前。

「是因爲這東西。我當時很好奇：一個逃兵身上，爲甚麼會帶著打磨得這麼漂亮的棋子？」于潤生說到這裡，神情頓時像雪融，展露出陽光般的溫煦微笑。

齊楚看見，心頭鬆弛開來，終於也笑了。

「就是這樣？」

于潤生點點頭：「就是這樣。」

「他們回來了。」龍拜說。

馬蹄聲從洞外傳來。

葛元昇把長矛倒插在洞穴前，牽著瘦馬拴到帳篷下。狄斌則將剛搶奪來的財物乾糧收進洞裡。

「多少？」于潤生問。

葛元昇伸出一根手指。

「看來山裡的逃兵，已經被我們狩獵得差不多了。糧食要省著吃。」

葛元昇在帳篷底下一個大木桶裡掏水，洗淨手上血污。水桶是把大樹砍下挖空製成的，上面的布篷有一個小洞孔，把雨水收集到了桶裡。

龍拜拿著弓站起來。

「我去打獵。」

□

洞前空地生起營火，烤著龍拜打回來的兩頭野雉。

「差不多啦。」狄斌舐舐嘴唇，用匕首把熟雉的一邊翅膀割下來，遞給于潤生。

于潤生搖搖頭：「是龍爺打的，他先吃。」

龍拜蠟黃色的臉笑得燦爛，把翅膀一口咬進嘴巴裡。「白豆，好手藝！」

狄斌微笑：「可惜沒有鹽。」他繼續把烤熟的雉肉分割給其他人。

「白豆，別把油浪費了。」于潤生說。

「嗯。」狄斌從齊楚手上接過小竹筒，把熟雉冒出的油膏收集起來。

五人圍坐在火堆旁，邊吃著鳥肉，邊喝狄斌煮的野菜稀粥，肚裡升起暖意。

龍拜最先吃完，滿足地仰臥在地上，觀看明澄的星空。「很久沒這般自在了。總比軍隊裡的口糧強啊。」

山野間一片寧靜，只有蟲鳴聲和柴火爆出的清脆聲音。

「今天我到山腳附近探察過了。」于潤生忽然說。「陳家墩上還有營寨，你們行走要小心，千萬不可下山。」

龍拜聽了坐起來：「我不明白……為甚麼不歸隊？我們可是刺殺敵將的功臣啊！」

他說時露出一副野心的表情。射殺萬群立的一箭，畢竟是他親手所發，要是把戰功上報，隊目、行統，甚至路統這些軍職，隨時唾手可得……

「龍爺，假如你不想要命，就下山去吧。」于潤生斬釘截鐵的話，打斷了龍拜的美夢。

「為甚麼？」龍拜不忿。他已不年輕。三十一歲才等待到一個當官發跡的機會，他不甘心就此輕易放棄。

「王軍的主力已經離開。我略略點算過營帳的數目，留駐在陳家墩的軍力不足三千人。」于潤生別過頭。「齊楚，你想這是甚麼原因？」

齊楚愣了一會。他感覺到，這是于潤生對他的考驗。

「……這麼急忙抽調主力，也就是說，不久之後就有一場大戰……」

于潤生對他露出欣賞的笑容，點了點頭。「假如你是陸英風大元帥，面臨一場決定生死的大戰，你會把甚麼人留守在陳家墩善後？當然是戰力最弱的部隊、建樹最少的將領。這樣的將領，容得下我們這些挾功領賞的人嗎？」

各人對視。

「會的，他會收容我們。」于潤生的話出乎他們意料。「這個將領，會把我們收納到自己隊裡，好把誅殺萬群立的功勞加到自己頭上。等邀了功、升了軍階後，他會讓我們活著嗎？」

龍拜額上滲出冷汗。

「更何況……」于潤生說：「帥營的人，根本不在乎那次刺殺。萬群立是死是活也好，陳家墩之戰，陸元帥早已勝券在握。」

「那一夜……」齊楚問：「到底發生了甚麼事？」他回想起那個晚上，從山上眺視陳家墩火光旋轉、殺聲震天的情景。

于潤生放下手裡的木碗，雙手十指交疊托著下巴，雙眼凝視火堆。

「完全是陸英風的戰略。范公豪跟我們五千個先鋒營將士，不過是他手裡一顆誘敵的棋子。」

齊楚的嘴巴張大著：「甚麼？把五千人……當作一顆棋子！」他想到棋盤上的種種攻略，但那些畢竟只是紙上談兵，不是眞正骨肉激撞的生死相鬥。齊楚頓時明白了一切：以五千先鋒兵，引誘「勤王師」前部及兩翼的軍力深入陳家墩；同時陸大元帥則調度眞正主力，乘夜輕裝急行進擊，以壓倒的數倍兵力圍剿敵人……

這就是陳家墩之戰的眞實戰況：陸英風確以十二萬大軍分爲六路，閃電吞滅了「勤王師」三萬精銳。

——多麼慘酷的戰法。把簡單普通的誘敵戰術移用於大規模戰略上，創造了一次完美戰例。

「陸英風不愧爲『無敵虎將』。」于潤生的眼神裡，彷彿混雜了尊敬與嫉妒：「他不單閃電取勝，也在短短一天間完全穩住陳家墩的陣勢。王軍的後援重裝兵也趕來之後，亂軍就再沒有反擊的機會。」

于潤生的分析十分準確：「勤王師」主帥文兆淵望陳家墩而頓足，只好率領十萬主力移師西路戰線；陸英風也應變迅速，立刻領大軍西走關中羊門峽，只留下將領盧雄率三千餘人留駐陳家墩。

于潤生站起來，往水桶掬水喝。齊楚瞧著于潤生的背影，心裡不禁想：這個人看來好厲害……假如他能列座將領之間，又或投身對面「勤王師」的指揮層，歷史會不會因此改變？

龍拜也在默默思考。他這半生人從沒有學過這些決斷萬人生死的事情，只有對名位、金錢的模糊慾望。原來這些才算眞正的權力嗎？陸英風大元帥，決勝千里之外，創造歷史的英雄……

于潤生一席話，開始改變龍拜的思想層次。

狄斌同樣思潮起伏，但他在想的並不是這些豪情與夢想，而是于潤生這個人。剛才于潤生分析戰局時，狄斌沒有細心傾聽他所說的內容，反而是仔細看著于潤生說話的神情。

那張臉，有一股教人莫名地信靠的力量。

他想：像葛元昇和龍拜這麼強悍的人，都自然而然地信任、跟隨了于潤生，並不是一件偶然的事。

而于潤生似乎也對齊楚很有興趣。聽剛才的說話，齊楚的頭腦顯然很不錯。

——那麼我呢？

狄斌有點擔心：沒有甚麼特別專長的自己，在這五人團體裡，會漸漸被看不起……

他瞧著正在喝水的于潤生，心裡好想得到這個人的關注。

□

在山岩與林木間急促奔跑著，狄斌的眼睛焦慮地四方搜視，白皙的皮膚滲滿了汗。

這一天，他本來正如常負責山間的巡邏，搜尋有沒有匿藏著其他逃兵。

——在陳家墩之戰爆發前後，兩軍都有士兵叛逃入猴山躲藏，等待遠逃回鄉的機會。有些在開戰前已脫隊的逃兵，準備自然也較充足，攜帶著足夠的糧食物資，這些人對于潤生他們來說，乃是上佳的獵物。

狩獵逃兵還有一個更重要的原因，于潤生沒說出口，但其餘四人都明白：在這沒有任何律法的山野裡，人類是比任何野獸都遠爲危險的威脅。

山林中生存的鐵則：把還未發現自己的敵人先找出來，眼也不眨地殺掉。

五人裡，狄斌在山間活動的經驗最是豐富。他老家是一條倚山而建的村莊，大半村民都是獵戶。狄斌的少年時代都在山林裡度過。

他此刻飛身躍過一條大石縫，順著前躍的勢道，伸臂勾住一棵小樹，身體以樹幹爲軸心如風車旋轉。手臂放鬆，他的矮小身軀輕巧翻落在一片草坡上，霍然伏止。他緊貼俯在草地上，雙耳聳動，靜心傾聽。

狄斌眉頭緊皺，腋下冒出冷汗。

——還在！

剛才那大段全速飛竄，加上好幾次急促折轉方向，竟也未能甩掉那無形的監視。

——對方必定是人！在哪個方位？……

狄斌九歲開始隨同父兄上山狩獵，自小就培養出山野中的感應力，現在他卻完全無法搜索出這隱匿的監視者。甚至不能擺脫。

對方似比山貓更擅長於隱伏。狄斌有一種正在被狩獵的感覺。

他突然聽見，左方遠處的矮樹叢傳來異響。

就在他轉過去看時，一塊巨石衝破樹木枝葉，像殞落的流星疾飛而來！

求生本能之下，狄斌的四肢反應迅速如彈簧，躍滾往一旁去。

岩石轟在狄斌原本俯伏之處，在草坡上爆裂爲兩半。

幾顆小碎石反彈到狄斌胸膛，竟也隱隱生痛！

——這不像是人的力量！

狄斌驚怖的臉比平日更蒼白。他順著剛才橫滾之勢溜下草坡，也不管皮膚被樹枝和尖石劃破，一口氣從陡斜的石壁滾落密林，頭也不回地狂奔逃離。

□

暴雨在洞口灑下了一幅晶亮水簾。

山洞內火光掩映。

「他是人！」狄斌左額上有一塊剛凝結的血痂，在激動說話下再次破裂：「錯不了！是人！」

「白豆，冷靜。」于潤生拍拍他肩膀。

狄斌接過葛元昇拿來的木碗，灌了一大口水，呼息才漸漸平和。

五人圍坐在火堆四周。火上烹煮著一盆野菜湯。

「白豆。」于潤生說：「告訴我們那片山頭的地勢。」

這聲音裡似乎帶有某種魔力，壓抑了狄斌心頭的焦慮與恐懼。

「就當我被扔石頭的那片草地是最中央吧。」狄斌雙手在空氣中比劃著：「北面是看不見盡頭的大樹林。西南方有許多比較疏落的高樹……」

齊楚拾起一根幼枝，按照狄斌的描述，在沙土上繪畫出地形。

「東北面有一塊突出的岩石，高得很。」

「這裡嗎？」齊楚用樹枝指著地上一點。

「不，再往北一些……對，就這裡。」

龍拜撫摸著唇上的髭鬚。「我躲在這塊岩石上放箭，行嗎？」

「可以。」狄斌說：「可是岩頂還是比北面的大樹矮，假如對方會爬樹，可能先發現你。」

「南面呢？」于潤生問。

「南、東兩面都是鳥兒才飛得過的峭壁，沒有路。西面就是我今早逃走的方位。那邊地勢怪怪的，就只有光禿禿兩棵大樹，像門柱一樣。中間只有三、四尺寬。」

齊楚握著樹枝畫個不停，整片地勢同時已深刻印在他腦海中。「這麼說……除了北方樹林，西面就是唯一的出口了？」

「西面是逃向山下的唯一出路。北面樹林一直長到山頂。」狄斌語氣十分肯定。

葛元昇沒有露出任何表情，手掌摸在斜插腰間的灰布包上。

眾人沉默，只有拴在洞內的三匹瘦馬發出輕嘶。

于潤生站起來。八隻眼睛注視著他。

「我們……一定要去嗎？」齊楚怯懦地問。

「不先把這怪物找出來，他有一天就會找到我們這山洞。」

于潤生走到洞口，負手觀天。修長的十指在背後互相緊扣。

沒有人看見，他那蒼白的瘦臉上，一股淡淡的青色有規律地隱現。仰視陰雨天空的雙眼裡，流漾著異常的光采。

「這座山是我們的。三天之後，我們上去。」

□

關中，羊門峽。

重甲步兵在獵獵飛揚的旌旗底下巡梭。整齊排列的火炬烈焰騰躍，照亮了整座守備森嚴的帥寨。

陸英風大元帥赤著創疤交錯的上身，提劍坐在帳內。隨從兵剛替他卸下了沉重戰甲，但手上一柄縱橫天下的五尺長劍，卻始終放不下來。

「嗆」的一聲，他拔劍出鞘。

一名衛兵正牽著戰馬經過營帳二十尺外，被這突然散發的殺氣所驚。馬嘶，蹄下蹌踉。

以人血淬煉的陰冷劍光，映照在陸英風臉上。九尺的戰將，五尺的鐵劍。天造地設的絕配。劍刃仍在彈顫，發出哀魂悲叫似的鳴音。

一將功成，難免萬骨枯。當回首看見，已經踏過了九千九百九十九個頭顱鋪成的血路時，又何妨多斬眼前一個。

三天。三天之內，就是最後決戰。

陸英風知道：一朝當上了軍人，就只有頭也不回地向血腥的漩渦裡闖，絕不能有半分退縮猶豫。

從軍二十七年，大小九十餘戰役。縱有小敗，亦能迅速反擊，十倍還給敵人。戰名如滾雪球般不斷壯大、膨脹。

現在只差一步，四十六歲的他即跨進永恆。「關中大會戰」將是人類歷史上至今最大規模的戰役。最強的宿敵文兆淵。

陸英風將名垂宇宙。半壁江山是他隻手支撐的危牆。禍亂將來必然再起——五年或十年之後。危牆始終也要倒下。但那與他無關。大元帥的無敵戰名將永遠留存，那橫劍立馬的風采，將永遠受後人景仰。

他收刃回鞘，提劍走到帳外，負手觀天，胸中血氣洶湧翻騰。

□

一頭禿鷹在空中來回滑翔盤旋。

對人間淌血鬥爭之事，禿鷹具有一股敏銳無比的預感力。

有血流的地方就有禿鷹。牠翱翔於人間所有殘酷虐殺之上，冷眼旁觀。

□

狄斌的手腿間，滿佈著爬上山岩時被樹枝尖石劃破的血痕。他不在乎。

他緊握腰刀，在三天前遇襲的那片高地上來回巡行，以警戒的眼神八方掃視。

雖然明知于潤生、龍拜、葛元昇、齊楚四人已在不同地點埋伏掩護，狄斌仍然感到緊張不已。畢竟自己正獨自暴露在那可怕的敵人眼前。

狄斌看來似乎全無方向地行走，實際卻未離開齊楚所測算和劃定的範圍。只要狄斌不走出這範圍，不論敵人如何出手，都將無所遁形；于潤生與齊楚所策劃的捕殺網，必將生效。

正在西南一棵高樹上隱伏的龍拜，不禁對自願當誘餌的狄斌另眼相看。這矮小的傢伙，並不如表面般懦弱。

龍拜坐在樹木的横枝上，臂指維持著放鬆但戒備的狀態，挽著弓箭的姿勢靜止卻不僵硬。只要一發現目標，他將同時發力、拉弓及做最後瞄準修正，扣弦的指頭一旦放開，他自信世上沒有任何事物能阻擋箭矢命中目標——連葛小哥的刀也不能。

一個月前，龍拜親眼目睹過險些射殺于潤生的勁箭。那一箭的澎湃威力與氣勢，確實令龍拜也驚嘆；然而論準繩、角度與時機的掌握，龍拜仍具有不輸於任何箭手的絕對自信。

青年時代在漠北蠻族裡練成這手神射後，龍拜曾懷著許多夢想與野心回來中土；結果現實的各種挫折把這些夢想戳破了。三十歲後，他以爲自己的人生已經完了。

刺殺萬群立那記神箭，卻把他年輕時的雄心喚醒。雖然世界上就只得他們五個人知道這一箭曾經存在，但它證明了龍拜的人生價値。

之後于潤生的說話，更給了他莫大的震撼。當然龍拜還沒確切看得見，自己的箭術如何能創造未來，但至少令他再次相信，自己眼前仍然充滿無窮可能……

同時葛元昇盤膝坐在東北方那塊巨岩上，隱身在一叢長草之間。他如鷹的眼瞳俯視著下方的狄斌。就像之前每一次重要的戰鬥，他用黑布巾包裹起滿頭赤髮。

他拿著環首鋼刀，以破布來回擦拭著斑駁的刀身。抹刀是葛元昇每回出戰前的習慣。接著他放下鋼刀，雙手無意識般緩緩伸向腰間斜插著的灰布包。

「不要啊……昇……」父親的聲音驀然在腦際響起。「不要拔出『殺草』……它只會帶來不幸……」

指頭在腰帶前停凝。終於，像是按捺不住誘惑，葛元昇深吸一口氣，輕輕從腰間取下布包。

他以對待劇毒之物般的謹慎表情把灰布解開。那平凡的兩尺短刀「殺草」，連著刀鞘出現眼前。

葛元昇右手緊握刀柄，閉起雙眼，咬牙忍耐了好一會，慢慢拔出「殺草」的森冷刃鋒。刀刃白如雪霜。他顫震的手掌握著「殺草」，緩緩把刃鋒遞向自己頸項。

冰冷刃身貼在頸動脈上。與死亡如此貼近。葛元昇閉目仰首，露出一臉舒暢的表情——猶如射精之後。

他很快恢復過來，帶點羞愧地迅速把「殺草」歸還入鞘，裹上灰布，插回腰帶上。

現在的他完全冷靜。意志不動如山。十三年浸淫家傳刀道，把心靈淬磨成鋼。

葛元昇至今仍然不明白：那天何以爲了于潤生，自己竟會不由自主地破戒，拔出了這柄家傳的魔刀？

他並未忘記家族相傳有關「殺草」的宿命傳說。

「昇……千萬不要……」老父臨終時的說話再現：「……這是不祥之刀……」

就在此刻。

一陣響徹天空的嘯聲在山林間揚起。

狄斌、龍拜、葛元昇，還有埋伏在西面山坡的齊楚、匿於東方亂岩間的于潤生，同時聽見了這驚人的長嘯。

深山鳴動。

狄斌不敢相信：整座山林彷彿都在動搖。

悠長嘯聲忽然改變，化爲悲烈的嘶叫。

山林果眞像被撼動了：北方叢林，數棵大樹逐一猛烈搖晃，其中一棵更崩折了，巨大的樹冠往中央的草坡跌落！

龍拜從遠方看見這奇景。驚疑間，一條碩大的黑影凌空撲出來，乘著大樹崩塌的氣勢，飛向狄斌！

狄斌惶然昂首。那巨大黑影罩下來，掩去陽光。

他眼前一片晦闇，卻清楚看見了：

死亡。

□

關中大會戰展開。

二十萬「平亂軍」迎擊十七萬「勤王師」。

一場血與肉的轟烈表演。毫無取巧的正面交鋒。

天空也染得透紅。

□

死亡的陰影，像一片駭人的巨大黑雲，向狄斌迎頭壓下。

□

據說，「猛虎」狄斌死後三天，牙齒仍然緊緊咬著下唇。

他的身體，潛藏了永遠令人驚異的意志。

□

狄斌雙眼瞳孔迅速擴張，喉嚨發出風箱鼓動似的呻吟，雙手挺舉腰刀，洞穿了眼前空中那具龐大的軀體。

龍拜同時發箭，從遠距離準確命中那身影的寬厚背項。

可是那具碩大身軀的下墜之勢，絲毫沒有因被刀箭刺進而改變，仍然直撲到狄斌身上。狄斌放開刀柄，張臂環抱巨物，扭滾在地。

數次翻滾之後，滿身血污的狄斌站起來。

遺留在地上的巨物，赫然是一具早已開膛破腹、看來已經死去好幾天老虎屍體。

龍拜正愕然間，又看見北方叢林中有另一棵大樹崩潰。

——那是甚麼力量？

那個神秘敵人的狂號並未止息，回音在山林中鼓盪。深山騷動不息，像有甚麼大災難將要發生，禽鳥驚飛，兔鼠紛紛竄出。

匿伏在東北面岩石上的葛元昇，是最接近樹木崩折處的人。他提起環首鋼刀霍然站立，兇目掃視著叢林。

他的視線停留在一處。

葛元昇隨即揭去黑布頭巾，展露出飛揚赤髮，奔跑到岩石邊緣，雙腿發力縱躍！

他雙眼緊緊盯著叢林裡同一點。

身體飛躍至最高處之際，葛元昇雙手握刀舉過頭頂，腰肢在半空向後仰盡，再乘下墜的力量猛地往前屈俯，飛身斬向那「點」！

——這是聚合全身能量與重量的一刀。

此時在那一「點」處，一條魁偉身影排開茂密的枝葉怒拔而起，粗壯長臂揮舞著一株斷折的幼樹，攔腰迎擊向半空中的葛元昇！

葛元昇靠著無數次生死搏鬥的經驗準確判斷：自己的刀跟敵人手上小樹，將同時命中對方。

在即將同歸於盡的剎那，葛元昇勉力把斬擊往旁一引。

鋼刀猛斬在那颶風般橫掃而來的小樹上。木片爆飛紛揚。刀身碎破成數段。

葛元昇被樹幹的衝擊力反震，斜向滾跌在林間。

他心頭在劇烈震動。

——只因對方這股強橫的力量，他很熟悉……

那個碩大的神秘男人，也因爲接了葛元昇一刀而停頓下來，這時呻吟了一聲，肩頭上釘著一支黑桿長箭。

蹲在高樹橫枝上的龍拜繼而接連發箭，可是目標再次動起來，馬上就消失於林木間，三箭皆空。

——對方就像具有在叢林中隱身的異能。

在東邊亂石堆中指揮殺陣的于潤生，細心觀察著叢林裡的異動。

「小齊，留神你那邊！」于潤生呼叫。

埋伏在西面草坡上的齊楚，被剛才的連串搏鬥驚得呆住了，這時聽見于潤生的呼叫才回過神來，緊握著手上一條從高樹垂下的粗索。

一團巨大黑影突然從叢林西端躍出，速度有如野豹。

正是那個肩頭插著箭的男人。他雙足雙掌著地，迅疾翻躍向西面草坡。

那片草地立著兩棵丈高的大樹，粗達三人合抱，就像兩根天然的殿柱。

男人直線往大樹之間的空隙躍進，顯然是想先逃出五人的包圍陣。

齊楚想也不想就跳起，以全身的重量拉下那根繩索。

男人正躍到半空，他腳底下落葉遍佈的草坡，竟然整片迎面捲升起來，在他跟前築成一幅「草幕」！

他像落入蛛網的飛蛾，陷身在這幅用草葉偽裝的布幕中。

布幕上扣著的許多小倒鈎，一一刺進了男人的肌肉，令他無法掙脫。他全身在空中被布幕包束，動彈不得，整個人硬生生摔落，發出巨響，那下墜的力量牽動了連接著布幕的繩索，齊楚的雙掌的皮膚被高速拉扯的繩索磨破了，劇痛喊叫著坐倒在地上。

龍拜那可怕的勁箭又至。包束在布幕裡的男人再中三箭，隨即靜止不動。

龍拜迅速又搭上一枝長箭，瞄準伏在地上的敵人。

那身體僵止了。

龍拜吁了口氣，把弓弦放鬆，收回長箭，沿著樹幹攀下來。

滾跌到北面叢林裡的葛元昇，半邊身體仍感到痠麻，但也勉力站了起來，解開腰間那灰布包，拔出「殺草」在手，蹣跚地步向西面。

比他先趕到的卻是狄斌。

滿臉虎血的狄斌形同瘋狂，狠狠把腰刀從虎屍拔出，奔跑到男人躺臥之處。

「白豆，不要！」于潤生提著長矛，從東面亂石堆急跑過去，同時呼喊。

狄斌卻充耳不聞，奔到男人身旁，雙手握刀過頂，猛力斬下——

刀刃斬在草地上。

那男人並未斷氣。他似乎不用眼睛只憑直覺就辨出刀鋒的來勢，身體及時橫滾，閃開了狄斌的斬殺。

男人猛力把布幕拉脫，倒鈎扯破了皮肉，他卻似毫無所覺，只是騰身摟住了狄斌！

「白豆！」龍拜把長弓拋到地上，全速從樹幹滑下來。

葛元昇也忘記了麻痺，步行變成奔跑。

狄斌的腰刀被撞得脫手，雙手本能地亂抓，擒住男人腰身，兩人在草地上翻滾廝打。

「小齊，救白豆！」正急趕而來的于潤生大叫。

最接近地上兩人的齊楚，拿著早已拔出的短刀，卻陷入了惶恐中，無法移動。

龍拜著地後撿回長弓，一邊跑過來，一邊搭上他的黑桿長箭，近距離瞄準地上鬥毆兩人。

但是這情形之下，他沒有把握不傷及狄斌而把敵人射殺。

緊接到來的是葛元昇。「殺草」寒光懾人，他握刀的手卻在微顫。

誰也想不到：矮小的狄斌此刻竟發揮出猛獸似的狠勁和戰志，不斷和這個比自己身材高壯一倍的男人糾纏。

只有狄斌自己知道挺不了多久：三根肋骨裂了；陰囊被對方膝蓋撞擊了一記；右肘關節已

經脫臼。痛楚令他陷入半昏迷，他卻仍死命纏著這個魔神似的敵人。

原始狂野的動作。力量與力量的粗暴對抗。牙齒和指甲也成爲殺傷對方的利器。這是求生的死鬥，卻又像一雙在激情交媾的受傷野獸。

最後趕來的，是一臉陰沉的于潤生。

他的眼中閃出可怖的光采，一言不發，就提起長矛扎擊向地上兩人！

就連久經戰陣的龍拜也不禁驚呼——

血雨飛濺，兩人頓時分離。狄斌軟癱在地。

那男人則怒吼著翻身，欲撲向于潤生！

龍拜右手指頭放開。黑桿箭近距離命中男人胸口。

男人仰起蓬亂的長髮，狂嚎翻倒，壓斷了插在身上的幾根箭桿。

葛元昇掠前，「殺草」將要斬出——

「住手！留他性命！」

于潤生威嚴的呼喝，又一次鎮住了葛元昇的斬擊。

中箭的男人跪伏在地，赤裸的上身新舊創疤交錯，鮮血淋漓。左腰有一道創口鮮血直流，就是剛才于潤生長矛命中之處。

葛元昇露出驚嘆的眼神，看看于潤生。

——剛才這兇險的一擊，無關戰鬥技藝高低，表現的純粹是定力、決斷與意志。

除了已經昏迷的狄斌之外，眾人首次看清這個魁壯男人的面目：一張堅實如鐵、輪廓分明的黝黑臉龐，披頭散髮，滿腮虬髯。一副充滿了野性生命力的相貌。

這張臉上有個特異之處：額頂中央「長」出了一顆烏黑的東西，大小有如拇指頭，在四周的肉疤包裹下呈彎月或鎌刀的形狀，看來似是天生的胎痣，但表質卻不像是血肉。

于潤生冰冷的眼瞳，發射出複雜的光芒，既像暴怒，又如狂喜。

「就是他。那天用箭差點把我射穿的人。」

葛元昇點頭。確是當天那支勁箭的怪力。錯不了。

齊楚留意到男人的下身腰甲。是勤王師的青色戰甲。

男人充血的眼球，湧現出莫名亢奮的神色。

他與于潤生對視。兩人四目交投間，彷彿有無形的能量在對抗。

□

同時，關中羊門峽。

「平亂大元帥」陸英風騎著心愛的雪白戰馬，揮舞寒光熠熠的五尺鐵劍，親手斬下宿敵文兆淵的頭顱。

□

男人緩緩站立，緊握雙拳向天高舉，仰首嘶嚎。

——他究竟是不是人類？

「你叫甚麼名字？」齊楚聽到于潤生這麼問時，不禁心弦震動。那夜他和這些人首次相遇，于潤生也問了同樣一句話。

——這短短六個字，當時卻鎮壓了他心裡的恐懼。齊楚至今記憶仍然鮮烈。

男人停止嚎叫，垂下雙臂。野獸般的神情減退，終於漸漸恢復人類模樣。

——他（牠？）會說話嗎？

男人默默看著于潤生一會，才以粗獷的聲線回答：

「人們叫我鎌首。」

□

陸英風倦極，卻也興奮至極。

一次震撼歷史的巨大勝利。

他閉目站在屍橫遍野當中，以鐵劍支撐著碩大身軀，感受夏風吹送而來的陣陣血腥，心中怡然。

——這是勝利的氣息，可以吸進心坎，充溢每一根血脈。

他抬頭觀天狂嘯。

——天，你看見嗎？

□

狄斌躺臥在粗布折疊成的軟墊上，渾身流汗發熱。

劇烈的傷痛，有如緊纏全身的毒蛇，以狠利的長牙深深噬進了皮肉，灼熱的蛇毒隨著奔流血脈湧向腦袋，製造出千百個交疊的噩夢……

狄斌發出漫長的呻吟。汗水染滿布墊。

無數迅速變換的影像在腦海裡不斷閃現，那天狂暴的死鬥，在夢中千萬次重演……

——啊，這張臉，這張結實的黑臉，幾乎和自己的臉緊貼。看得多麼真切。奇怪，在又狠又硬的死鬥中，這張黑臉是熟悉的。就像許多世代前就相知的故人……額上那顆黑色的東西，看著它，就像混沌的野人看著閃動的火焰，好奇又覺畏懼，壓抑著身體的顫抖遠遠觀看，不敢走近去伸手觸摸，恐怕會受到莫名的傷害……那黑色異物，分明突出在皮膚外，乍看又像個小小的黑洞，吞噬了一切生死與憎愛，看不透內裡面收藏了甚麼……

狄斌悠悠醒轉，朦朧中只感覺身上某些束縛被輕輕解除，藥香隨著那解放的感受撲鼻而至。

「醒過來啦？我要替你換藥。」

狄斌的視覺漸次清晰，看見于潤生關切的笑容。狄斌感動得雙眼濕潤。

可是在半迷糊中，狄斌眼中于潤生的臉孔，卻跟那個男人的面相交疊了……兩張極端的臉，一張白皙陰柔，一張黝黑堅剛，在此刻意識不清的狄斌眼中看來，竟是有相像之處……

他辛苦地張開乾癟的嘴唇。

「那……人……？」

于潤生顯得錯愕，似乎沒想到狄斌一醒來，第一件關心的事情竟然是這個。

「他早就復元了，跟龍爺他們上山打獵去。你不知道，自己已經昏睡了整整六天……」于潤生恢復笑容。「放心吧，最危險的關頭已經過去了。」

于潤生把新採的草藥堆在一片扁石上，用另一塊圓石把藥搗爛。「我在家鄉的時候學過醫。」草藥裂開，溢出濃稠汁液，香氣四飄。

「後來呢？」狄斌問。「你爲甚麼……參了軍？」

于潤生的動作停頓下來。

狄斌感到于潤生有些疑慮。他後悔問了這個問題。

「我殺了人。」于潤生坦率的回答，出乎狄斌意料。「我在家鄉被通緝。軍旅是唯一活路。」

于潤生把搗爛的草藥鋪在一片潔淨布帛上，蓋到狄斌傷患處。狄斌感覺皮膚上一片清涼。

「于隊目，剛才你說……那人跟他們上山……」狄斌這時才比較清醒：「我們沒有……殺他嗎？」

于潤生搖搖頭。

「要殺死這個男人，可不容易呢。」

山洞外這時傳來歡呼聲。一直站在洞外的齊楚，迎接著龍拜跟葛元昇回來。走在最後面的是赤著上身的鎌首。他把長髮束在後頭，肩上橫扛著一頭大麋鹿。

鎌首把獵物重重摔在洞前，露出了寬廣肩背上糾結的肌肉，和數道翻出了血紅嫩肉的新創疤。那肉體的復元能力，跟他的戰鬥力量同樣驚人。

于潤生瞧著正合力宰割獵物的眾人，對狄斌說：「你還恨他嗎？」

狄斌搖搖頭。

「剛才大塊頭可眞厲害，跑得比這鹿還要快！」洞口傳來龍拜的聲音。

齊楚驚奇地瞧著默默垂頭幹活的鎌首，顯然對這個奇異的男人仍存著恐懼。「不……會吧？」

「我可是親眼看見的！葛小哥也看到了！」

葛元昇看著手上的長矛尖鏑，點點頭。

「是啊！還有他的打磨功夫！你看葛小哥手上的矛，還有我的箭尖，全都鋒利得可以！大塊頭，你是從哪學來的？」龍拜拿出囊裡的箭矢細看。

「我最初進軍隊時，就是當磨兵器的。」鎌首說著，俐落地用匕首把鹿皮剝下。

在洞裡狄斌問于潤生：「你是怎麼……說服龍爺他們的？」「我只說了一句話——」于潤生微笑。「要活下去，就需要好夥伴。」

狄斌以欣慰的眼神看著于潤生，又看看鎌首的身影，點了點頭。

「我們都是一群奇怪的男人啊……」

□

「那是甚麼聲音？」龍拜在黑夜裡摸索著走往朝西的山崖。于潤生和齊楚緊隨其後。

山崖下的陳家墩燒起了旺盛火光。那股數千人合和呼叫產生的震撼聲音，正是從光源處傳來。

「難道營寨被敵方偷襲嗎？」齊楚緊張地問。

「不。」于潤生細心傾聽。「雖然有戰號聲，但那並不是指令。是信號兵在亂吹一通。呼叫聲裡也沒有殺氣。」

齊楚佩服地看著于潤生：「到底是甚麼一回事？」

火光映進于潤生眼瞳：「是慶祝。王軍勝利了。」

「啊！」齊楚不禁輕呼。「這麼說……仗打完了……」他與龍拜愣愣對視。

于潤生點頭。

十天後，「平亂軍」駐陳家墩的三千守兵拔寨撤走。

于潤生早就預知戰果。只是不知道，一切會結束得如此迅速。

□

一切就這樣結束了？

誅敵七萬，降兵五萬，如此輝煌全勝，現在應該是慶功的時候。

陸英風卻要向這一切道別。

——甚麼？「體念軍功」、「策封安通侯」、「刻日回京受嘉」？

——甚麼？由那個姓彭的傢伙來接收我軍權？那個只會替老閹狗舐屁眼的孬種，來接管我的大軍？

——功高震主，我明白。既沒有乘機擁兵自立，就只有如此下場……也算僥倖了，嘿，搞不好，一頂謀反帽子扣下來，頭顱也保不了！

——可是天人共鑑，我從無異心！罷了……那又如何？就是把心肝剖出來又如何？怕我的不是「他」，而且「他們」——那一幫狐群狗黨……早知如此，取得兵符之日，就應該先入京都，把這夥人殺盡！……

——可恨那個姓彭的小子！乳臭未乾，寸功未立，看他接收兵符時那副神氣相！呸！沒有我，哪裡還剩半個兵給你接？

沒有比失去兵權的元帥更沮喪的人。

侍從兵正替陸大元帥——不，是替「安通侯」陸英風收拾行裝。

他感到前所未有地孤獨。

□

于潤生等六人，圍坐在山洞前火堆四周。他們心裡盤算著同一個問題：

——往後的日子怎麼辦？

狄斌坐在石頭上，凝視身旁的鎌首。他第一次這樣接近地細心觀察這個雄偉的男人。鎌首的寬厚身體緊繃著粗布衣衫，顯露出優美完璧的肌肉曲線。狄斌額上滲出緊張的汗水。

「怎麼了？」鎌首忽然轉過臉來。狄斌的視線被他額上那彎月狀的黑點吸引。

「你的傷好了嗎？」鎌首關心地問。

「嗯……差不多全好了。」狄斌臉頰發燙。「你……姓『鎌』嗎？」

鎌首搖搖頭。「我原本沒有名字。這名字是軍隊裡的人給我起的。他們說我頭上這東西像把鎌刀。」他說時指指額頂的黑點。

「那是胎記嗎？」

鎌首再次搖頭。「我不知道。」

「你從哪裡來？在哪裡出生？怎麼投了軍？」

鎌首目中閃出迷惘之色。「我全都不知道……一直記不起來……」

「是嗎？……」狄斌感到自己臉頰越來越熱，不敢再跟鎌首對視，別過頭向另一邊的齊楚問：「你呢？你家鄉在哪裡？」

「我……」齊楚臉上露出難色：「我家鄉很遠……都死了。家人全都……死了……」他目中閃出淚光。

「啊……」狄斌歉疚地說：「對不起……」

「爹娘都死了……」齊楚仍在自言自語。「在牢裡……」

「牢裡？」龍拜好奇地問。但齊楚似乎沒有聽見。

默默坐在另一頭的于潤生以手支額，垂頭沉思。他聽見齊楚的話，已大概猜出他的身世。在這朝綱腐敗的亂世裡，富戶官賈被問罪株連的慘事時有發生。齊楚大概是因此流落軍中的吧。

「白豆，你呢？」龍拜問。

「我家中除了兩個哥哥再沒有親人了……」狄斌淡然說。「我們本來一起被徵入軍隊，可是後來我被抽調到先鋒營來，從此失去音訊。現在我連他們的生死也不知道。」

「你要回家嗎？」龍拜目中露出不捨之色。他漂泊多年，早已失去了家。

狄斌想了一會，緩緩搖頭。

齊楚和龍拜知道自己最少還有多一個同伴，臉上展出欣慰的笑容。

「我們要到哪裡去？」齊楚問。

每個人都沉默下來。

葛元昇一直仰視著星空，此時才把臉垂下來，瞧向于潤生。

其他人的視線也不自覺地集中在于潤生身上，彷彿世界上只有他一人，能給予他們生命中最重要的答案。

于潤生卻仍然以手托額，眼睛藏在陰影之下。

五個人默默在等待。柴枝的爆裂聲清晰可聞。

于潤生突然站起來，背著眾人的憂慮目光走進山洞。

于潤生再次出來時，左手拿著一大罈酒，右臂腋下挾著一卷斑紋虎皮，就是當天鎌首向狄斌拋投的那條虎屍剝下來的。狄斌病中無聊時，把虎皮上的箭洞和刀口都縫補完好了。

于潤生挑選了洞口外一塊高及腰際的大石，把虎皮鋪在上面，又將酒罈輕輕放在虎皮正中央，將罈口的泥封打開。這是他們存糧裡唯一的一罈酒，極是珍貴。

于潤生回頭掃視五人，眼中閃出異色。齊楚被唬得身子哆嗦。

于潤生的目光，最後落在葛元昇臉上：「把『殺草』給我。」

葛元昇站起來，取下腰間的灰布包，解開布帛，把內藏的短刀「殺草」連著刀鞘，毫不猶疑地交到于潤生手上。

于潤生明白，葛元昇這已等同把生命交給了自己。

他右手握柄，清脆拔出「殺草」兩尺寒鋒。

于潤生接著要說的話，在場六個人——包括他自己——畢生也無法忘懷。

——然而在許多年後，他們才眞正了解，這番話對他們的人生，甚至對世界具有多大的意義。

「是下山的時候了。可是天大地大，我們要到哪裡去？」他把「殺草」指向天空。「天早已離棄了我們。」

「殺草」舉在眼前。刀光照映于潤生蒼白的瘦臉，反射出懾人的光暈，在五人目中，于潤生的面相猶如蒙上了一重神聖的光華。

「自從知道打完仗之後，這幾天我就不斷在想：我活了二十五年，今天得到些甚麼？我殺過人，也被人追殺過。我好幾次面對死亡，了解這世間有多殘酷。但是經歷了這些之後，于潤生就甚麼也沒有——除了你們。你們這五個跟我一起喝雨水、吃虎肉，比血親還要親密、可靠的男人。我多麼慶幸結識了你們。」

五人懍然站立，眼目因激動而充血。

于潤生放下刀鞘，左手緊握成拳，右手「殺草」輕輕在左前臂內側劃出一道淺淺血口。

第一滴鮮血落在虎皮上的酒罈裡，化成雲霧狀。清亮的滴響，震動所有人心靈。

「請你們跟我結義為兄弟。誓同生死。」

除了不能言語、咬牙切齒的葛元昇外，龍拜、齊楚、鎌首、狄斌同時呼喊：

「于老大！」

□

陰雨如絲，冷酷滴打在陸英風臉上。

他仍然騎乘著雪白的愛駒。牠是他五年來最忠心的侍從，共同闖過了許多刀山槍林，火河箭雨。

但此刻，牠卻馱著主人，離開他以生命作賭注贏取的一切——因爲在最後這一局，他賠光了。

陸英風回首。帥寨看起來漸遠漸小。

兩名忠勇部下：翼將霍遷和隨參管嘗，策騎緊隨其後。兩個鐵錚錚的武將，看見元帥那悲涼的回顧，終於忍不住掉下軍人的熱淚。

「傻瓜……」陸英風輕聲責罵兩名愛將，卻沒有察覺，自己一雙虎目早已濕潤，並不僅是因爲滴落的雨……

帥寨在眼中看起來更模糊。

——是雨漸大吧？……

□

三騎六人朝東而去。

于潤生與齊楚同乘一馬，領在最前頭。隨後的是葛元昇跟龍拜。

狄斌因爲最矮小，所以和最壯的鎌首共騎一匹馬。狄斌坐在鎌首身前，背部隱隱感受到鎌首胸膛散發出的熱力和能量，心中迷惘不已。

狄斌不敢回頭看這個擁有謎樣過去的男人。太靠近了，他怕自己臉頰會再次發燙。

走出一里多之後，于潤生第一個回首，凝視他們伏居了三個多月的猴山。山色似乎失卻了些甚麼。

其他人也勒止馬匹，一一回頭望去。昨夜的興奮歡愉，那混和了血腥的烈酒氣味，將與這座山的形象結合，永烙心底。

——狄斌卻回憶起：昨夜當他最後一個接過「殺草」時，手掌和刀柄接觸的刹那，他心中莫名地出現一道不祥的閃光，雖然轉瞬即逝，卻已在心頭刻出一條驚悸的痕跡。

狄斌感覺自己改變了，變得更敏銳，也更堅強。一股深沉的堅忍力量被創痛喚醒了。鎌首打傷了狄斌的肉體，卻也同時打醒了他的意志。

于潤生是第一個結束回顧的人。

「走吧。仗打完了，讓我們回到人間去。那裡有酒和女人，還有……」

「還有甚麼？」坐在他身前的齊楚問。

于潤生朝他笑著說：

「還有夢想。」

六人再度朝東方日出處進發，繼續這條蒼茫不知所往的路途。

晨光灑遍周身，映照著殘破短甲上的零星銅片，點點燦然。

于潤生面對朝陽，心頭無比興奮。沒有任何人看見：他眼瞳中那股異采，此刻正極盛地湧現，有如火山岩漿噴發般猛烈，即使與面前的朝陽相競，也毫不遜色。

那目光，彷彿已預視了未來漫長而光榮的進程。

第三章
色不異空

震驚天下的「關中大會戰」之後三年。

漂城。

□

遠自西埵而來的葡萄醇酒，沿著光滑的雲石桌流瀉，滴落地上每一滴的價值，相等於尋常人家一頓飯；賭廳裡充溢著汗水蒸發出的臭氣，豪客們卻不在乎，只專注於賭桌上被推來撥去的鉅額金銀；肥胖的富翁笑嘻嘻地吃喝，他的盛臀下是由五個藝妓用身體搭成的一張「肉椅」；矮漢子瘋狂地鞭打那匹能日奔百里的名馬，聽著淒厲的馬嘶聲，下體漸漸興奮勃起；擁有三百年歷史的才子手筆名卷自京都運抵，以天價賣給不識字的收藏者；八十二隻野雁的胸口嫩肉做成一道美食，只嚐過一口就被棄進溝渠；富商把古玩店裡百多件翡翠全買下來帶回家，因爲他五歲的小兒子喜歡聽翡翠在地上砸碎的聲音……

這是一個晚上在漂城安東大街同時發生的事情。

誰還記得百年前漂城原址那片荒涼的情景？

一個從無到有的奇蹟。百餘年前，名不經傳的拓荒者，看上了那條日後叫「漂河」的清澈河流，開闢了最原始的漂洗業。

原本遠爲文明富庶的北陸，斷續地爆發混戰，間接令這個爲天塹所護的南方小鎮日漸茁壯，成爲沿海地帶與內陸區域間的樞紐。商旅不斷增加，刺激鎮內各種行業：客棧、酒館、吃店、賭場、妓院……各式銷金窩像不可控制的病菌般迅速大量繁殖，喧鬧多姿的繁華景象，在機緣巧合下平空誕生。無數過路商旅爲之目迷，索性留居在這日漸擴張的城鎮，合力建設了今天這個空前偉大的都市。

漂洗業當然早已式微，但「漂城」與「漂河」之名卻留存了下來。

今天的漂河，早已髒得再不宜洗衣裳。可是誰會在乎？有了驚人的財富，有了美食快馬烈酒鮮衣艷妓豪賭，有了夢和天堂……誰還在乎？

□

所以雞圍和破石里這種地方仍然存在。

它們是漂城裡最齷齪不堪，最黑暗污穢的角落。它們由腐壞的木板與爛臭的血肉構成。虐殺之聲、娼婦僞裝的叫床聲、瘦弱嬰孩飢極發出的瀕死哭聲，互相和應。

在這兩個地方，男人永遠渾身淌汗，女人永遠頭髮凌亂，孩子永遠雙足赤裸，老人則以稀疏鬆脫的牙齒，咬嚼著三天前的剩食。

然而也是這兩座巨大的煉獄，提供了最廉價的勞力和最卑賤的服務；黑闇的街巷，滿足了人類最原始獸性的幻想和慾望。沒有它們，就不可能建成漂城這個天國。

光明與黑暗，恆常相互依存。

所以雞圍和破石里仍然存在。

□

漂城西面一片荒涼的野墳地上，堆著許多殘缺的碑石，土地下埋著的，是當年漂城許多無名拓荒者的屍體。光榮早已隨死亡而消逝，無人記憶。

這裡是漂城城牆以內最寧靜的地方，因爲墳地旁矗立著一座黑黑的、硬硬的巨大石樓。

漂城大牢。

□

本應死寂陰森的牢房內，此刻卻人聲鼎沸。地底一個寬廣的石壁大堂，堆滿了不屬於這裡的人。大多是來自雞圍和破石里的流氓和賭徒。

人叢圍出中央一片圓形空間。一個高壯的光頭漢站在正中，精赤的上身炫耀著汗水滿佈的肌肉，兇目散發著殺氣。四周那些對他評頭品足的眼光，有如在估量著待宰的豬。

金銀錢幣在人群交談吶喊聲中迅速交收。十來個獄卒穿插其中，手上拿著大疊票子，正忙著收取金錢，再把賭票寫好交予賭徒。

人群裡唯一坐著的是肥胖的牢頭，手裡拿著一塊油光閃亮的肉骨頭在猛啃，不時看看堆在桌上的金銀，胖臉露出滿意的微笑。

人叢一方突然騷動起來。

「拳王來了！」

「拳王嗎？」「喔！拳王！」「拳王啊！」

許多人不斷興奮地呼喊著這兩個字。叫聲漸漸趨於一致：

「拳王！拳王！拳王！……」

在聲勢驚人的喊聲中，一名衣衫污爛、長髮披臉的雄壯男人，頸項和雙腕穿著枷鎖，在三個持棒獄卒押解下排眾而來，走到人群中央。

「拳王！拳王！拳王！……」

獄卒謹慎地把「拳王」身上枷鎖脫下。

「拳王」面對光頭漢站立。光頭漢咬著牙，雙手緊揑。

長髮掩著「拳王」的臉孔，旁人無法看見他的面貌和表情。

外圍一個瘦小老頭，扳著獄卒的肩膀。

「現在是多少？」

「光頭的大驢一賠四。拳王一賠一個半。」

老頭皺眉。

「好吧！」老頭把手指伸進嘴巴裡猛摳，把嵌在最裡邊的一顆金牙拔出來，吃痛交給獄卒。

獄卒掂了掂金牙。「五兩銀子吧。」

老漢凝視獄卒掌心上那枚帶血的金牙。「好，我押拳王！」

站在中央的「拳王」，把身上破布衫脫下，露出了肌肉健壯得近乎完美的胴體，和上面斑駁凌亂的創疤。象徵生命動力的肌肉，與充滿破壞意味的傷痕結合，像活生生一件懾人心魄的雕塑。

「拳王」解下繞在右腕的布帶，把披散亂髮束攏到背後，展示出輪廓堅實分明的鬍鬚黑臉，和額頂上突出的鎌刀狀黑色異疤。

對面的光頭漢大驢，狠狠盯著鎌首雙眼。

四目交鋒，彷彿令中間的空氣猛烈激盪。

人群爲之屛息。

所有賭注已押下。

胖牢頭也啃完了肉骨頭。

片肉不剩的豬骨掉落地上。

牢頭那沾滿油污的嘴巴獰笑，擊掌大叫：

「打！」

大驢幾乎同時躍出，一記左腿猛蹴向鎌首的下陰！

鎌首反應極快，閃電提膝，大驢的足趾硬蹴在他鋼鐵般的膝蓋上。

大驢吃痛收腿躍開，但鎌首沒有追擊，輕鬆悠然地單足站立。

大驢再次狂吼著衝前，左右拳頭連環揮向鎌首的臉。

鎌首上身擺動，閃過了大驢最初三拳。等到大驢發力最猛、動作也最大的第四記右拳打過來時，鎌首看準時機側移往左閃躲，順勢扭步轉身，左肘迴轉反打，狠狠轟在大驢露出的右肋上！

大驢強忍肋骨破裂之痛，全速退避，但他打架經驗豐富，不忘提起雙臂，保護著正面的頭胸要害。

鎌首卻仰身向下路揮腿，從遠距離踢中大驢的左膝關節！

大驢頓時膝蓋麻軟，不支跪倒。

鎌首這時才全力出擊，他厚壯的身軀躍到半空，以全身重量和力量聚集在右肘骨尖，墜落向大驢頭頂！

旁觀人群驚呼，眼看這飛身肘擊即將把大驢頭殼敲破——

然而大驢那跪倒只是誘敵的假動作。他仰首，眼睛露出光芒。

鎌首的跳躍重擊卻已如箭離弦，無法收回。

大驢看準鎌首墜下之勢，身體往上拔起。兩人距離突然縮短，鎌首的右肘尚未完全揮下，就被大驢以左肩硬接。

大驢乘機擴張雙臂，把鎌首的胸肋緊緊熊抱！

人在半空的鎌首，被大驢雙臂挾得劇痛，急忙掙扎。但大驢把鎌首的身體抱得雙足離地，鎌首無處著力，無法掙脫這雙有如千斤鐵鋏的長臂。

「抱斷他，大驢！」那些把賭注押在大驢身上的人，此刻才歡呼雀躍起來。

——大驢原是破石里一帶頗有名氣的無賴，靠一身蠻力吃飯。最駭人的紀錄，是有一回喝醉酒後，以醉勁把一棵丈高大樹硬生生抱折。

但是鎌首不是樹。

他咬牙，頸項發狠扭動，額頭轟然撞在大驢鼻梁上！

兩次、三次……接連的撞擊，把大驢鼻子砸得像腫脹的爛柿子。血污流遍大驢的臉，也沾滿鎌首的額頭。

大驢的眼睛被自己的鮮血遮掩，腦海混雜著恐慌、痛楚與瘋狂，嘴巴噴出熱氣和淒厲慘叫，一雙壯臂的力量卻因爲恐懼而加倍。

鎌首連續發出六記頭撞後，已感呼吸困難，腦裡響起低沉的鳴音，一股燥熱氣息在胸膛內上下翻騰無法宣洩，血液全往腦袋上湧，似乎快要從七孔噴射而出。雙眼血絲密佈，瞪大得像要跌出來。

頭腦裡的巨大轟鳴聲，佔據著意識的所有空間。眼前是一片昏闇血紅。幻象漸漸在當中朦朧呈現……

——好熱……

——火……綠色的火……叢林……

——……**佛像！**

鎌首發出彷彿撼動天地的吼叫。

人群慌忙掩耳。其中有少數人看見，「拳王」額頂上那鐮刀狀的黑疤，似乎閃出了亮光……

接著的一切發生得太快。

鎌首雙臂肌肉隆起，自外反箍著大驢的手臂。石室內響起刺耳的銳音。大驢兩邊臂肘關節碎裂。

在對方無聲的啞嚎中，鎌首的身體獲得解脫。他腰肢迅疾一抽一送，右膝插進大驢胯間，發出怪異而醜惡的聲音。

大驢那張早被撞得腫脹的血臉，紫色的肌肉頓時絞扭成一團。劇痛令他的身體本能地痙攣彎曲。

鎌首卻仍緊緊挾著大驢軟癱的胳膊，狂吼著腰身往後猛挺，倒身將大驢甩向後方——

一聲沉重的異響。

圍觀者窒息。然後許多人忍不住馬上嘔吐。

大驢的腦袋消失了一半，乍看彷彿埋進堅硬的石地底下。

混著碎骨的紅白腦漿，潑瀉一地。

□

精肉在銳鋒下紛紛化爲薄片。裹著白色頭巾的葛元昇，看著肉片一塊疊一塊，想起的是戰場上橫七豎八的死屍。

他閉目。掌中切肉刀並沒有停頓。五斤重的肉塊片刻切盡。

這就是他現在的刀。

灶火躍動，大鐵鍋上的熱油狂亂彈跳。廚子滿意地接過葛元昇刀下的肉片。

切肉刀「哧」地釘在砧板上。葛元昇拿腰間圍巾抹抹手，獨自步出廚房。

就在門前，齊楚出現了，臉黃肌瘦的他仍然顯得俊朗，呼呼地喘著氣，顯然是急趕著跑過來。

「三哥！」齊楚說：「不妙啦，白豆在市集那邊給人堵了！」

葛元昇扯去頭巾，露出火紅赤髮，返身回到廚房，把切肉尖刀拔起在手。

□

市集的一角罕有地靜默。平日喊得震天價響的叫賣聲消失在五月的空氣中，只餘下雞鴨的啼叫，和髒水自街旁屋簷滴下的聲音。

兩手空空的狄斌站在街上，默默瞧著地上一筐翻倒的梨子。

六個衣衫不整的流氓呈半圓形包圍著狄斌。中間一個顯然是頭領，包著骯髒的頭巾，滿臉長著青白色癩癬，手裡拿著一個梨子，咬了口嘴嚼一輪，只吞下汁液，肉渣都吐到地上。

「呸！」癩漢子把梨子扔掉：「這梨比狗尿還臭！操你娘的，白花老子一口牙勁！」

狄斌默然。

癩漢子氣焰更高張。「人臭嘛，賣的梨子也臭，對不？」五名手下應聲哄笑。

「腥冷兒！」癩漢子戟指向狄斌：「我叫你呀！對！我一眼就看出你是個臭腥冷兒！」

「腥冷兒」是漂城人給近年不斷湧入的退役軍兵的稱號，以標誌他們外來人的身分，其中含有極大的鄙視。

「別以爲在戰場上殺過人，老子大貴就怕了你！像你這般龜蛋大的腥冷兒，我大貴一口刀也他媽的砍過五、六個！」他並沒有說謊。

狄斌仍沒有回話。

「裝啞巴嗎？你道老子是甚麼人？老子是『屠房』的！老子頭上的師爺，名字說出來怕會嚇得你撒尿！就是黑狗八爺！」

狄斌依舊一言不發，神情卻不卑不亢。

大貴眼見狄斌聽了「屠房」黑狗八爺的名號，竟也毫不動容，不禁憤怒。「裝聾嗎？操你娘！」他手一招，五名手下紛紛拔出藏在靴內的小刀。

市肆人群都躲得遠遠觀看——特別在聽見「屠房」這兩個字之後。

「現在給你一條活路：喊老子一句『貴大哥』，恭恭敬敬地奉上二十文『規錢』，保你在這裡天天賣你的臭梨子！」

狄斌終於抬起頭，目光直視癩皮大貴的眼睛。

「我不可以叫你大哥。我有老大——**我只有一個老大**。」

大貴被狄斌的銳利眼神瞧得很不自在。但是左右看看，這個白皮膚的矮子手無寸鐵孤身一人，而自己這邊五個手下都拿著發亮的刀子，於是又陰笑起來。「我操，腥冷兒也來稱哥認弟！你媽的有個甚麼屁老大呀？亮出名號來，看看比狗蛋大得了多少——」

「不要侮辱我老大。」狄斌握起拳頭已準備拚鬥。他沒有想過要屈服，大不了打不過才逃跑。

癩皮大貴正要抓住狄斌的衣襟，突然感到背項一股寒意。他的動作停住了。

他回首，看見西首街頭站立著一個赤髮男人，整個人彷彿就是一柄插在街上的兇狠尖刀。

如刀的人緩緩步來。

刀在手中。

□

漂城南部善南街西端一家藥舖，傳出單調沉鬱的搗樁聲。

藥香從石樁下四散。于潤生嗅著這氣味，不停搗著藥末。在這寧靜的下午，包圍在這味道和氣氛中，家鄉的記憶悠然飄來。

于潤生想起少年的日子。

青春……他在想，青春絕不能繼續在這藥香中消磨。

——總有一天……

□

癩皮大貴是「屠房」的當紅頭目，黑狗八爺的門生，刀光血影裡穿過闖過。

現在他卻被一柄平凡的切肉尖刀映得心寒。是強烈的死亡感覺。大貴這種刀頭舐血的流氓，對這種感覺最是敏銳。

葛元昇走到狄斌身旁。那頭赤髮在街上顯得極是矚目。

他彷彿看不見眼前五柄刀子，只是以親切眼神看著狄斌，拍拍他的肩頭。

狄斌按著葛元昇的手掌。

「三哥，我沒事。」

葛元昇露出安心神色，回首時的表情突變兇厲，與狄斌並肩而立，面對著六個「屠房」惡漢。

那五個持刀的流氓咬牙切齒，握刀的手捏得發白。

齊楚同時鑽進了骯髒雜亂的市街裡，竄過看熱鬧的人群，繞到六個流氓後方。

「怎麼辦？……」齊楚瞥見附近一檔殺魚床子，躡手躡足地走過去，偷偷取了一柄尖刀。刀柄滑溜冰涼，齊楚用衣衫下襬把柄上的水珠抹乾。

「好哇，找來幫手的？」大貴語音微顫：「這是不把我們『屠房』的人放在眼內了？」

葛元昇嘴角微牽，眼中充滿嘲笑意味。

大貴切齒，瞧著葛元昇手上的切肉刀——不，還有一件更可怕東西：斜插在他腰間那個灰布包……

大貴又看看身旁手下。五柄小刀的刀尖在顫抖。

——他媽的，這男人眞邪門……

然而大貴已沒有退路。「屠房」的名號一亮出來，就是壓在他頭頂上的一座大山。這兩個字平日給他無數威風，但此刻卻變成重擔。

狄斌這時卻抓住葛元昇臂胳：「三哥，不要動手。」

葛元昇皺眉。

齊楚同時把刀子偷偷放回殺魚床子。

「怎麼啦？他媽的鬧甚麼玩意？」街後傳來一把聲音。癩皮大貴鬆了口氣，示意手下把小刀收起。

狄斌額上滴汗，慌忙把葛元昇手上切肉刀搶過，隨手拋到身後的泥濘中。

「是你們鬧事吧？在幹嘛？」一個神情囂張的高瘦役頭，帶著十多名差役排眾而至。差役包圍著各人，個個握著棍棒和腰刀。

「啊，原來是大貴哥，甚麼人犯著你啦？」高瘦役頭問，同時指揮部下撤去防範。

癩皮大貴哈哈假笑了幾聲：「古爺，沒甚麼事情，我們也在看熱鬧而已。」他認出對方是役頭古士俊。雖然古士俊與「屠房」關係甚佳，特別與黑狗八爺有交情，但大貴始終在黑道上混，對役頭沒甚麼好感。

在後面躲著的齊楚切齒低罵：「該死的『吃骨頭』……」

古士俊瀆職歛財的手段，在漂城公門的十一個役頭中要算最狠，卻怎麼呑怎麼吃身上也長不了肉，才被起了「吃骨頭」這個外號。

吃骨頭早就猜到大貴鬧事是因爲收不到規錢。「屠房」在這市集的收益，吃骨頭也有分上一份，但他身爲公門中人，總不能明著協助大貴。他瞄了葛元昇和狄斌的寒酸衣著幾眼，已斷定他們交不出規錢來。

「大貴，別鬧啦。這裡我來收拾。」吃骨頭的笑容中找不著半點誠意。他拍拍大貴的肩膀，悄聲說：「替我問候八爺。」

大貴勉強笑笑，就引領手下往街道東端離去。

狄斌一聲不響，也拉著葛元昇的手轉身。

「給我站住！」

狄斌一懍，垂著頭轉過來。

吃骨頭把玩著手上的漆紅短杖，走到狄斌面前。

「聽著！老子對你們這些腥冷兒最看不順眼！別給我抓到差錯，落在我手裡，有你媽的好受！」吃骨頭揮揮短杖。「把地上的爛臭梨子收拾好，趕快給我滾！」

葛元昇的拳頭捏出爆響。吃骨頭微退半步，握緊短杖。

狄斌迅速抓住葛元昇的拳頭。

葛元昇看著狄斌。狄斌的眼睛裡有千百句說不出的話。

狄斌俯身，扶正了簍筐，把沾滿泥濘的梨子拾起拋進裡面。

「白豆，我來幫忙。」齊楚飛快跑過來，一起收拾梨子。

葛元昇看看四周包圍的差役那譏嘲目光，又瞧見吃骨頭露出黃黑牙齒在訕笑。他閉目深吸一口氣，然後也蹲下來撿梨。

齊楚把髒梨放進筐裡時，視線跟狄斌相遇。他這才發現，狄斌已然咬破了下唇，鮮血從嘴角滴下來。

而葛元昇拾來的每一個梨子，上面都有深刻的指印。

「臭腥冷兒，以爲漂城是黃金地嗎？吃你娘的臭狗屎！總有一天，他媽的全教你們嚐嚐漂城大牢的滋味……」

□

狹小齷齪的木房，硬擠在破石里東北一角，約百碼之外就是漂城裡血腥味最濃的地方——平西石胡同。那是雞圍與破石里的交界，也是漂城黑道兩大勢力「屠房」與「豐義隆」短兵相接的戰場。

枯朽的木板和梁柱透出霉腐的氣味。房裡塞滿雜物和床鋪。半空的吊床像是被遺棄的鳥窩。窗上的糊紙被熏得焦黑。狄斌閉目斜靠在狹小的床上。血痂仍凝結在嘴角和下巴。

「媽的臭龜孫子，操他『屠房』十八代老祖宗的爛娘皮！」龍拜在木房僅餘的空間裡來回踱步，紅著眼罵著大串髒話。「操他娘去！我們兩個梨才賣一錢，半個也沒賣出，還要給甚麼規錢？規他娘的屄！他奶奶的，弄得梨子丟了，買賣也他媽的賠了！」

「『屠房』惹不過……」齊楚喃喃說。

龍拜露出不屑的表情：「我們戰場上回來的，有甚麼沒見過？我們殺人比他們殺豬還要多！就不信那群宰豬的打得過我們！他們人多而已……」

「二哥……」齊楚說：「你先前不是才提過加入『屠房』的事嗎？」

「呸！」龍拜的臉漲紅著：「別提這事了。沒門。『屠房』的人本來就看不起外地人。何況老大也不容許。我眞的不明白……」

龍拜嘆息著坐在床上，又說：「我們除了一條命就甚麼都沒有，除了殺人打架就甚麼都不會……不去道上混混，就這樣賴著活到老嗎？我不甘心！好不容易到了漂城這種大地方來，已經一年啦，盡幹這些臭鴨屎般大的買賣……眞受不了……」

木房寂靜下來，只餘下一種特殊而微弱的磨擦聲。

是葛元昇在不斷抹拭摩挲雙掌。

他的眼瞳深沉得嚇人。當中有恨和恥辱。

□

「這裡，你的藥。」于潤生把一個紙包放在木桌上。

「謝謝。坐吧，我請你喝茶。」坐在桌前的雷義向對面的空位揮揮手。「店家，沏茶！」

于潤生坐下來，從茶店的窗戶俯視下面善南街的情景。時近黃昏，完成了一天工作的人群，在街道商店之間閒逛。

雷義拈起一顆花生拋進嘴裡，輕輕啜了口茶。他今天並沒有穿著差役的制服——兩天前的晚上，他獨自制服了三個強闖民居的盜匪，但在搏鬥中也受傷不輕，今天仍在休假中。

店家端來清茶。「茶錢待會兒再算。」雷義笑著說。

「不打緊。不方便的話，下次光臨再一起算吧。」店家笑容很燦爛，當中沒有半點奉承虛飾。城裡的人都知道，雷義是漂城公門裡少數廉潔的差役，吃飯喝酒從不賴帳。

雷義朝店家抱抱拳。于潤生注視他的雙手。十根手指又短又粗，指甲前端都深嵌進結實的指頭肌肉裡。于潤生知道，沒有過硬的功夫，磨鍊不出這樣一對手掌。

「傷好得差不多吧？」于潤生問著，伸嘴輕輕把茶吹涼。

「明天就當班。」

「值得嗎？」于潤生端起茶碗，一口就把清茶喝去一半。「這樣打拚你得到甚麼？還不是口頭幾句讚賞？看看那些役頭，幾乎全都搬進桐臺了。」

「我沒有想過甚麼值得不值得。」雷義的一張方臉嚴肅起來：「只是有許多事情看不過眼。從當上差役那天起，我就沒有想過錢。」

「有的時候，錢並不只是錢。」于潤生抹抹嘴巴。

「不。對我來說，錢就是錢，只是用來吃飯喝酒，有時候找找女人，有時候吃吃藥。」雷義伸手進衣襟裡，掏出一串銅錢，點算出幾個放在桌上。「這裡是買藥的錢。」

于潤生把銅錢收下。「我的義弟……最近怎麼啦？」

「他在牢裡名氣大得不得了。」雷義說：「人人叫他『拳王』。打死了幾個人。」

「有辦法的話，請關照他一下。」

「放心吧。他在牢裡打勝了許多場，牢頭不會待薄他的。說不定他在牢裡吃得比你跟我都好。」

于潤生喝光了茶。「謝啦。下次我作東。」他站起來，步下茶店的木階梯離去。

于潤生走在善南街上，但並沒有循最直接的路線往東面破石里而行。每天在藥店完成辛勞的工作後，他總愛繞遠路經過安東大街回家。他喜歡闖進這片不屬於自己的繁華。

安東大街只有在天色漸漸昏暗之後，才眞正展露出它躍然的生機與華麗的光采。

于潤生就如一匹在雪地上獨行的孤狼偷看人家的光亮窗戶一樣，仰視著大街兩旁樓房上招手的艷妓，又觀看他人酒酣耳熱的痛快表情，聽著頹靡的樂曲和賭場的歡呼聲。他需要這一切，來保持心裡一種特殊的飢餓感。

他走到大街北端，經過全漂城最可怕的建築物「大屠房」，往西轉入北臨街市集。市肆早已歇息。他看見街角遺留了一個斜放的破筐，裡面裝滿污爛的梨子。

空蕩蕩的市肆，殘留了一種有如叢林的氣息。

天色越來越糟，陰雲從四面八方湧到漂城頭頂上來。于潤生加快腳步走出市肆，穿過平西街口。

剛進入破石里貧民窟裡，雨就開始下了。

他越過迷宮似的窄巷，經過呻吟、咒罵、驚叫、呼喝、哭泣，走過炊煙、雨霧、泥濘、破瓦、腐臭，回到家門前。

一個人站在門裡。

閃電剎那劃破厚重陰鬱的蒼穹。短暫的電光，照亮著狄斌焦慮的神情。「老大，不好啦。」

「甚麼事情？」

「三哥不見了。」

——轟！

雷聲此刻才爆發。鉛雲似被雷震擊散，化為了豆大雨滴，從高空灑落人間。

□

夜深。瘋狂的暴雨持續重重落下，彷彿直接來自悠遠的天外。

雨水洗滌著平西石胡同裡一場血祭。

人影在雨夜裡穿梭、起伏、匍匐。

刀光在流動，在顫震，甚至在呼吸。造形流線的刀鋒，鏡般平滑的刃面，如石紋自然的蝕刻。殺人的利器，此刻帶有一種殘酷的美感。

無數穿著草鞋、布履以至赤裸的足腿，急踏在街道水窪上，炸濺出泥水，步聲猶如急密的戰鼓。

出現於胡同一方的，是挑起這次戰事的「豐義隆」。爲了迎接將於日內自京都總行回來的「二祭酒」龐文英，「豐義隆漂城分行」人馬鬥志高昂，決心要打勝這一仗。

另一邊則是雄霸漂城黑道十二年的「屠房」。他們絕不容許財力豐厚的北方人，在這城市裡穩固立足。平西石胡同是必爭之地，只要守住這條短街的控制權，就能輕易攻擊破石里內「豐義隆」的地盤。

癩皮大貴是「屠房」殺手之一，他帶著八個兄弟埋伏在胡同北側，蹲於雞圍與胡同間的矮牆後面，隨時躍牆而出殺入胡同內。

暴雨清洗了雙方戰士身軀。

雷音暴起，打響開戰的訊號。

廝殺竟是默默進行。沒有激烈的喊殺。刀光劃過空氣的銳音被雨聲融化了。血漿自皮肉破裂處溢出，迅速給雨水沖淡。被殺者發出極低沉的哀叫，被暴雨完全掩蓋。金屬與骨肉交擊。好幾條人影像洩氣皮囊般頹然倒下。

癩皮大貴雙手握著三尺多長鋼刀，奮勇向前逐寸衝殺。他此刻沒有恐懼，連自我意識也失去，只餘下最原始的求生與殺戮本能。

血濺在他的癩臉上。別人的血。他伸出舌頭去舐那混和雨水的鮮血，品嚐到淡淡的鹹澀，然後再次咬牙往前揮刀。頭上那片污穢的方巾不堪衝力而跌落，露出毛髮疏落的癩疤頭皮，稀薄的髮絲盡濕。

他大力揮舞刀刃，猛斬在對面一個「豐義隆」頭目的頸肩之間。骨斷，肉開，血湧，頸歪。大貴的刀沒有停下。刀鋒繼續斜進，劃入胸肌，切破肚腹。皮肉外翻，脂肪與腸臟暴露在濕冷空氣中。

長刀從右腹側脫離，完成一條燦爛而殘酷的斜斜軌跡。大貴繼而迅速回刀，擋下一柄趁機襲來的短斧。

那被斬者的身體，這時才折曲崩倒。

大貴兩個小弟左右奔過來，以短刀刺穿了使斧偷襲者的右臂和腹腰。

「豐義隆」的列陣，被「屠房」這輪突擊衝潰了，刀手紛紛轉身逃竄。他們遠自北方京都而來，絕不願死在漂城這陌生異地。

「屠房」人馬急步追趕，刀光閃動間，又斬三人。

「豐義隆」殘兵轉入破石里北部。「屠房」二十多人窮追不捨。

敗者四散，遁入曲折的街巷。

「屠房」殺手不敢再貿然追進，唯有大貴一人，恃著對破石里街巷地形較熟悉，仍深入緊追著「豐義隆」一名頭目。

轉過三、四個彎角後，卻再也看不見對方背影。大貴亦無心搜索，因他發現連最忠心的手下也沒有半個跟隨。

「呸，都是沒用的——」

右側暗角處。

兩點兇狠目光。

一條高瘦的身影。

大貴愕然。眼前這個突然出現的人，並非他剛才窮追的獵物。

他想起來，似乎曾經見過這條身影，這種眼神。

像刀。

在淋漓夜雨裡，大貴看不清來者面目，只有對方的目光，反射著僅有的街巷光芒，透射而來。

大貴給這目光看著，忽然就像全身被甚麼東西釘死了，呆立原地。

是因爲劇烈的恐懼。源自那刀鋒般射過來的瞳光。

大貴努力想舉起長刀，可是肩臂肘腕，還有指掌全都不聽使喚。

「嗬……」連喉嚨聲帶也失卻控制。

那殺氣充盈的高瘦身影，步步逼近過來。

大貴呆瞪著雙眼。

一片輕盈的東西，飄落在濕滑土地上。

大貴低下頭去看——

這是他一生最後的動作。

大貴的頭顱，接著就沿胸膛滾落下來，跌在他自己的足趾上。

在失去意識前的剎那，他還是看見了：那片飄落地上的東西是一塊灰布巾。

粗糙的布纖維，轉眼吸飽了地上雨水和鮮血。

□

娼館裡燈光昏黃。狹小的房間充溢著異味。

這雨夜裡唯一沒有提早歇息的，是個已過四十歲、臉孔身材都早已鬆弛的娼婦。那渾身衣衫盡濕、包著頭巾的高瘦男人，就像頑童般闖了進來、將她一把推到鋪著破蓆的木床上。

男人抹去眼眉滴下來的水珠，掏出八個銅錢拋到枕旁，放下一個半染成暗紅的幼長布包，解開濕透的褲子。

陽物如刀般勃挺。

娼婦看見，感受到一股粗獷原始的刺激，久已麻木的陰部，升起一股癢感。

男人一言不發跨上了床。

娼婦閉起眼睛，嘆息。

□

曙光初露。隨著陽光上升，平西石胡同上的參差屋影漸漸退卻，露出昨夜給暴雨沖洗潔淨的石板地。

一條早起的野狗奔過胡同。嘴巴上啣著一根蒼白斷指。

□

狄斌勉強睜開紅眼睛，坐在木房外替灶火搧風，攪動上面煮著的大鍋稀粥。他一夜未睡。粥已煮透，冒著不斷破裂的泡。狄斌疲倦地倚在門前，瞥向屋內。于潤生、龍拜和齊楚仍然在熟睡。兩張吊床空空如也。一張屬於仍被關在牢裡的鎌首。

「白豆，你沒睡過？」

于潤生從板床坐起來。

「早飯弄好了，老大你先吃。」

于潤生爬起來走到門外，摸著掛在壁上一塊破爛的洗臉布。

狄斌從水缸掬起一瓢清水，讓于潤生梳洗。

「我……擔心三哥。他整夜沒有回來……」

于潤生把臉抹乾。

「放心。老三帶著刀。」

狄斌拿出幾只粗糙的瓦碗，舀了一碗粥給于潤生。于潤生拿著卻沒喝。

「我過去一下。」于潤生捧著碗轉到木房後，走過幾條窄巷。天剛亮透的破石里已然很吵鬧。每戶都在爭吵咒罵聲中忙著弄早飯，準備一天作息。打零工的苦力聚在巷道上閒聊，等著看今天的工作有沒有著落。沒有工作就要捱一天的餓。他們大半都是跟于潤生一樣，是從外來漂城討生活的「腥冷兒」。于潤生跟其中一些認識的打了招呼，捧著熱碗繼續前行。

他走到一座破得像隨時要塌下來的木板屋前。屋門沒有關，裡面傳出琴聲與男人歌聲，那歌喉沙啞粗獷，氣息卻悠長不斷，唱詞透著世俗的滄桑味道，配在一首古老簡樸的曲調中。

出生啊——命賤
風中菜籽
長在啊——淤泥

非我所願

誓共啊——生死

剖腹相見

刀山啊——火海

滴汗不流

烈酒啊——美人

快馬嘀噠

呼兄啊——喚弟

不愁寂寞

回首啊——看破

鏡花水月

青春啊——易老

知己去矣

雙手啊——空空
醉臥山頭
生啊——何歡
死也何苦？

于潤生走進去。屋裡除了一張床外別無家具，一個看來六十幾歲的老人坐在地上，仍在彈奏曲末的獨奏琴韻。彈琴的卻並非手指而是足趾。老人的雙臂，自手肘以下缺斷了。

「小于！」老人高興地站起來。雖然沒有雙手支撐，但只用雙腿從地上爬起仍毫不費勁，動作好像某種奇怪的動物。「正好，我餓了。」

于潤生把粥放在地上。「又是這首歌嗎？」

「大家都喜歡聽嘛。」老人再次坐下來，用腳在床邊的籮筐裡找到一把湯匙，以足趾挾著它舀粥來吃。老人的雙腳完全像手一樣靈活，把足尖舉到嘴巴前的時候，坐姿沒有半絲動搖。

「今天吃飯有著落嗎？」于潤生坐在老人身旁。

「可以啦。這麼多年了，不是那麼容易死掉的。」老人笑了，臉上滿佈的皺紋像刀刻般深。

于潤生不知道老人的全名，只知人人喚他「雄爺爺」。聽說三、四十年前就在漂城黑道上混，曾經非常風光。

——「我這條命哪，是撿回來的。」雄爺爺常常這樣對人說。

「聽說你的兄弟，昨天跟『屠房』的人吵起來了。」雄爺爺吃飽了粥後忽然說。「不值得啦。是『屠房』。忍一忍吧。」

「我忍得了，我的兄弟忍不得。他們都有一身硬骨頭。」

「你不是能忍。」雄爺爺看著于潤生的臉。「你是能等。唉，你跟你那些兄弟啊，除非離開這漂城，否則不是飛黃騰達就是橫死街頭。我看得出來。貓是貓，老虎是老虎。」

「這麼說，你是勸我們走嗎？」于潤生想起雄爺爺剛才唱的詞。

「年輕人，勸也勸不來；這是命，躲也不躲過。」雄爺爺說話的節奏也像在唱歌。「我只好說，事情兇險的時候，就不妨退一退。別爲了一口氣。我看過多少人，就死在那一口氣上。也告訴你的兄弟。」

「太遲了。」于潤生回答。「阻不了。也好，我已等久了。」

□

高聳的北城門開啓，迎著城門搭建的北橋，還有橋下漂河的水色，隨著漸漸打開的門隙，顯現在等待出城的眾人的眼前。

于潤生也是其中一個。每個月總有四、五天，他要牽著藥店的騾子，往北出城渡河，到對岸三里外的藥田取貨。

這是他工作上少有的樂事，因爲那邊村子裡總有一個人在等待他……

城門開盡，但守城的士兵卻仍沒有放行。

于潤生眺視前方。長長的北橋另一端，捲來一股暴烈的風塵。

五匹快馬迎面奔過來，迅速馳過石橋。

守兵大聲吶喊，驅趕城門前的人群，在中央分出一條通道。于潤生牽著騾子走到一旁，默默佇立。

到達城門時，鞍上的五名騎者同時勒馬。駿馬迅速煞步站住，一看就知道是血統優良又久經調練的良駒，價值不菲。

于潤生觀察那五名騎士。分守在四角的是四個一式白衣的中年壯漢，三個腰上配著皮鞘殘舊的長刀，一人則交叉揹負兩柄長劍。

這四壯士的眼睛，都隱隱透出一種無視生命的氣息——不管是敵人或自己的生命。

中央一騎坐著個身穿玄黑長袍的老者，白髮銀鬚，身上並沒有佩兵刃。

老者的眼神，又跟其他四人不一樣。

權威的光芒。

五騎停在城門前不動。

等候的人群中，有十幾人排眾而出，在中央通道間佈成保衛的陣勢。

當中一個漢子走前了幾步。

「前路已清，可以進城了。」

白鬚老者微微頷首。五騎保持著花瓣般的整齊陣式，馳過兩旁的人群。

騎隊越過一刻，于潤生凝視著中央那老者。

而老者竟生起警覺，把目光轉過來。

四目相對了短促一瞬。

五騎絕塵而去，留下尾後嬝嬝煙塵。

老者那眼瞳中充滿野心的神采，于潤生久久無法忘懷。

□

當于潤生牽著運貨的騾子渡過北橋，踏上漂河對岸土地時，「豐義隆」權傾一方的「二祭酒」龐文英正策騎駿馬在城裡街道急奔，回歸位於正中路的「漂城分行」。奔馳間，他那銀白長鬚在晨風中飄揚，玄黑衣袍獵獵翻響。

□

葛元昇帶著一身半濕衣褲，回到破石里木房。

第一個看見他的是狄斌。狄斌正蹲在屋頂上，修補昨夜漏雨的破洞，遠遠就看見葛元昇，歡喜得連跌帶滾跳下來。

「三哥——」

葛元昇看也沒看狄斌一眼，走進木房，爬上自己的吊床，下一刻就睡著了。

狄斌瞧著葛元昇靜靜蜷臥的身軀，嗅到那殘留的絲絲殺氣。

□

在溫暖的倉庫裡，李蘭發出一聲滿足的嘆息。

她輕輕撫摸于潤生的臉。他白皙的皮膚，在她粗糙的指頭掃撫下現出紅暈。他的頭枕在她赤裸而結實的胸脯上。

李蘭挪動一下身軀，因莊稼操作而失去了少女柔滑的深色皮膚，跟他的裸體產生快慰的磨擦。明明才剛交歡不久，敏感的她卻還是全身都冒起雞皮疙瘩。

于潤生則一動不動，默默凝視著倉庫的屋頂，陷入深沉的思索。

李蘭微笑，高隆的顴骨看起來太過剛強。她的臉相和身材骨架都說不上嬌俏，唯有那把烏亮而層次分明的長髮，散發著溫柔之美。

她瞧著于潤生思考的模樣。李蘭知道，自己的男人時刻都會想許多事情。那張冷靜的白臉底下，藏著許多浮躁不安，有如一片波瀾起伏的海洋。

最初發現于潤生這一面時，李蘭很是驚訝。她從來沒有想過，自己平凡的人生裡，竟然會遇上一個這樣的男人。奇怪的是她並沒有因此害怕，反而被深深吸引著。

李蘭以爲于潤生很快就會厭倦自己。村裡比她溫柔，又對他有好感的姑娘多著。可是他卻一次又一次回來找她。

于潤生的手指，這時陷進李蘭圓渾的股臀裡。捏得很用力，卻不至令李蘭生痛。這半像愛撫，半像是要抓住一種實實在在的安全感。就如孩子抓著母親。

李蘭再度發出嘆息，環臂抱著他的瘦腰。兩人如血肉相連般親密。

她沒有說半句話，只是繼續把他包容著，瞧著他仰視屋頂的眼睛，永不打擾他思索那許多她不了解的事情。

□

三十二歲的花雀五，剛洗過刀疤交錯的臉，雙目仍然浮腫，比眼前已六十二歲並兼程趕回來的龐文英，彷彿還老了幾歲。

「義父早。」花雀五的嘴巴冒著前一晚酒肉的臭氣。

「混帳！」龐文英擊拍椅把，從雕刻著老虎裝飾的大交椅上站起來。花雀五惶然放下正在擦眼睛的手。

「昨夜又折了十幾人？」龐文英憤怒地踏步，走到這分行議事廳「合豐堂」的中央。

「是……可是──」

「少來！又在想甚麼藉口嗎？」

花雀五的頭垂得更低。

「已經五年了！我們在漂城，損失了多少總行來的兄弟？虧了多少本錢，丟了多少鹽貨？你給我算！要不是我扛著，韓老闆還容得下你這掌櫃？」

一聽見「韓老闆」三個字，一股寒意自花雀五的脊梁冒升。

「韓老闆……有提起我嗎？」

「他對分行這裡的情況很不高興，你再不幹出一番成績給他看，我也沒法保你！」

「是……可是『屠房』始終是地頭龍，人馬眾多……」

「五兒啊！我這些年是怎麼教你的？你的胸襟眼光到了哪裡去？」龐文英嘆息著，坐回交椅上。「這兩年不是有許多腥冷兒湧進漂城來的嗎？花點錢，從裡面找些像樣的傢伙來補充實力，不就能夠跟『屠房』一拚嗎？這次我聽韓老闆的口氣，不會再同意把京都的人抽調過來幫忙。除了這些腥冷兒，我們還能找誰？」

「可是那些傢伙非常麻煩，大多很不聽話。我們更有些兄弟被他們殺傷過……」

「聽不聽話，講的是手段。」龐文英端起茶碗，呷了一口熱茶。「『屠房』瞧不起這些外鄉人，不會用他們；腥冷兒在城裡沒有門路可鑽，自然像瞎眼蒼蠅四處亂爬找吃。你只要給他們一條路，他們就會貼服。」

花雀五聽了，向義父重重地點頭稱是。

龐文英放下茶碗。「最近是不是又丟了一批鹽貨？多少？」

花雀五額上滲出冷汗。

「五百斤……」

「豐義隆」乃是京都黑道第一大勢力，分行佈於四州，主要財政來源是販運私鹽及其他違禁貨品，由於利潤極龐大，影響力直達朝廷核心，已然牢固壟斷了北陸一帶的鹽貨網絡，這些年則開始積極向南方擴張。

漂城是通商重鎮，扼守南部沿海與內陸地帶之間要衝。「豐義隆」爲了把販運路線延伸向南部及西南地帶，五年前進駐漂城開設了這家分行，意欲大展拳腳，卻遇上了遠超預想的阻力。

十二年來獨霸漂城的本地幫會「屠房」，作風較爲保守，主要收入來自城內繁華的安東大街及大小各種嫖賭吃喝生意，大約有三成自行直接經營，其他則坐地分紅，全城一切商店與市肆攤販都要定期奉獻規錢；其次則是照保出入商旅的安全，對貨物收取路費；低層部下則大量進行的各種偷盜、搶劫、勒索及侵佔勾當。

「屠房」的門生弟子，全都是至少已在漂城住了兩代的本地人，排外之心頗重。龐文英在漂城初設分行時，根本沒意思要在城內爭逐黑道地盤，單純只是想打通漂城成爲販鹽大站，一開始就直接找「屠房」老總朱牙談判，提出讓「屠房」在所有經漂城運送的私鹽中，抽取半成利潤，當是確保路線暢通的費用。

朱牙的還價卻是：抽紅兩成之外，更要求直接參與販鹽生意。

這是龐文英無法接受的條件。私鹽事業乃「豐義隆」命脈，經歷過十年京師黑道大戰，無數生死血鬥後才建立，是絕不可能與任何人分享的禁臠。

一聽到朱牙這個要求，龐文英就知道對方志在整個南方的販鹽網絡。「豐義隆」若同意合作，漸漸就會被「屠房」掌握整盤生意的運作方式和朝廷政治人脈；待新建的販運路線穩固下來，「屠房」藉助地利很可能將生意一氣吞掉，「豐義隆」就等於在南方培植出一個足以跟自己分庭抗禮的競爭勢力，此路絕不可行。

雙方在談判中久久僵持不下。可是「豐義隆」預早就花了許多金錢，打通南方黑白二道許多關節，並佈置僱用了大量人手，生意若無法馬上開展，損失將極大。於是龐文英試圖暫時瞞著「屠房」經漂城運貨。但他實在低估了「屠房」的勢力，運送的動作很快就被發現，大量鹽貨接連遭攔途截殺。雙方正式決裂。

坐在京都的韓老闆，無法容忍「豐義隆」招牌在漂城這樣的小小地方受損，下令以強硬手段全面進侵漂城，打通運鹽的關卡。「屠房」亦容不下外人入侵，漂城的黑道戰爭由此爆發。

「豐義隆」雖然權勢巨大，但畢竟漂城分行太遙遠，兵力難以直接支援，這五年來不斷落敗；「屠房」對抗這京師第一大幫而竟取得甜頭，更加激起雄心，要以屠刀迫令「豐義隆」屈服，近年在漂城近郊各通道長期設置哨站，嚴密封鎖打擊。積壓在「豐義隆漂城分行」的大批私鹽，六個月來沒有半粒能運出城去。

「五百斤！」龐文英猛拍木几，茶碗彈跳而起，濺得到處是水。「難怪之前鹽貨進城變得輕易，原來是他們的計策！這樣下去，損失太大了！」

花雀五嘆息：「對方人馬實在太厲害……我本來想組織大隊精銳兄弟，一次殺出血路把貨送出城。可是近來吃骨頭盯得我們太緊，常常藉故收押分行的兄弟進大牢，又掀了我們在破石里裡的不少生意，我根本抽不出足夠人手。」

「吃骨頭？」龐文英白眉豎起。「他不是也有吃我們那份嗎？」

「早前他好像瘋掉了，要我們每月多付五百兩銀！哪有這種規矩？我們給他那份，早就是漂城所有役頭裡最豐厚的！媽的，我當時陪笑說只能加一百兩，他頭也不回就走掉！不久後就他就開始常常來掀我們的場子，還說吃定了『豐義隆』！這個月單是把兄弟從牢裡保出來也花了七、八百兩銀子……操他娘！」花雀五激動地說著，卻發現龐文英沉默不語。「義父，怎麼了？」

「吃骨頭跟『屠房』那邊太親近了。」龐文英的眼皮跳了幾下。「畢竟他們都是漂城人。那幾百兩銀還不算甚麼。可是今天許了吃骨頭，明天其他人全都會過來伸手要錢。今後『豐義隆』的牌匾還算甚麼？五兒，這條道上，你退一步，人家就要進三步。」

「那怎麼辦？」

龐文英眼閃現兇光。

「幹掉他。」

花雀五吃驚，臉上的刀疤皺起來。「甚麼？不行啊！吃骨頭再髒，好歹也是公人，還是個役頭……能夠派誰去幹這事？」

「找一些誰也敢殺的人。上過戰場的人。」

□

中午。位於漂城東北區的屠宰場操作如常。

這裡就是「屠房」起家之地——這片充滿血腥與死亡的地方。生物與死體進出、躺臥、堆疊。屠刀起落。

趙來是屠宰場內五十六個屠夫之一。他剛宰完今早第八口豬，擰擰有點痠軟的手腕，走出場外，到後面貼近城牆東角處撒尿。

才解開褲帶，趙來發現牆角遺棄著一口渾身泥污的死豬，豬腹破裂，腹身像懷孕般飽脹，裡面似乎藏著甚麼東西。

趙來十分奇怪。他結好褲帶，走過去把死豬翻過來，伸手掰開豬腹的破口。

一張滿佈癩癬的蒼白人臉，赫然出現眼前。

□

「朱老總」是漂城市井的傳說。

十六年前屠宰場裡一個籍籍無名的屠夫，收服了城中屠戶最兇悍的三十七人，在黑道上豎起了「屠房」大旗。

那是漂城歷史上最恐怖的一頁。「屠房」揚起的腥風血雨席捲街頭，打破了全城的黑道平衡。幫派之間互相討滅吞併的大混戰持續了三年多，官府亦無法阻遏。兇絕的屠刀，最後在弱肉強食的鬥爭中勝利了。漂城因爲「屠房」的獨裁，得享十二年太平日子。

然而競爭從來是江湖的鐵律。安東大街的燈火太吸引了。面對「豐義隆」南來挑戰，朱老總與「八大屠刀手」重握十二年前的刀，決心要把驕傲的北方人逐出漂城。

暴力，是一切對抗的終極手段。

□

屠戶證實了：塞在豬腹裡那顆頭顱，屬於昨夜血鬥後神秘失蹤的癩皮大貴。他們馬上把消息呈報「屠房」核心人物之一的黑狗八爺。

同時在「豐義隆漂城分行」，花雀五已經得到這個消息。花雀五在陣前領兵硬拚的能力雖然不足，倒是在漂城建立起極佳的情報網。這方面的工作他所以如此賣力，主要都是因爲擔憂自身安全。

花雀五自小就活在不安的陰影裡：他的父親，也就是龐文英的拜帖兄弟江群，在家中被敵人偷襲暗算身亡，一家老少盡遭屠戮，只有四歲大的小兒子江五獲龐文英拯救，但也因爲被施過酷刑而得來滿臉刀疤——還有後來「花雀」這個外號。龐文英不單替他報卻父仇，更在「豐義隆」裡致力養育提攜，將他捧到今天「漂城分行」掌櫃這個地位。

烙印在心頭的童年恐懼，註定令花雀五永遠無法模仿義父，成爲豪勇剛健的大將；但他行事謹慎，小節上思慮細微，因而仍然得到龐文英的信任。

在漂城分行「合豐堂」裡，花雀五坐著聽取部下的回報。

「掌櫃，我已向昨夜參加打鬥的兄弟查證過，癩皮大貴並非死在我們手上。我方倒有三個人被大貴砍死了。」

報告的是一名外貌溫文的中年男子，看來年紀不過四十，頭髮卻已黑白雜間。他是花雀五的心腹智囊文四喜，主管分行日常運作，也負責情報消息。

「聽說，大貴的頭被人放在一口死豬肚裡。」說話的人坐在文四喜對面，全身穿著黑色布衣，身材高壯健碩，鼻頭缺去一片肉，那張醜臉透出強悍的氣息。他是花雀五的頭號打手「兀鷹」陸隼，善使鐵鍊殺人，那條沾過無數血腥的十五尺鎖鍊，此刻就纏在腰間。他專責「豐義隆」在破石里的生意活動，直接指揮超過五百名部下。文四喜與陸隼一文一武，都是花雀五從京都帶來的親隨。

「甚麼？豬肚裡？」花雀五大笑。「哈哈，『屠房』那群豬玀聽見了，一定氣得要死！」

「到底是誰幹的？」陸隼冷冰冰地問。他的手下昨夜才狠狠吃了一場敗仗，癩皮大貴之死，沒有令他生起半點歡喜。

文四喜回答：「不知道。但是據北臨街市集的人說，就在昨天下午，大貴曾經去那邊收規錢，跟幾個腥冷兒鬧起來，最後被吃骨頭擺平了。」

「吃骨頭？」花雀五喃喃說：「眞巧……那些腥冷兒是甚麼人？」

「有人認出其中一個特別顯眼的傢伙，長著紅色頭髮，在平西街『陶然軒』的廚房裡幹活，跟四、五個結拜的腥冷兒，住在破石里東北區。」

文四喜報告得極仔細，花雀五十分滿意。「『屠房』會不會也查出這些人來？」

文四喜搖搖頭。「大概不會。『屠房』一向討厭腥冷兒，把他們當成畜牲一樣，在這方面沒怎麼收集消息。」

「這夥腥冷兒裡有甚麼角色？」孔雀五又問。

「其中一個，幾個月前被抓到大牢裡，罪名好像是從身上搜出凶器，意圖不軌。這人在『鬥角』連戰連勝，牢裡的人們喚他『拳王』，頗有點名氣。」

「鬥角」就是大牢管事田又青主持的賭局，挑選囚犯中的狠角色捉對徒手格鬥，田又青做莊開賭取利。打勝的囚犯會得到贏錢賭客的打賞，在牢裡吃穿都也有額外優待，又會受獄卒保護，因此許多坐牢的硬漢都願意賣命參加。

「他打勝過些甚麼人？」陸隼問。

「幾天前，光頭大驢被他活活打死了。」

花雀五的眼睛發亮。「方才你說，這夥腥冷兒是結拜兄弟。他們的老大又是甚麼人？」

「聽說姓于，在破石里的腥冷兒之間好像有些人緣。不過他們這夥人，似乎還沒有在城裡道上混，也沒做甚麼偷盜買賣，幾個人都是幹正行。那姓于的，就在善南街一家藥店裡當小廝。」

「小廝？」花雀五失笑：「一個藥店小廝，就是這些人的老大？」

□

安東大街北端盡頭，矗立著一座與街道氣氛毫不協調的五層灰色大樓，遠比漂城內任何建築物都要高。大樓四面各佔據了整段街道，沒有任何毗鄰房屋，四周築著一圈丈高的漆黑圍牆，面對安東大街的一邊，則建起了一道寬足四馬並馳的玄鐵大門，整座建築就如平空在鬧市中出現的神秘城砦，一般人經過都不敢多看一眼。

「大屠房」。

□

坐在「大屠房」議事密室裡的，是個皮膚黝黑、身材胖短的中年漢子，假若被初到漂城的人看見，只會以爲眼前是個尋常街販，絕難想像就是「屠房」最高幹部「八大屠刀手」之一，「縛繩」黑狗八爺。

剛失去了門生癩皮大貴的黑狗八爺，把兩隻束著一圈圈細麻繩的手腕交疊在胸前，聆聽著部下回報這次奇怪事件的細節。

本來在火拚中折損一個小頭目，只是件尋常之極的事情。但是大貴頭顱被人像示威般放在死豬裡，餘下屍身至今無法尋回，黑狗八爺直覺此事很不尋常。

「八爺，我已再三細問昨夜打架的所有兄弟了，誰也看不見大貴怎樣被幹掉。」一個身材高大的部下在黑狗面前垂首站立，以極慎重敬畏的表情報告。

「解開來看看。」黑狗八爺搔搔鼻子說。

另一名手下一直捧著個布包，此時應聲點頭，把布包放在桌上，小心地解開。

出現在黑狗八爺眼前的是那顆癩癬滿佈、髮絲稀疏的頭顱。臉部已然發脹。

「翻過來。」

那手下沒有皺一皺眉，雙手捧著污穢的人頭翻到一側，把頸項斷口向著八爺展示。

黑狗瞪著眼睛，把臉湊近過去仔細觀看。

「是高手！」

□

漂城東南區有一片地勢奇異的天然平台，高出外圍十多尺，過去曾經遍植桐樹，因而名叫「桐臺」。

今天桐樹已剩不多。伐去樹林的空地建起一幢幢豪華宅第，集中住著漂城最有錢的商賈富戶。這片寧靜的宅區，是整座漂城經濟力量的象徵。只有少數討厭城內喧鬧的富戶，搬到了城外郊區居住，他們則大多住到漂河下游東、東南兩條支流間的狹長河島「洸洲」上。

于潤生工作的藥店，正正對著桐臺的西角，因此他每天都會看見許多富人出入的排場。每次這種人物經過，于潤生總是默默凝視著。

這天午後，他剛剛從李蘭老爹的藥田回來，此刻蹲在店後的倉庫裡，把帶回來的藥材一一分類。

郭老闆的呼喊在店面那邊響起：「小于……你出來……一下……」

于潤生察覺出來：老闆的語聲中，帶著惶恐不安。

他隨手抄起放在倉庫角落一柄鐵鍬，掀開門簾緩緩步出。

瘦小的郭老闆瑟縮在一角。三名外貌兇悍的壯漢，並排站在店門前。

「他們……找你……」郭老闆的手指向三人，慌忙又縮了回來，彷彿害怕這指點的動作再長一點點，手指就會被砍掉。

「閣下是于先生？」站在三人中央的漢子冷冷問。

「是。」于潤生回答，手拿著鍬柄，隨時準備舉起來。

「我們掌櫃想請閣下到酒館一聚，說幾句話。」

「你們掌櫃？」

「于先生放心。」那漢子咧嘴笑著：「我們不是『屠房』的。」

□

「江湖傲嘯唯愛酒」

丈長的紅色大酒帛，漆著這七個人頭大的潑墨黑字。

位於安東大街南段西側，有一棟氣派不凡的三層酒館，寬闊正門頂上掛著「江湖樓」金漆牌匾。

于潤生在那三名「豐義隆」壯漢帶領下，從側門進了「江湖樓」，拾級步上頂層。

寬廣的樓層裡有一間特別間隔的內廳，陳設華麗，放著一張可坐十二人的大飯桌。滿臉刀疤、身穿錦衣的花雀五是桌前唯一坐著的人，他身後擺放著一面繪畫著龍虎相爭圖的屏風。「兀鷹」陸隼則貼身站在花雀五旁，另有六名身穿青衣的漢子，在飯廳裡各角侍立。

大飯桌上擺滿十幾道精美菜式，許多美食于潤生連見也未見過。一壺美酒暖在熱水盆中。

除了「漂城分行」本部之外，「江湖樓」是「豐義隆」另一個重要的根據地。龐文英不惜以三倍價錢買下安東大街這片地，以酒館掩飾作爲調度駐兵的地點，箝制「屠房」在安東大街南段的勢力，並與正中路分行成首尾之勢，互相照應。

安東大街是黑道雙方與漂城官府默許的和平地帶，「屠房」礙於官僚和公門的壓力，無法阻撓「豐義隆」建立這座「江湖樓」。它無疑成了近在「屠房」身旁的一柄利刃。

于潤生走到席前。花雀五沒有起立相迎，只坐著拱手說：「于兄，請坐。」

于潤生微笑不語，坐到花雀五對面。

「在下江五，是『豐義隆』分行掌櫃，閣下應該有聽過吧？」

「久仰。」

「江某也聽說過于兄的事。」花雀五努力擠出誠懇的笑容。「江某好羨慕。于兄有幾位很有本領的兄弟……」

于潤生只是繼續不卑不亢地微笑著。「江某跟『豐義隆』眾多兄弟，都喜歡結交真英雄，所以冒昧——」

于潤生揚起手：「江掌櫃，有甚麼指教，請直接說。」

花雀五愕然。除了義父龐文英，已經許久沒有人打斷過他的說話。

場面僵下來。于潤生沒有看著花雀五，眼睛反而緊緊盯著花雀五身後那屏風。

花雀五動容，感到很不自在。——他怎麼知道……

「于兄，江某十分欣賞閣下一夥兄弟的本事膽色。昨夜的事情我已經知道了。現在想請你們為我做一件事……」

于潤生聽出來：花雀五想花錢僱用他們去殺人。去殺連「豐義隆」也不方便出手殺的人。價錢肯定不會低。「豐義隆」也一定能夠馬上把鐮首從牢裡弄出來。

但是于潤生要的絕不只這些。而他知道，眼前這個滿臉疤痕的男人，無法給他他想得到的東西。

「常言道：受人錢財，替人消災，這是天經地義的事；可是于兄，如果有人受了你恩惠，卻反過來跟你的對頭合謀害你，你會怎麼想？」

「不義之人，死不足惜。」

「好！」花雀五拍桌：「江某沒看錯人，于兄果然是好漢！來，先喝一杯！」

□

于潤生離去後，花雀五仍愣愣地坐著獨飲，默默回想剛才于潤生的言行。完全無法猜透。

雖然這座「江湖樓」裡外都佈滿「豐義隆」的精銳手下，花雀五剛才面對于潤生時，仍然有一種危險的感覺。

「義父，你覺得如何？」

龐文英從屏風後負手步出。

他走到窗前，俯視安東大街上熙來攘往的人群，似乎想從中找尋于潤生離去的背影。

第四章
不生不滅

塵世千萬眾生，就如處身一個不斷向前滾轉的巨輪上，畢生都在拚命地逆向攀爬，逃避粉身碎骨的結果。

在這個沒有休息的攀登裡，無時無刻皆會遇上阻路的競爭者。輪上鬥爭不息，有人繼續兇險前路，有人墮落永劫不復的輪底。

巨輪輾過，枯骨萬里，腥氣飄颺。

□

黃昏是破石里最混亂吵鬧的時分：付出了整天勞力後，粗工苦力們拖著疲困飢餓的身體回家；四周破落的房屋之間，瀰漫著濃濃的炊煙；娼妓才剛起床，忙著把劣等胭脂塗抹在乾枯的臉上，準備另一夜迎送……

于潤生就此時回到家。

他踏進大門。木屋裡，龍拜獨自在沒精打采地擲骰子。齊楚蹲在窗前，眉宇間充滿憂鬱——近月來他總是不時露出這副若有所思的表情。狄斌努力翻找著屋中剩餘的糧食。葛元昇拿著一塊濕布巾，在不斷抹拭修長的雙手。

他們渾然不知，自己的命運將要發生了驚心動魄的變化。

「看我帶了誰回來？」于潤生高聲說。四人這才發現老大已經出現在門前，同時瞧過去。于潤生不必讓到一旁，他們也看得見是誰站在他身後。只因那人的軀體實在太巨大。

「五哥！」狄斌呼喊著，跳過去抱住鎌首的粗壯臂胳，流下了眼淚。

鎌首向狄斌微笑。他伸出單臂就把狄斌整個人抱起來，放到自己肩頭上，狄斌的頭差點撞在門楣。

葛元昇堅實有力地在鎌首胸膛擂了一拳。鎌首的身體沒有動搖，左手把葛元昇的拳腕握住。兩人四目交投，無言互相點頭。

「老五，聽說你在牢裡出名啦！」龍拜拍拍鎌首的肩膀：「叫『拳王』，對吧？」

「老大！」齊楚的眼神流露出不可置信：「你用了甚麼方法，把老五從牢裡弄出來？」

于潤生神秘地笑笑，卻沒有回答，只是從懷裡掏出一個小布囊，拋到狄斌手上。

狄斌從鎌首肩頭跳下來，抹去歡樂的眼淚。

「白豆，去買些好東西回來！我們要大吃一頓！」

龍拜用聽的也知道，那布囊裡最少也有十兩銀子。他的雙眼瞪得像鴿蛋般大。

狄斌拿著那個沉重的錢袋，也極是驚奇興奮。他正要走出去時，于潤生又說：「也買些燈油回來。今夜我們要談很晚。」

□

龍拜嚼著雞腿，回想上次吃雞是多久以前的事情。他感動得快要哭。

當然還有酒。但于潤生吩咐只開一瓶。他們今夜還有許多事情要談。「四哥，你吃很少啊。」鎌首把一塊紅燒肉放在齊楚碗裡。「生病了嗎？」

「沒甚麼。」齊楚瞧著紅燒肉的眼睛仍是心事重重。

于潤生吩咐狄斌把雞和肉都分出一些，拿去給雄爺爺吃。

狄斌回來時，眾人都已吃飽了，正小口小口地分享著那瓶米酒。大家都一臉滿足，就如從前在猴山裡飽餐之後一樣。

于潤生把一件東西放在桌子上。「你們認得這東西嗎？」

除了鎌首，其他四人都認出來：那是刺殺萬群立當時那面沾血的羊皮地圖。

「你們也許早就聽過這地圖的來歷吧。那一夜，王軍的先鋒營犧牲了九個探子兵換它回來。這事情我知道得很清楚。因爲我就是第十個。唯一活著把它帶回營寨的人。但事實是，那晚只有八個探子兵是死在敵人手上的。」

眾人不明白他的說話。「第九個呢？」龍拜問。「是我殺死的。」于潤生說時眉毛沒有揚一揚。

齊楚和狄斌都感到一陣震慄。

「那夜我們十人前去探索敵營。把敵方營寨佈置詳細視察過後，就乘著黑暗折返，卻不幸遇上敵方的巡邏騎兵。八個人給當場打死。只有我和另外一個探子兵躲進了樹叢。

「跟我一起躲的那個人受了傷。他忍不住痛楚，開始呻吟起來，聲音更越來越大。敵兵開始走近。我沒有猶疑，一隻手捂住他嘴巴，另一隻手握著匕首，在他頸項上劃了一刀。

「我沒有半點愧疚。從我被迫投軍的那天開始，我就下定決心要從戰場活下來。我絕不要因爲別人的失敗或無能而死。這並不是自私。那些將領和同袍，那個在最危險的時候連痛楚也忍受不了的人，都不是我自己選擇的。既然我沒有挑選他們的權利，他們也無權要我爲他們而死。

「我在軍隊裡時就想通透了：所謂軍人，是多麼的愚蠢。把自己的生命交在陌生人的手上掌管，爲了陌生人的利益而冒險。我當時發誓，只要我能夠活過這場戰爭，我絕不會再令自己陷入這種愚蠢的處境裡。

「可是你們不同。你們每一個，都是我自願選擇的夥伴。是我提出跟你們結義爲兄弟的。若是爲你們任何一個而死，我也絕對無怨無悔。」

不知道是酒精還是于潤生說話的作用，每個人都感到胸中血氣翻湧。

夜裡的破石里依舊吵鬧，木屋裡狹小、悶熱而髒亂，透著陣陣霉氣和汗味。油燈光線昏黃不定。但是在這室內的六個人，都已渾忘了周遭這一切貧乏，而正享受著一種無上的快樂。六顆心緊緊連在一起。他們互相分享著最深刻的秘密。一種只存在於男人之間的赤誠。

「現在我們不要談『死』。」于潤生繼續說：「我們要活！活得比誰都好，比誰都自在。爲甚麼？像雄爺爺說的，就爲了一口氣！看看這城裡那些軟弱無能的人，他們憑甚麼穿得比我們漂亮，吃得比我們好？憑甚麼擁抱著美麗的女人？到來漂城這一年裡，我不斷在看、在聽、在想。我發現只有一個理由：他們很幸運。他們的運氣，是到現在爲止還沒有遇上更強、更狠的人！可是他們的快樂要結束了。因爲我們來了。

「這一年裡我不容許你們生事，或者到道上去混，就是先要把漂城的情況搞明白。我雖然比你們見識多一些，卻也從沒到過像漂城這種大地方。我要清楚了解這裡。我要知道這座城爲甚麼吸引許多人來，積累這麼多財富。我要了解『屠房』爲甚麼能夠雄霸這地方。我要明白已經是京都黑道最大幫派的『豐義隆』，爲甚麼也要來。我們的第一步，絕不能走錯。就像下棋，假如不能在下第一著時就心存勝出全局的意念，這局棋就註定要失敗。老四，我說的對嗎？」

齊楚聽了用力地點頭。

「現在是我們開始的時候了。但是有一個條件要先在這裡說：過去我們結義六兄弟，我雖是老大，但大家總算平輩相交，除了不許你們混黑道之外，我從來沒對你們下過甚麼命令。」

于潤生掃視他這五個沒有血緣的兄弟。

「但是從現在開始，我們每走一步都關乎生死。走錯就沒有回頭。所以從今天開始，你們要絕對服從我的命令行事。也就是說，請你們都把命交託在我于潤生手上。可以嗎？」

「不必再說了，老大。」狄斌站起來，指指自己的胸膛。「你忘記了嗎？離開猴山前那一夜，我們每個都喝過那酒，身體裡早已流著彼此的血！」

「太痛快了！」龍拜把空酒瓶往地上擲碎。「老大，我龍老二的命是你的！」

于潤生瞧著葛元昇。葛元昇摸了摸腰間那個灰布包示意。三年前他把「殺草」交到于潤生手上時，其實已回答了三年後今天于潤生的問話。

而齊楚和鎌首，早就欠了于潤生一條命。

「太好了。」于潤生的眼睛再次閃耀那種異采。「現在我們開始幹活吧。」

他取出另一張地圖。

齊楚一眼就認出來。那是雞圍的街道。

□

龐文英帶同他手下的「四大門生」，一行五騎奔出漂城最狹小的西門，離城前往十多里外的岱鎮。

此路上「屠房」佈設著監察的哨站，「四大門生」都特別提高警覺。不過五匹駿馬的腳程甚速，「屠房」要阻截追擊並非易事。

龐文英此行，是與岱鎮一名鹽商交涉，解釋鹽貨何以遲遲運送不出；另外他也爲了即將在漂城發生的事件而準備藉口。他知道那事情若實現，漂城知事查嵩一定會馬上召見他，他必要時可推託自己不在城內，沒能管束部下的行爲。查嵩當然不會相信這套，但一個藉口，有時可以作爲談判的緩衝。

龐文英原本沒打算出城，但昨天看到花雀五在「江湖樓」的表現，還是決定親身會見這個頗有勢力的鹽商。

他騎在踱步中的馬上，不禁搖頭嘆息。義子的交涉手腕，比他預期還要差勁。

——于潤生……

龐文英默想：這個姓于的，昨日在氣勢上簡直完全壓倒了江五。這種人竟在破石里隱藏了一年？他心裡到底怎麼想？……

「兵辰……」龐文英向左邊揹負著雙劍的弟子沈兵辰問：「你認爲那個姓于的小子怎麼樣？」

長髮披肩、面容冷峻的沈兵辰默想了一會。

「龐爺，我覺得他……很像一個人……」

「是……天還嗎？」

「嗯，是大哥。」

「有人！」在最前頭開路的卓曉陽突然呼叫。五騎馬上勒止。

龐文英看見前方道旁佇立一條人影，牽著一匹瘦騾子。

「四大門生」目露殺機。沈兵辰驅馬護在龐文英旁。左鋒、童暮城和卓曉陽則已把腰間長刀拔出來。三面刀刃都有許多凹痕，顯然皆是經歷過許多戰鬥的舊物，卻打磨保養得極佳，在陽光下反射著寒芒。

「是他。」

龐文英揮了揮手，指示四人不必攻擊。三個門生收刀後，他策騎上前，緩緩接近于潤生。沈兵辰緊隨在後面。

「龐祭酒。」于潤生拱拱手。「我有些事情想跟你談。」

沒有半句客套的自我介紹。于潤生很清楚，龐文英早就知道他。

這已經是兩天裡他們第三次見面：第一次在北城門前；第二次在「江湖樓」隔著屏風。但卻是第一次說話。

聽到這直接得有點無禮的開場白，龐文英反而感到歡喜，笑了起來。

——沒看錯人。我的眼睛還沒衰老。

「在這裡？」龐文英問。

于潤生搖搖頭：「明日，事情完結之後。我知道岱鎮的『興雲館』，是龐祭酒的地方。」

他揮起趕騾用的鞭，指往道路前面的西方。「午時。」

龐文英皺眉：「這城西一路上，有不少『屠房』的人，你來得了嗎？」

于潤生瞧著他，自信地點了點頭。

「明天只要龐祭酒去那茶館，就見得著我。」

龐文英呆住了。不是因爲這句話的語氣，而是看見于潤生說話時的雙眼，如火焰般燃燒。

——這種目光……廿九年前，我見過……

他想著遙遠的舊事，有點漫不經心地點頭答應。

于潤生得到他想要的答覆，沒再怎樣客套道別，只是再次拱拳，就牽著騾子往漂城的方向回去。

□

清水迎頭灑下，滑過鎌首光滑黝黑的皮膚。他搖搖頭，長長的濕髮揮舞，水珠飛散。

鎌首雙手把濕髮撥向後，露出額頂那黑色疤記。

就這樣全身赤裸又滴著水，鎌首走回木屋內。裡面只得狄斌一人正在收拾。

「來，白豆，你很久沒有替我梳頭髮了。」

狄斌回頭看見，心臟馬上亂跳。他極力控制著自己不要去看鎌首的下體。鎌首卻沒有半點尷尬，光著屁股坐在木椅上。

「好的。」狄斌打開木櫥，找出一把已斷缺了幾根齒的木梳，又從壁上拿來一條乾布巾，走到鎌首身後。

狄斌啣著梳，張開乾布，輕柔地把鎌首的濕髮擦乾。

破石里裡難得恬靜的中午。射進窗戶的陽光很是溫柔。只有布帛噗噗拍壓在髮上的聲音。

髮絲乾了後，恢復如流水般的層次。狄斌放下布巾，用梳子將鎌首的長髮緩緩理順。

對狄斌來說，這是愉快的事。指頭偶爾輕觸鎌首肩頸皮膚時，那感覺就像被電殛一樣。

鎌首背後有許多片創疤。狄斌認得其中兩道是龍拜射的箭。他凝視著傷疤，目光帶著憐惜。

「二哥他們呢？」鎌首問。

「他跟三哥去拿東西。『豐義隆』那邊的人準備了許多上好的『傢伙』。四哥一個人到雞圍去，看看那邊的環境。」

至於于潤生去了哪裡，他們都不知道。但是狄斌很肯定，老大一定是去做非常重要的事情：他看見老大今早出門時，眼睛又再露出那種光芒……

狄斌找來一根赤色的細繩，把鎌首的長髮束起來。

「行了。」狄斌長長吁了一口氣，好像剛完成了一件吃力的工作。

「謝。」鎌首回頭說。

瞧著五哥那單純的眼神與微笑，狄斌心頭有股微微的痛。

□

油燈已然熄滅。齊楚默默躺在黑暗中，雙眼瞧向窗外。

「老四，怎麼了？」是于潤生的聲音。「快休息。我們很早就要出動。」

──他只用耳朵聽，都察覺到齊楚的呼吸聲裡帶著不安。畢竟是朝夕相對的兄弟。

「我在想，今次的計策還有沒有紕漏。」

「要替你點燈嗎？」

「不用。」齊楚仍然看著漆黑的窗口。甚至在跟于潤生交談時，他腦袋裡原有的思路也不受干擾。自小學棋，齊楚已慣於繁複的思考。明天行事的那段雞圍街道，每一寸細節都深印在他心裡，不必再看地圖。

于潤生聽完就對齊楚放心了，沒再說甚麼，漸漸跟屋裡其他兄弟一起睡著了。

老大這種信任，對齊楚來說是最大的安慰。他們六兄弟裡，齊楚顯然是意志和身體都最弱的一個；唯有這顆頭腦，是他自信的來源，但這並不像葛小哥的刀或者鎌首的力量那麼顯而易見。只有于老大，完全了解、欣賞和信任他的長處。因爲老大，齊楚感受到自己的存在價值。就像要有光，才能顯現鏡的明亮。

齊楚在心裡再反覆好幾次檢視計畫，確定再無可挑剔後，才漸漸放鬆下來，眼皮開始變得沉重，意識漸漸進入夢鄉……

那條不屬於他的大街。一個月前的雨夜。濕淋淋的他呆呆站著，遠遠觀看那個女人。

太沒理由了。這樣的女人，根本不應該在那種地方出現。帶著孩童稚氣的眼睛。泛著鮮烈生命力的唇瓣。明明穿著好幾層衣服，卻一眼讓人想像到裸體的身段……

仍寒的春雨夜裡，雨水流進他的襟領，衣服內外都濕透。但其實他的皮膚不斷在流著汗——為了初次看見這個女人而流。

他知道自己從這一刻已經完了。他的人生像沉溺進平靜卻無底的湖中。這刻他跟她只隔著十幾步。他卻感覺到距離她多麼遙遠。

因為那是一條不屬於他的大街。

齊楚在沉睡中不斷重訪這情景。

這件事情他從來沒有告訴任何一個兄弟。就連于潤生也沒說。因為連老大也救不了他。他努力嘗試把這事情壓到心底的最深處。

可是現在不同。轉變出現了。他因此無法自制地再度想起那個女人。

這次「工作」要是成功了，他將擁有從前沒有的東西。

擁有接近她的權利。

單是想著這個可能，齊楚就在睡眠中強硬地勃起。

□

「吃骨頭」古士俊輕輕掀起被褥，推開依偎在身旁的三姨太，夢遊般拖著腳步下床找衣服穿。昨夜實在喝得太多了。

穿上役頭制服後，吃骨頭感受到一股熟悉的安慰。

不管這些年漂城街道如何血腥紛亂，這制服是絕對的護身符。即使是最兇狠最瘋的江湖硬漢，沒有一個有膽動漂城公門役頭的半根頭髮。要是有人或幫派傻得破壞這鐵打的規矩，將受到官府最嚴酷的制裁。

吃骨頭離開臥房，穿過圍著朱紅木欄的長廊。這位於桐臺南區的豪宅，以他那份微薄薪餉，幹二百年也買不了。

在廣闊的前院深吸了一口清晨空氣後，他忽然又想起兩天前橫死的癩皮大貴。

吃骨頭已然記得，大貴死前那個下午曾在北臨街市集鬧事，他卻無法回憶那幾個腥冷兒的臉孔。只隱約記得其中一個傢伙，好像長著一頭顯眼的紅髮。

——是不是應該把那件事告訴黑狗八爺？……算了。大貴只不過是個小頭目。

吃骨頭連帶想到近日漂城的情勢。在他眼中，「豐義隆」大勢已去。龐文英已遲暮，花雀五不思進取，漂城始終還是「屠房」的天下。「豐義隆漂城分行」不過藉著京都的勢力立足苦苦支撐而已。

更何況吃骨頭跟「屠房」都是本城人，他跟黑狗八爺交情格外好，也曾面見過朱老總許多次。既然要靠邊站，當然是靠向穩當又熟悉那一邊吧？

——不過吃骨頭心底裡還是很感謝「豐義隆」，這幾年進軍漂城掀起了這些風風雨雨，他才有機會大賺一筆……

癩皮大貴的臉，不知怎的卻還是再次在他心裡浮現。他感到隱隱的不祥。

「操他娘的大貴……」

要回去巡檢房打點了。昨夜宿醉未散，吃骨頭此刻不覺餓，決定回去才吃早點。

他扶正了冠帽，步出大宅正門。五個部下早就在外等候。

雷義那傢伙也在其中，吃骨頭有點意外。

——這個笨蛋。爲了抓賊人受傷，已是蠢得可以；現在竟然放棄幾天的休假，帶著傷回來當班。

雷義只是遠遠站在門前道旁。另外四個差役則陪笑走近來。

「早啊古爺！」

吃骨頭點頭回應，帶著四人步下宅門前的石階。

「古役頭，前幾天我抓的那干匪人，你給放了嗎？」雷義卻在這時走過來問，姿態雖然仍保持下屬對上司的恭謹，但面容卻冷冰冰。

「我要放甚麼人，你管不著。」吃骨頭沒瞧雷義一眼。「怎麼啦？不服氣？」

「沒有。」雷義絲毫沒有動容。「只是早知如此，我就當場把他們打成殘廢，免得又抓又放，挺麻煩的。」

「你這是甚麼意思？」一名差役指著雷義喝問。

吃骨頭揮手止住。他知道雷義有硬功夫，必要時總用得上。這是爲何吃骨頭一直容忍這個莽夫。

「我今早要到雞圍去巡視，你也來嗎？」吃骨頭問。

雷義搖搖頭。「我還在查那幾宗案。」

「隨便你。」吃骨頭一向不怎麼管束雷義，只要雷義不做任何損害他和同袍利益的事。

雷義已經問到他要問的答案。他沒有道別，就轉身離開。

□

刀光寒氣躍然。碧華在兩尺刃鋒上流漾。

葛元昇坐在這座荒廢的廟裡，眼瞳奔騰著洶湧的意念。身體內的殺性漲至頂點，好像快要從全身毛孔溢出來。

壓抑三年的殺性，被癩皮大貴的鮮血破解了封印。今天的葛元昇，表面仍然一貫地定靜，內心卻狂亂不息，呼吸時鼻孔就如冒出蒸氣。

這就是父親說過的「魔道」吧？他想。從前老爹傳授刀法時，每天都嚴肅地教誨，叫他絕不可逾越那條界線。「不要被殺念凌駕握刀的手。」他聽父親重複說過這話無數次。

可是有些味道，你嚐過就不能回頭。

父親臨終將「殺草」交託給他時露出的那恐懼眼神，再次在葛元昇腦海裡浮現。

——魔道就魔道吧。我不管。

——我只知道，這樣很快樂。

他如此在心中吶喊。

破敗的牆壁透進晨光。千億微塵，在光束裡浮游。

□

狄斌藏身之處，是在葛元昇那破廟的幾丈外，那是雞圍貼近城牆的一條陰鬱而骯髒的窄巷。矮小的他把自己埋在一堆霉腐的瓜菜與破簍筐裡。周身都沾滿穢物。

他用破布包住一柄腰刀。短小的五指緊握刀柄，掌背上青筋暴突。

狄斌十分緊張，就跟從前在戰場上一樣。雞圍是「屠房」的勢力範圍，他跟兄弟們就在敵人的眼皮底下。

他呼吸很粗濁，好像老虎鼻腔發出的低嘯。他感受著身體每寸。確定正保持在隨時爆發的狀態。每個關節都儲蓄著力量，隨時一躍而出。靈魂在奔馳。

——今天一定要成功。這是期待已久的機會。

——不是爲任何人而戰。只爲我們六個。

狄斌有死在這裡的準備。只要兄弟們勝利，脫出貧窮與卑賤，他不在乎。

□

吃骨頭帶著手下十四個差役，走出位於漂城西南的巡檢房，正好與大牢管事田又青碰上。他們彼此寒暄兩句就道別了。

「癡肥的豬頭……」吃骨頭走著時心裡在冷笑，不知道對方同時也在暗中恥笑他像病人般瘦得不像話的身材。

越過了田又青，吃骨頭那十五人走上了善南街，經過于潤生工作的藥店，左轉進入還未睡醒的安東大街，直往北行。

□

齊楚在窄巷間焦急地奔跑穿插，抄捷徑趕往雞圍。他剛目擊吃骨頭已經離開衙門，沿安東大街的北段走過來，所帶的差役人數比預期中更多。

根據「豐義隆」提供的情報，雞圍北區幾家娼館都欠下吃骨頭的抽成，今天就是歸還之日。吃骨頭雖然應酬繁多，但習慣睡得很少，平日甚愛早起工作，而且晚上從不踏進雞圍或破石里半步。

一切的估計都準確。除了人數變得棘手。

齊楚心裡在不斷想著該怎麼應變，躍過一堵殘敗矮牆，竄進了雞圍之內。

相比較新近形成的破石里，雞圍是漂城最古老的貧民窟，房屋街巷經年累月地衍生，因此地形非常複雜，就像迷宮一樣。齊楚卻早已把行事一帶的全部房舍和街巷分佈牢牢記住，一如從前記憶過無數的棋譜。依著心裡那幅清晰的地圖，他走到一條狹長而寂靜的荒廢巷道裡，在一所破敗的木屋前停下來。

他左右看看，確定沒有人影，才在腐朽的木門上輕輕敲了一串暗號，再把門推開。

一股霉臭氣息，從門縫裡溢出。

齊引頸往門裡探看。

視線正好與黑暗中一雙野獸般的眼瞳相對。

齊楚雖然明知屋裡是誰，仍不禁打了個冷顫。

直接感受到這股濃烈的殺氣，齊楚知道，對方的人數已經不成問題。

「老五，快到了。」

□

吃骨頭到達安東大街北端盡頭，雞圍的南門入口就在面前。他沒有怎麼視察，就安心地帶著手下走進去。

雞圍是「屠房」除安東大街外的另一塊大肥肉。雖說是貧民窟，但雞圍內裡生意活動甚興旺，也是另一階層口味的銷金窩，當中數以百計的娼館與賭攤最是賺錢，「屠房」自己就直接經營不少，藉之養活大量幫眾。

——相形之下，破石里貧乏得多，「屠房」因此不屑經營，才漸漸成爲腥冷兒的聚居地，「豐義隆」亦在內建立了一定勢力。

進入雞圍狹亂的街巷，吃骨頭這隊差役顯得比在大街更輕鬆。相比在安東大街，身處這裡沒有任何顧忌。漂城公門，對市井的賤民具有絕對的治權。他們邊走著邊哄鬧，罵著最髒最惡毒的詛咒，任意揮棍打撞看見的任何人與物，一句不說就抓取攤販的貨物飲食，好像在拿屬於自己的東西。

巷內角落伏著一具街童屍身，吃骨頭等完全沒理會。一些雞圍商人受不了這些流浪街童日夕偷竊，有時會乾脆付錢給差役或「屠房」流氓，晚上悄悄把這些露宿孩子幹掉。

有一家娼館欠吃骨頭的錢最多，已累積到八十多兩銀。去那裡要通過一條長長而狹窄的舊巷，那邊的房屋太過殘破，加上地勢糟糕，下雨常令髒水倒流積聚，夏季時臭氣熏天，連雞圍的人都不再住，荒廢了好幾年。

——像這種荒棄的街巷，在雞圍內正日漸增加。那是「屠房」爲了擴張生意而強迫居民遷離，聽說朱老總近年有意把雞圍的幾個地帶肅清改造，提高營利，甚至想開發成繼安東大街後新的黃金地段。

吃骨頭他們每二人並肩，成一條長列穿過那條窄巷。

吃骨頭走在第三，前面開路的兩人，是他指揮下最精壯、經驗最豐富的兩個差役。

正走到長巷中間時，吃骨頭心裡突然感到一絲寒氣，身體顫抖了一下。

——那感覺跟今早想起癩皮大貴時一樣。

同時前面巷口出現人影。吃骨頭心臟跳了一下，張目遠望，看清了原來只是個孕婦。

眾差役一見女人，馬上笑著吐出許多髒話。孕婦聽到他們叫她「母狗」，急忙垂下頭，把青色頭巾拉得更低，抱著鼓脹的肚皮，加快腳步走過差役的行列。

孕婦畏縮地貼著巷旁的房屋而走。差役各自露出邪笑，許多雙眼睛緊盯著她豐滿的乳房。

「前面！」吃骨頭的猥瑣笑容卻一下子僵硬了，眼睛瞪向前方。

巷口不知何時又出現另一人。

一個強悍拔挺的赤髮男人，臉色青白。腰帶上斜插著長狀的灰色布包。

吃骨頭的嘴巴打開著。他馬上認出了這男人的火紅赤髮。

就是在北臨街市集，曾經與大貴爭執的腥冷兒。

吃骨頭伸出手指，瞄準那個赤髮男人。

他說出三個字。

「抓」

孕婦急步接近吃骨頭。

「住」

孕婦抬頭。

「他」

孕婦右臂舉起，寬大的衣袍袖口，近距離對準吃骨頭的前額。

機簧彈動的聲音，在衣袖裡響起。

僅僅三寸二分長的黑色短箭。

箭簇刺破吃骨頭眉心，鑽進頭殼骨。骨層破裂。血管撕開。箭尖旋轉著突進腦袋之間，繼續深入。箭桿滑進骨肉與漿血。直至半支短箭都消失在吃骨頭的頭顱裡，那力量才完全抵消。孕婦轉身離開。

吃骨頭的身體崩潰。

站在他身旁的差役，最快看見發生了甚麼事。他本能地追向孕婦，一隻手伸出去想抓她。

「別——」

他只喊出一個字。第二個「走」字還凝固在口腔裡的同時，另一支黑桿短箭沒入了他的聲帶。

其餘十三人震住。他們根本沒看見冷箭從何而來。

只有那個「孕婦」——也就是龍拜——自己知道：身上僅有的兩枚袖箭已然射盡。

他逃到安全距離，推開一所破敗木屋的前門，竄了進去。

差役們此刻才比較清醒，各自拔出腰刀和舉起棍棒。兩人當先衝向那木屋，想要破門而入——

腐朽的木門，從裡面自行碎破。

一柄厚重而刃面寬廣的斧頭，挾著紛飛的木屑自門內斬出。一顆戴著差役冠帽的頭顱飛上半空，血雨自頭斷處噴灑。斧刃的餘勢把另一人的頭殼劈破。

沐浴在血雨中的十一個差役，前所未有地震怖，驚叫著互相推擠。

那個身材魁壯的持斧者，披散長髮赤著上身，像頭瘋獸般自屋裡追撲而出。染血巨斧再次揮舞，一名走避不及的差役被攔腰斬開，膏腸從傷口潑跌落地。

餘下那十人爲了躲避這把恐怖的斧頭，分開往前後兩邊巷口瘋狂逃生。

有四人往前方奔去。

擋在他們面前的，是那個名赤髮男人。

赤髮男冷笑。

四個差役紅著眼掄起腰刀，以拚命的姿態衝向赤髮男。

——灰布飄落。

四人的身體要害陸續破開。那些傷口最初都很幼小，顯示切開的鋒刃極之銳利。當身體各自像斷了根的樹木倒地後，鮮血才開始從傷口噴出來。

同時另外六名差役，正胡亂揮舞著兵器，從原路往後逃命。

不知從哪個窗戶連環射出兩枝急勁的箭。太陽穴。頸側。

仍然活著的四人，跨過中箭身亡的同伴，衝出了巷口。

他們聽到後面又急又強勁的足音，倉皇回首——

巨斧砍至。

四人跌步向左閃避，險險躲過那斜斬而來的斧刃，但也被這一擊趕進了向北的一條橫巷。

那邊比這條廢巷更寂靜。

持斧的巨漢在後面疾追，長髮飄飛猶如奔馬鬃毛。

差役們走過無人荒巷，終於到達北城牆底下。只要越過面前堆積著的許多破簍筐與爛菜，就能到北城門求救——

腐臭的瓜菜飛揚。一柄腰刀自簍筐間怒斬而出，深深砍進最前頭那差役的左髖。

中刀的差役瞬間翻倒，緊隨那三人全撞在他身上，四個差役在泥濘和穢物殘渣中淒厲地哀號。染滿鮮血的斧頭再度臨近。

巨漢雙手高舉兵刃。額上閃出一點烏光。

斧刃落下。

□

過了好一會，有幾名「屠房」流氓因爲隱約慘呼聲而尋來，卻已看不見一人——包括屍體。只有房屋木板和泥地上，到處遺留著驚心動魄的血污。

□

就像任何一座城市，漂城在她短促但燦爛的歷史上，也發生過無數匪夷所思、無從解釋的懸案。

這一年，役頭古士俊與十四名部下在雞圍北區失蹤，從此再沒出現過——沒有半片骸骨，半根毛髮。

誰也不知道他們遇上了甚麼。

□

「興雲館」是「豐義隆」在岱鎮的主要根據地，龐文英配置了約三十名部下，指揮頭目就是旅店的掌櫃麥康。

「興雲館」二樓一所幽靜廂房裡，龐文英與于潤生對坐，慢慢地呷著清茶。

表面輕鬆的他心裡在想：于潤生挑選這裡見面，他對「豐義隆」所知顯然很不少……

他凝視桌子對面的這個年輕人。

于潤生垂頭看著茶碗，沒有喝一口。

守在龐文英身後的是提著雙劍的沈兵辰，還有身材厚壯如磐石的卓曉陽。

「龐祭酒。」于潤生抬起頭，以閒談的語氣問：「你老人家今年多大了？」

「六十二。」龐文英的語氣微微帶著嘆息的意味。

「在這條道上，恐怕也走了三、四十年吧？」

「整整四十二年。二十歲拜入『豐義隆』門下。」

龐文英說時神情透著自傲。轉戰江湖這數十載日子，若是用「刀頭舐血」來形容，他的牙齒都已染得赤紅。

「少年子弟江湖老……」他回想到那些悠遠的歲月，又不免凝視著茶碗感嘆。龐文英乃是三朝老臣。在他三十八歲之年，「豐義隆」仍只是京都黑道的十三股勢力之一，創幫立道的第一代韓老闆韓東猝然病逝，由怯懦無能的獨子韓用繼承了位置，立時令「豐義隆」陷入危險。

也許算是幸運吧，這位二代韓老闆天生羸弱，接位僅僅兩年就去世。而真正的傳奇人物——現任的第三代韓老闆韓亮登場了。

他掌權後首先提拔幫內幾個最傑出的幹部，組成「豐義隆」新的決策層「六杯祭酒」，大力整頓內部架構，令「豐義隆」短短時日裡就恢復了實力，其他幫派原有的侵吞大計，碰上了韓亮迅速築起的堅硬城壁，無功而退。

龐文英晉升祭酒之年，剛好四十歲。

韓亮並未因此冒進，花了三年積極培養人才和開拓生意財源，充實力量；同時他又利用十二幫會在爭相瓜分「豐義隆」地盤時種下的嫌隙，善加挑撥和煽動，令它們互相牽制和削弱。三年間此消彼長，「豐義隆」的人馬戰力，已然暗暗凌駕其他任何單一勢力。

然後就是著名的京師十年黑道戰爭。韓亮巧妙地運用逐個擊破、聯盟夾擊等種種策略，吞滅了九個幫派，降服殘餘三股勢力，崛起爲天下第一大幫，壟斷北陸的私鹽販運網絡，連結朝廷核心的高官權臣，成就前無古人的偉大事業。

在這奇蹟一頁裡，勇猛的龐文英與專責後勤策劃、沉著過人的「大祭酒」容玉山，並列爲「豐義隆」一雙守護神。

「『少年子弟江湖老』……龐祭酒沒說錯。」于潤生直視龐文英。「你老了。」

「你說甚麼？」卓曉陽在「四大門生」中性格最爲暴烈。「敢對龐祭酒無禮？」

龐文英舉手止住卓曉陽。但他亦無法壓抑自己臉上的不快：「甚麼意思？」

「我是說：龐祭酒從前是一頭飢餓的老虎。可是你現在不再餓了。只有衰老的猛虎，才會失去胃口。」

「說下去。」龐文英強壓著憤怒，握著茶碗的手卻在顫抖。

「『豐義隆』進駐漂城已經五年，毫無進取。那是因爲你們不夠餓，不夠貪婪。你只一心想著打通運鹽的路線，卻沒從一開始想過，把整個漂城據爲己有。假如是二十年前那個開山劈石的龐祭酒，一定不會只盯著這肥肉不吃吧？」

「漂城道上的狀況，還有『豐義隆』的事，你這外人，能知道多少？」龐文英不服氣地反駁。

于潤生看出來，龐文英已然完全被他說話吸引。他這才氣定神閒地呷口茶，然後緩緩敘述自己的想法。

「漂城的財源，第一是安東大街，其次是雞圍。這些幾乎全是『屠房』的天下，有的生意他們自己直接做，有的坐收規錢或者抽紅。我猜算過，這些收入每個月都以百萬兩銀計。」

這跟花雀五收集到的情報頗爲吻合。龐文英很是錯愕。面前只是個在藥店打工的年輕人，竟然知道這麼多。

「朱牙是個心急的笨蛋。他爲甚麼不跟你合作？用漂城作貨站，打開本州和南方私鹽路線，『屠房』不用動一根指頭，坐著就分到相當於經營漂城的金錢。我猜，朱牙是不希望只坐在旁邊收錢，而是想迫龐祭酒交出一些販鹽生意給他做吧？一開始就開出這樣的價碼，引起『豐義隆』的戒心和敵視，這不是笨得要命嗎？爲何不學學你們的韓老闆，首先藉合作累積實力財富，再慢慢把自己人滲進私鹽販運裡，最後才一次將整盤生意搶過來？朱牙這種蠢人，根本不值得活在漂城。」

龐文英聽了更驚訝。連他自己也從來沒敢輕視朱老總，于潤生卻將他說得一文不值。然而這樣的分析條理分明，甚至連「豐義隆」韓老闆的稱霸史也搬出來了。

——這傢伙來了只有漂城一年，大概每天也沒閒下來，日夕都在打聽關於這座城的一切，才會知道這麼多、思考這麼多。

——一個窮得一無所有、住在破石里爛木房裡的外鄉兵卒，竟在踏進漂城城門那天開始，就抱著這麼遠大的目光。

龐文英已然確定，眼前是個奇特的人才。但他還是想再了解，此人胸中有甚麼能耐。

「過去了的事，誰都懂得批評。那日後呢？依你說，『豐義隆』應該作甚麼對策，才能夠吞下漂城？」

「『屠房』的強處，是人手兵力充裕。我粗略算過，跟著『屠房』吃飯的，大概有兩、三千人；假如再在城裡和鄰近村鎮臨時撒錢增兵，可以招到多一倍的散兵。那『豐義隆漂城分行』呢？幾百人嗎？」

龐文英沒有回答，也就等於默認。

「要拉近這種差距，龐祭酒當然可以向『豐義隆』總行請求加派人馬。但『漂城分行』往績不好，再這麼做，我猜會大大影響你在總行的地位吧？龐祭酒一定非常渴望，憑著現有的實力，就將漂城奪到手。」

「還有另一個方法？」

「招集城裡的腥冷兒吧。我們都在戰場上拚過，能夠馬上投入賣命。而且我們每個都很飢餓。『屠房』沒有先一步吸納我們這些人，留了這一步給龐祭酒，又是犯了一個大錯。」

這與龐文英給花雀五的建議，不謀而合。

「以我所知，『豐義隆』在京都跟朝廷建立了緊密的關係，龐祭酒本人更與朝中大臣有很深的交情。」于潤生繼續說：「假如動用這關係，應該能夠牽制漂城的查知事吧？」

龐文英點點頭，緊緊盯著于潤生。連這種層面也想到，眼前的絕對不是個普通人。

于潤生輕輕握拳：「那更好辦了。有了這一著，再以腥冷兒充實兵力，『豐義隆』就有一半勝算。」

「還有另一半是甚麼？」龐文英此刻已渾忘身分，被于潤生的偉略吸引，只渴望繼續聽下去。

「我一向相信一件事：數字，永遠不是最重要的。」于潤生說：「擁有多少人、多少兵器、多少金錢……都不是成敗的最關鍵。是意志。『豐義隆漂城分行』，需要一些人物，敢去做別人不敢做的事。能去做別人做不到的事。足以抗衡『屠房八大屠刀手』的人物。」

「你這是在說……」龐文英凝視于潤生。

于潤生站起來。

他那異采流動的眼神，就是答案。

「我聽到馬蹄聲。他們來了。」于潤生說著，收起剛才述說戰略時的傲氣，恢復最初的恭謹神情，走到房門前。「龐祭酒，于某有一份入門禮送給你老人家。請到外面驗收。」

□

初夏的熱風捲起沙塵，令岱鎮中央僅有的幾條商業街道，顯得有些荒涼。

龐文英與于潤生走出了「興雲館」大門。在他們前頭開路的，是龐祭酒「四大門生」的兩人：童暮城和左鋒。他們一個臉上滿佈著皺紋，顯得較老成穩重，另一個自左耳根至鼻翼橫著一道赤紅刀疤，外露著強悍之氣。沈兵辰和卓曉陽則繼續緊護著龐文英，直至此刻仍然對于潤生充滿戒備。身材肥胖的「興雲館」掌櫃麥康，也帶著二十幾個「豐義隆」駐在岱鎮的打手，緊隨奔出，於旅館前空地佈成防備的陣勢。

一支五人騎隊，從東面街道遠處，挾著黃色的塵霧急馳接近。

「好濃的殺氣。」左鋒眺視來者，臉上的刀疤充血變紅。

「但不是衝著我們。」沈兵辰淡淡地說。風吹得他的披肩長髮颺起，露出肅殺的蒼白臉孔，一雙三角細眼不露半點情感。

龐文英看看于潤生。于潤生卻只是凝視著前來的騎隊，露出充滿信賴的笑容。

騎隊在空地前停下來。馬上五個高矮身材不一的騎士，散發著一股慓悍之氣。

龍拜早已換回男服，他提著一個布包，當先一躍下馬。

其餘四騎葛元昇、齊楚、鎌首和狄斌亦一一跨下鞍，跟隨著龍拜走到龐文英前面。

「夠近了。」童暮城伸手止住他們。「豐義隆」人馬同時自外成包圍之勢，防止生變。

龐文英掃視眼前這五個男人。他的目光多次停留在鎌首臉上。

「這些就是你的……兄弟？」

于潤生點頭。

「是歃血為盟、誓共生死的兄弟。他們都把性命交了給我。因為我們都是人神共棄的腥冷兒。」

龍拜呈上那個布包：「龐祭酒，請驗收。」

龐文英略動眼色，身旁的童暮城也就接過包裹，謹慎地打開。

吃骨頭古士俊那張錯愕的死相，呈現在龐文英眼前。首級的額頭上，仍然深深釘著黑色短箭。

□

漂河北岸，寬闊的河道在燦爛陽光之下靜靜流動。

位處上游的一片荒廢農莊，四周極是寂靜。被遺棄多年的空空糧倉仍然屹立著，大門迎風擺動。

曾經養活數百人的田地，今天雜草叢生，蔓成一片起伏的綠海。開挖於久遠年代的引水道，因久未疏通而淤塞，濁水浮著一層薄薄的銅色污物，反射著午後烈陽。

田野間亂草晃動。只有遊於草間的飛蟲以複眼看見了：外表看來平靜的長草之下，躲藏著七十幾個人類。

農莊以東的一幢木屋裡，花雀五正安坐著遙控大局——他從來不會輕易令自己暴露在血腥衝突的前線。文四喜和「兀鷹」陸隼二人陪伴在側。

花雀五闔著眼睛養神。臉上縱橫交錯的刀疤，卻突然微微抖動。

——于潤生……

直覺告訴花雀五：將來于潤生會成爲可怕的敵人。

那次在「江湖樓」會面，花雀五感受到自己竟被于潤生的氣勢完全壓倒。一個在藥店當小廝的腥冷兒。他無法忍受這樣的事。

——那傢伙，簡直像頭穿著衣服的狼。

——這樣的人，絕不能留。

刺殺了吃骨頭與一隊差役，在漂城必然將爆發成大事。後果太嚴重，不可以暴露半點風聲。花雀五有足夠的理由滅口。他也是打算這樣向義父解釋。

超過十倍的人數和武力，足以把前來這農莊領賞的于潤生六人，斬成碎塊。就像吃骨頭跟他的手下一樣。

遠處傳來隱約的蹄音。

文四喜走到窗前觀察，接著把木屋對著田野那面窗戶布帛由青色換作紅色，無聲地下令田野內的刀斧手做出剿擊準備。

繼續透過窗帛縫隙眺望時，文四喜的眼睛卻瞪大了。他看見不該在這時刻出現的東西。

「掌櫃，是馬車！」

花雀五霍然站起。

「坐車？怎麼會這樣？」

□

龍拜、葛元昇、鎌首、齊楚和狄斌都已經梳洗和換上新衣，在「興雲館」飽餐後，跟隨著麥康走在岱鎮的街道上。

「各位吃飽了吧？」麥康的笑容很和善，但五人仍保持警惕。「來，我帶大家去一個好地方喝兩杯。」

「不用客氣啦，麥掌櫃。」龍拜微笑著說：「只要有休息的地方就行。」

「龐祭酒叮囑我要好好招待各位。」麥康的笑容中帶有神秘的意味。「那就必然要招待得齊全。」

鎌首向其他四兄弟打了個眼色。五人裡除了葛元昇仍腰插「殺草」，現在都沒帶兵刃。

麥康領著他們，走到巷內一幢平凡的房屋前，把門推開。

「請進。」

五人緊綳著神經走進去。

他們吃了一驚。

屋裡坐滿的，是一群姿態撩人的年輕妓女，四處或站或坐，屋裡繚繞著一股奇異的香氣。

「好好樂一樂。」麥康眨眨眼睛說：「這地方，等閒人來不了。」他轉身出去，把門關上。

「我操……」龍拜感到身體發熱，左右細看每個女人，又轉頭看看緊張得臉色煞白的齊楚。

「怎麼啦老四？你喜歡哪個？」好幾名妓女都以挑逗的眼神，盯著齊楚俊秀的臉。齊楚看著她們的媚態，心裡卻馬上想起另一個人。

狄斌同樣緊張得滿頭大汗。「我……」他看看身旁的鎌首。鎌首正以出奇地冷靜的神態，瞧著一具具穿著暴露的女體。

剛剛不久前才殺過人的葛元昇，眼中已閃出急欲發洩的火花，看見一個乳房豐滿得像要從衣衫跳出來的成熟妓女，也不理會眾兄弟了，上前一把摟住她。附近其他妓女則嬉笑著，伸手去摸葛元昇的紅頭髮和結實身體。

另一邊龍拜一口氣就挑了兩個女人，左右抱著她們的腰肢。

「五哥……」狄斌拉拉鎌首的衣袖，看著已混進女人堆裡的龍拜和葛元昇：「你也要……嗎？」

他卻發現鎌首正凝視一個半躺在胡床上的年輕少女。那少女的身體好像還沒有完全發育，打開的綢衫露出了一邊細小乳房，以驚奇的目光打量著鎌首的魁偉軀體。她的瘦腿在微微顫抖。

「白豆，你從前沒有嚐過女人嗎？」

狄斌心頭如遭電殛，急亂得無法作答。

「你記得我曾經告訴過你嗎？我忘記了過去的所有事情，只有一點點記憶：許久以前，我曾經有過一個女人。」鎌首露著茫然的眼神說：「那大概是在我年紀還很小的時候……她一定是我第一個女人。我記不起是誰。可是每次我看見年輕的女人，就會隱約想起她。然後就有一種很奇怪的安心感覺。」

鎌首說著，也就走向那少女，把她攔腰從胡床抱起來，放在自己肩上。

——他要從女人的身體裡，尋回自己的過去。

□

當狄斌被那個比他還要高大的妓女牽著走時，他感受到一種連在戰場上也未經歷過的緊張。豐乳、細腰與盛臀，妓女渾身都透出能令男人失去理智的原始魅力，可是卻絲毫無法激起狄斌的性慾。

但狄斌不敢掉頭走。他害怕成為兄弟的笑柄。

妓女帶著滿頭大汗的狄斌，穿過走廊，進入一間狹小的臥房。

房裡沒有窗戶，唯一的陳設就是貼著木板牆橫放的一張大床。

妓女把房門關起來的瞬間，狄斌感覺就如躺在棺材裡，再被仵工狠狠釘上棺蓋。

「來吧，小兄弟，替我脫衣服好嗎？」妓女坐在床上媚笑。

狄斌無法直視她，呆呆站立。

「還是你很累嗎？好，我自己脫。」突然暴露在眼前的細白肌膚，令狄斌暈眩。完全赤裸的妓女已躺上床。

「來嘛……」妓女叫著，雙腿朝狄斌張開，最隱私的部位清楚呈現。

狄斌有嘔吐的衝動。他腦裡一片空白，連奪門逃跑的念頭也生不出來。

不知何時他已在妓女半推半拉之下仰臥在大床上。妓女如蛇地纏繞著他。

「第一次嗎？讓姊姊來教你……」纖滑的五指摸到他胯間。

他發出低啞的呻吟。

「怎麼了……」妓女探索著時說。她的手摸不到熟悉的堅硬感。她把他的腰帶解開，直接伸進去愛撫。

這時狄斌聽到一連串彷彿來自深遠夢境的喘息聲。那是一把粗獷野性的男聲。帶著急密節奏的呼吸。狄斌聽得心臟鼓盪。

然後是另一把嬌弱的呼聲，開始應和著那男聲的節奏。兩把聲音漸漸變大。跟狄斌很接近。

就在床邊，木板牆的隔壁。

經驗豐富的妓女，繼續在不斷挑逗撫弄著狄斌的白皙裸體。

狄斌清醒了。他聽出來，隔壁是鎌首的叫聲。

那激烈交歡中的呼叫聲，每一記都像鐵錘般擂在狄斌心胸。狄斌彷彿被催眠。一股暖熱的氣息漸漸在腹下升起來。

「好啦……」妓女興奮說著，爬上狄斌的身體。

狄斌他感受到膣腔包裹著自己陰莖那種濕潤又溫暖的奇妙觸覺。不知不覺間，狄斌的腰身也跟隨著鎌首的狂野叫聲，一次一次地往上挺起。盆骨互相碰撞磨擦。跨騎在他身上的妓女受到接連的衝擊，開始忘我地叫床。

狄斌沒有看著她。他閉上眼，腦海裡出現的，是在破石里家裡，鎌首的赤裸身體……

一記嘶啞的吶喊後，鎌首那喘息聲慢慢緩和下來。

狄斌好像給一盆冷水從頭頂淋下，性慾瞬間消退。

妓女伏倒他身上，喃喃說：「怎麼了……」

狄斌漲紅著臉把妓女推開，從床上坐起來。

「給我滾！」狄斌憤怒之下，狠狠打了妓女一記耳光。

那妓女撫摸著臉頰，卻反而笑了起來。

「原來你愛打的嗎？也行，只要你喜歡……光用手夠嗎？我們這裡也有鞭子……」

狄斌呆住了。他愣愣坐在床上一會，然後帶著沮喪的神情慢慢爬下床，俯身撿起被妓女脫去的衣服。

□

發洩過後的鎌首，一動也不動地躺在床上，渾身汗水淋漓。伏在他身旁的少女無法動彈，全身都僵麻了。

鎌首仰視房間的屋頂。

他想起一張臉。一張似笑非笑、似怒非怒的臉，既祥和又不仁。

在這張臉跟前，鎌首感受到一股巨大得足以把他吞噬的孤寂。

□

「卓曉陽！」文四喜驚呼。

花雀五惶然奔到窗前。他也認出來了，遠方那輛馬車上的車伕，正是他的卓師哥。

他急忙扯下紅色窗帛，取消了襲擊的命令。「跟我出去！」花雀五吸進一大口氣，帶著陸隼和文四喜走出木屋外。

馬車駛到田野中央的寬闊陌道上。白衣佩刀的卓曉陽猛叱一聲，急收轡繩，把車停了下來。

花雀五邊走向前邊招手，那藏在長草下七十幾個精悍的「豐義隆」刀斧手同時站起現身。他們每個都頭纏黑布，提著用布套包裹的兵刃，陣式十分整齊。

花雀五三人走到馬車前方。

「卓師哥，裡面……」

不必等待回答，馬車門幔已經揭開。

第一個下車的人，是于潤生。

「五哥果然是守時的人。」

于潤生說著，露出花雀五猜不透的自信笑容。

花雀五臉色煞白，一時無法言語。

繼而逐一下車的，是白鬚黑袍的龐文英，還有「四大門生」其餘三人。

「義父……」花雀五無法相信眼前所見：「這是……爲甚麼……」

龐文英拍拍于潤生的肩。

「我已把潤生收入門。以後大家都是『豐義隆』自家人了。」

花雀五、陸隼和文四喜都錯愕異常。

龐文英撫著白鬚：「從今天起，就是我們反擊的日子！有了潤生他們這些生力軍，我們要徹底跟『屠房』一戰。一天不把這些宰豬的趕出漂城，我一天都沒顏面回京都。」

于潤生看來很誠懇地笑著，上前抱抱花雀五的肩：「五哥，以後請多提點。」

花雀五感覺好像全身的血液都湧上腦袋。他有股想當場把于潤生扼死的衝動。

但他只能呆呆站著，接受于潤生友善的擁抱，連手指頭也沒有動一動。

——義父，這算甚麼？姓于的這個雜種，早晚要把我跟你都吞掉！連這都看不出來？你老昏了頭嗎？

龐文英卻只是爲新得的人才，仰首傲笑。

□

九年前，龐文英五十三歲。京都黑道戰爭，剛好就在他厭倦一切之時結束。

這場慘烈的戰爭裡，「六杯祭酒」犧牲了一半：「三祭酒」蒙俊、「四祭酒」茅丹心、「五祭酒」戚渡江。

可是對於龐文英，最大的打擊是「五大門生」之首燕天還陣亡。

智勇兼備的燕天還，二十年來助龐文英在無數鬥爭中籌劃決策，一路過關斬將、克敵制勝，最後卻在京都的城郊混戰裡身中流箭而亡，死時不過三十六歲。半生未娶亦無子嗣的龐文英，痛失了視如己出的最珍愛弟子。

「豐義隆」從此進入安定期。曾爲幫會披荊斬棘的戰將龐文英感覺疲倦，也不再受韓老闆急切需要，也就帶著餘下的「四大門生」到處遊歷，以求消解那痛苦與遺憾。

但是四年之後，龐文英的人生再起波濤。韓老闆發出了進軍漂城的指令。

也許韓老闆就是想藉此次擴張，再度激發猛將的戰志吧。然而龐文英的心已衰老。作風變得保守，用人和指揮也開始疏懶犯錯，平白消耗了不少從京都總行調來的財貨與人手。

「漂城分行」這時其實已經難以維持，龐文英感覺自己就像快要沒入西山之後的夕陽……

直到今天，他認識了于潤生這個人。

即使只是短短相交，龐文英卻很肯定，于潤生就是那種稀有的人傑。他想不到自己竟是如此幸運，在生命中能遇上兩個。

龐文英眼中的于潤生，像極了二十九年前第一次看見的燕天還。十六歲的燕天還。

此刻他捋鬚傲笑，神情氣概就像回到從前初登祭酒之位時那樣。

喚醒他的，是年紀不到他一半的于潤生。

□

這一年于潤生二十八歲。他的人生起步得很晚，但一開始了就沒有人能夠阻擋。

《殺禪》卷一【暴力集團】・完

卷二【恐怖樂園】

Karma Vol. 2 Garden Of Terror

第五章
不垢不淨

車輪輾過沙土，在道路上劃出兩條悠長的軌跡。

令馬車壓下如此深刻輪印的，是裝載在車板上那些沉重的貨包。層層浸油的厚布，包藏著數以百計的堅硬鹽塊。人類生存的必需品。財富與權勢的來源。

拉車的駟馬低著頭前行。車頂豎著一面黑色三角旗，上面用金絲繡著一個「豐」字，正在懶洋洋地飄動。

六十年前創立這面旗幟的人，畢生也沒有想像過，它有天會具有如此巨大的權威。

苛重的鹽稅，相當於原來產鹽成本的數十，甚至過百倍，是一個貪婪王朝吞吃人民膏血的工具。

而私鹽，就成爲了與國家分享財富的偉大事業。

□

十四匹悍馬在山林小路間如風奔馳，穿過了遍地枯葉的樹林，到達官道旁一座木屋。

那木搭的屋舍猶如遭受暴風吹襲，大半都崩塌了。碎破的板塊和椽梁四散，底下壓著三具死狀悽慘的屍體。另外兩個四人，則倒臥在屋外的大片紅葉上。

騎隊當先兩人，一個是皮膚黝黑、身材短胖的黑狗八爺，另一男人瘦得皮膚都乾癟了，唇上蓄著稀疏鼠鬚。

黑狗八爺揮起束著一圈圈細麻繩的右腕。八名部下躍下了馬鞍，四散奔入林間。他們很快就折返，互相對視一眼，然後一起朝黑狗八爺搖搖頭。

黑狗八爺跳下馬來，走到其中一具死屍跟前，蹲下細心察看。

鼠鬚男子也下馬走過來。

黑狗八爺翻動屍體。「七哥，好重的手法。」他站起來，掃視另外四具屍身：「死狀都是一個模樣。他媽的夠邪門……」

「七哥」──也就是「八大屠刀手」外號「窒喉」的陰七，撫摸一下唇上的鬚毛。「嗯……是同一個人幹的……呢……」陰七的說話聲音柔弱得像個病人，而且總是拖長著：「……連哨站……也被砸成這樣……恐怕此人兵刃……有三十斤以上……」

黑狗看著一根斷柱，額上滲著冷汗：「『豐義隆』竟來了這種高手！恐怕只有四哥他們三兄弟才對付得了……」

「我們回去……」陰七說：「請示老大……」

□

「幹你娘！給我說清楚！」

馬千軍坐在這昏暗、細小而簡陋的娼館裡，感覺像處身蒸籠中，背項衣衫盡被汗水濕透。明明已經是仲秋，娼館內的氣溫卻教人快要窒息。馬千軍的脾氣也因炎熱而暴躁起來。

他是黑狗八爺的門生，跟不明不白地死去的癩皮大貴是拜把兄弟。大貴四個月前被殺一事，馬千軍的心情至今仍無法平復。爲此他曾特地走到城裡土廟，用尖刀刺破指頭，把鮮血滴上黃紙，在神像前燒掉立誓，要手刃殺死大貴的元凶。

鴇母被馬千軍罵得更慌，張大著嘴巴，卻沒能發出半點聲音。

「說話吧，白媽。」馬千軍從椅子站起來，走到地上一具屍體前面。

死者的喉嚨，深深釘著一枚黑色短箭。

「告訴我，我弟弟是怎麼死的？」

鴇母白媽聽出馬千軍的情緒稍微緩和了，這才敢說話：「一個月前，我到……破石里裡賭了幾次——那是『豐義隆』的地方……」

「爲甚麼？雞圍裡沒有給妳賭的地方嗎？幹嘛到『北佬』那頭去？」

「我在這邊……欠了點債，你們的人不許我再進去……」白媽戰戰兢兢地說。「可是我要翻本呀……唉，始終手氣還是差，我又欠了『豐義隆』二百幾兩……」

「那跟我弟弟有甚麼關係？」馬千軍露出不耐煩的神色。

「今天，他們那邊賭場一個叫小洪的混蛋，過來找我收錢。我怎也想不到，『豐義隆』的人竟然敢進來雞圍來討債……他身後還帶著個高瘦的傢伙，戴著頂黑色的帽子，而且拉下來遮著面目，我以爲他是小洪的手下，也就沒多留意，想不到……」

「說下去！」

「剛好馬二哥在這裡找樂，我當然拉他出來幫忙……二哥正想對小洪動刀，那傢伙就在小洪身後動了動……好像把手舉了起來……我甚麼都看不清，而且那傢伙跟二哥中間足足隔了六、七尺，可是他就這麼動了手臂一下，二哥沒作半點聲就倒下來了……我給嚇得當堂把尿撒在褲襠裡，也就把娼館裡的錢都拿給了小洪……」

白媽已經死定了，馬千軍心想。她自己大概還不知道。這家娼館有一半是屬於「屠房」的。他沒有說半句，也沒有對她心存半點同情。

親弟弟無端被殺，當然令馬千軍椎心般刺痛。他正苦惱著要怎麼告訴娘親。

但是還有另一個更重要的事。

馬上向黑狗八爺報告：「豐義隆」來了個用箭的高手。

□

五十一歲的吹風三爺，一隻右眼早在四十年前就被仇人打瞎，成爲黑眼罩底下一個肉窟窿。不知道是否他用了意志彌補缺陷。殘留的那隻左眼，目光格外比常人狠厲。許多敵人在打敗給他之前，就先被他的兇光奪取了戰意。

他一生也無法忘記失卻一目之恨。爲了消恨，這些年來任何落在他手上的人，總是在失去光明後才失去生命。「戳眼」吹風三爺的名號，由此而來。

此刻三爺在雞圍西側小巷內，看著四具給砍得肢斷腹破的屍體，又再次恨不得把偷襲他手下的敵人眼球戳破。

暴怒並未令他失卻冷靜。他清楚看出來：四個手下裡最強壯、搏鬥經驗最豐富的兩人，都是先中了咽喉致命一刀，才再被亂刀砍斬。

兩人喉間那筆直、幼細卻深刻的刀口，在其他刀斧傷痕之間，格外明顯。

按著兩人中刀的方位、角度與刀口的深淺變化，吹風三爺在腦海裡重構他們中刀的情景，赫然得出結論：

一刀。水平橫斬，同時殺死兩人的神技。

吹風聯想起癩皮大貴的頭顱。那斷頸的奇特切口。

「我操……」吹風切齒頓足：「好久沒遇過這種『尖掛子』！」

「尖掛子」是江湖黑語，指得了眞傳、下過苦功的武家高手。

吹風不自覺伸手掩著右目處的眼罩，感覺好像有股刺骨寒意，從那窟窿裡透出來。

□

雷義匆匆走出巡檢房的停屍間，站在後院的陽光底下，深深呼吸了幾口秋涼的空氣，才感覺腦袋恢復正常。

他以為自己早就看慣了死屍。這個下午他知道自己錯了。

仵工還留在裡面，盡力把女屍的內臟塞回胸腹原位，再用針線縫補屍身裂口。

雷義想不透她為何被殺。也許連她自己也不知道。一個在短暫十四年人生中，從未見過世界半絲光明的貧窮雛妓，沒有任何值得被殺的理由——還是以這種仔細、漫長、殘忍的手法解剖，掏出仍然濕暖的內臟……

雷義有點想嘔吐。不是因為雛妓的悽慘死狀，而是兇手那種完全把人類當作無生命之物，惡意地把玩的心態。臟腑一一完整無缺地從體腔割出來，將整個軀幹都掏空了。頭髮刮得精光，頭皮卻沒有半點傷痕；雙眼的上下眼瞼皮肉，被仔細地切割開，把眼球完全暴露出來，令死者好像睜著眼睛。那柄兇器一定鋒利得可怕，而行兇者的手法則精準得嚇人。二十片手指甲跟腳趾甲全部完好地挑出，再整齊地排列在現場地上……

這些顯然都是死者斃命後才進行的。兇手到底想對發現屍體的人傳達甚麼？還只是滿足惡魔般的操控快感？他花了多久時間去分割和擺弄？

——連這種事情也會發生……今天的漂城，變成怎樣的地方了？

這段日子漂城的狀況極是詭異。四個月前役頭「吃骨頭」古士俊「失蹤」後，漂城的律法以前所未有見的嚴厲姿態執行，皆因官府和公門都憤怒了。他們都很清楚，吃骨頭跟十四個差役手下已經去了哪裡。而且就在大白天底下的城裡發生。

誰也無法完全肯定是哪一方的人馬幹的。正常來說，漂城裡這麼暴烈的屠殺，不是「豐義隆」就是「屠房」幹的，沒有他們的命令，一般不可能發生。可是刺殺役頭卻是極大的禁忌，兩幫都不會輕易決定做這種事。吃骨頭比較跟「屠房」親近，那麼「豐義隆」的嫌疑較大。但同時又不可以排除嫁禍的可能。會不會其實只是市井間的私仇？可是要令十五個健壯的公門差役在城裡平空「消失」，若非黑道勢力又不似有這樣的能耐。難道是那些打過仗的腥冷兒幹的嗎？……

相比停屍間裡那個雛妓，雷義更不在乎誰殺吃骨頭。他很慶幸不用去上司的喪禮。因爲根本就沒有舉行——古士俊目前在巡檢房的文書檔案裡，仍然列作失蹤而非死亡。

事發次天，漂城總巡檢滕翊與十一個役頭，集合在知事查嵩的府邸，商議了整個下午。他們的決定，自傍晚開始傳達到漂城地下世界每個角落：在找到殺害吃骨頭及其十四個部下的凶手前，城牆以內所有賭坊、娼館、私貨買賣、高利借貸、收取規錢等活動都完全嚴禁。不論那是屬於「豐義隆」還是「屠房」的生意。只有安東大街例外，那是黑白兩道默許永不侵犯的聖地，容許照常運作，倖免於這場大風暴之外。

漂城的黑道市街，就像一鍋沸油炸了開來。失去平日的營生勾當，無數流氓無賴像盲眼蒼蠅成群地到處亂鑽，偷竊搶掠一夜間上升十倍；穿著半裸的廉價娼妓塞滿街巷拉客，爆發許多騙局、爭端和打鬥，差役只能阻止她們混進安東大街的範圍；由於只有大街的幾家大型賭坊容許營業，每天都擠逼得可怕，鬧出許多事件，甚至有個賭客活生生在人叢中被悶死了；漂城大牢不夠五天就爆滿了，原本住十人的牢房要擠進三十幾人，狀況比豬圈還要髒，已經有幾十個囚犯傳染生病；城郊各方通道上攔路匪賊大量出沒，查知事甚至要出動守城軍去巡邏掃蕩。

那段日子，雷義忙得每晚只能睡兩個時辰。同僚們也都非常疲累。但官府有必要揮下這記鐵腕。他們一定要告訴全漂城的人：侵犯公人，就會有這麼嚴重的後果。

然而雷義很清楚，這種情形不會延續太久。「屠房」根深柢固，「豐義隆」背景龐大，兩者都難以拔除，漂城官府與他們的關係怎也無法改變，當中更存在太多人的利益。

當查知事頻頻輪番召見「豐義隆」二祭酒龐文英和「屠房」老總朱牙時，雷義已看出和緩的跡象。他大概猜到查嵩怎樣跟這兩個黑道巨頭對話。查嵩當然不會跟「屠房」決裂，否則只把漂城變成修羅場；而權傾朝野的當今太師何泰極，乃是查知事的恩師，龐文英卻在京都與何太師相交多年，查嵩總得顧全這個重要的政治關係。

事情在一個月後終於解決。雷義其實早就想到這個方法，只是沒有對任何人說過。

首先是「有人」在漂城以南二十里的籽堡鎮，「目擊」過吃骨頭和他的手下出現。關於吃骨頭仍然在生和突然遁走的原因，在漂城坊間迅速流傳出幾十個版本。

最後總巡檢滕翊簽發了手令，以貪污瀆職之罪，查封役頭古士俊位於桐臺的府邸。除了古家的人，誰也沒有抗議。公門差役也都明白：再繼續爲一個死去的人而停頓各路生意，破壞漂城的原有秩序，失去無數白花花的銀子，半點也不值得。

奉令到桐臺執行「抄家」的，正好是一向與吃骨頭最不咬弦的兩個役頭徐琪與黃鐸。公門內有得過吃骨頭恩惠的差役，早已預先向古家報訊，吃骨頭三個妻妾就在查封前夜，帶著金銀珍寶逃離了漂城。豪宅裡餘下拿不走的大量財物，還是令徐琪和黃鐸滿載而歸；而吃骨頭生前在漂城內外擁有的田產和房屋，都經知事府文官「處理」，悄悄撥歸了查嵩的私人名下。

這次「抄家」，巡檢房每個人都得到好處，只有雷義一個例外。

十一年前剛踏進公門後不久，雷義就把三個向他行賄的盜賊丟進牢房，那三人因爲雷義的拳頭永遠失去了一半牙齒。兩天後他們就給釋放了。那時雷義明白了自己是身處在一個怎樣的世界。從此大多的差役都不跟他談話。巡檢房裡沒有半個他稱得上朋友的人。同僚幾乎每個都在外頭有姘婦，只有他連妻子也娶不到。漂城裡沒有一個女人，會願意嫁給一個不願收賄的公人。那比挑糞工還要受人鄙夷。

吃骨頭的眷屬四散，原訟人既也從缺，吃骨頭這懸案的紀錄文書，也就悄悄收進巡檢房的倉庫裡，從此再沒有任何人打開過。

漂城的市街，看起來就這麼樣漸漸恢復秩序。

可是雷義沒有忘記。他認爲這事只是前奏。他仍念念不忘一個巡檢房裡再無人感興趣的問題：

殺死吃骨頭的是誰？他們憑甚麼能夠殺害公門中人，卻能全身而退？

雷義瞧著後院地上自己的陰影，忽然想起于潤生。

于潤生就是在吃骨頭「蒸發」的前一天開始，再沒在善南街藥店裡打工。雷義之後至今都沒再見過他。

——于潤生到了哪裡？

雷義從沒有忘記那雙眼睛。

□

「于潤生最近怎麼了？」花雀五坐在「江湖樓」頂層廂房裡，吃著一塊甜糕，邊咀嚼邊問。

他表面看了問得很隨便，但文四喜仍然聽得出來：花雀五提到于潤生的名字時，仍然充滿焦慮。

「他一天到晚都躲在破石里。聽說已經招集了好一夥腥冷兒。」文四喜審慎地想著，搔了搔半白的頭髮：「已經有四十人。」

花雀五急得把甜糕的殘渣吐出來。

「有這麼多？只是幾個月……他有錢養活這許多人嗎？」

「腥冷兒在城裡多數都找不到工作，窮得買條替換的褲子也沒錢。他們要的，只是每天能夠吃飽兩頓粗飯，還有……」文四喜說到這裡，稍微猶疑了一下：「……一個可以信任的人，值得他們賣命、坐牢。那姓于似乎做得到。何況他跟他們同樣出身。」

「那麼說……他的名氣開始打響啦？」

「這倒沒有。以我所知，現在就算在破石里裡，除了腥冷兒之間，知道他名字的人不多。他並沒有急於在道上打出名堂，我想是因爲不讓『屠房』留意。此人頭腦可眞不簡單。」

「看來你也很佩服他嘛……」花雀五呷著茶，凝視文四喜。

文四喜的臉沒有動一動。「掌櫃，我想你應該找那姓于的談談。」

花雀五緊皺著眉，顯然對這個建議極是不喜。但即使如此，他也知道文四喜從不說未經思考的話。

「爲甚麼？對我有甚麼好處？」

「這個人的確有點危險。但是他跟幾個義弟的本事，貨眞價實。我覺得姓于的並沒有誇口。要是我們能夠好好配合，打垮『屠房』並不是沒可能的事。爲了幫會利益，我們應該這麼做。」

「說下去。」

「他們一夥腥冷兒全亡命之徒，現在打通了部分的運鹽道路，都是全靠他們。鹽貨雖然運出了，可是始終每次數量不多，我們不容易把自己的貨，混在分行的『公貨』裡運出去，而瞞過總行和龐祭酒的耳目。」

當初花雀五隨龐文英到漂城，還以爲取得了大肥缺。掌管私鹽營運一向是花雀五渴望的事，只因爲除了在幫會的鹽運裡抽紅外，亦能順道私下做小規模的經營，將自己私下採購的鹽貨混進「公貨」一同運送販售，賺取額外的豐厚收益。然而過去幾年漂城鹽運都被「屠房」封鎖，花雀五無從撈這筆油水。

「如果我們能夠跟姓于的合作，開始『私賣』生意，掌櫃你的收入將比現在增加好幾倍。當然，我們也得讓他嚐些甜頭。」

「那豈非讓于潤生這小子坐大嗎？」

文四喜當然知道這是花雀五最大的憂慮，於是解釋說：「可是掌櫃你的實力也會同時增強啊。我們有足夠的消息線眼，能夠密切監視他們的情況，也可以收買幾個腥冷兒混進他那邊去打聽。只要好好看著就沒問題。

「而且令于潤生壯大，對我們還是有利無害。掌櫃你想想：將來跟『屠房』火拚時，龐祭酒必然是派他們腥冷兒當先鋒，我們『豐義隆』嫡系的，就站在後頭看著形勢辦。最好當然是他們全軍覆沒，『屠房』亦元氣大傷，我們出手撿現成便宜；即是于潤生的人眞有那麼厲害，一口氣就打倒了『屠房』，損失也必定比我們大。沒了『屠房』，也就不需要于潤生。到時我們再趁機對付。」

花雀五站起來，在廂房裡來回踱步，思索著文四喜提出的一切利害。

「要是我找他，他會怎麼想？」

「他一定會答應。」文四喜肯定地說：「龐祭酒給他的本錢，現在恐怕已經花掉很多，他一定在為財源傷腦筋。我沒猜錯，姓于的現在也正在想，怎樣找機會跟掌櫃你談。」

文四喜說著，把花雀五杯中的冷茶潑去，添進熱的。

「掌櫃。不管你多麼討厭他，也應該見見。為了你，也為了幫會，忍耐一下。」

花雀五繼續默默地想著。

四歲那年，他就明白甚麼叫忍耐。

為了在仇人的利刀下活命，他曾經喝尿。直接從仇人的陽物噴出來暖呼呼的尿。四歲的江五，強忍著滿臉被刀割的劇痛，跪在地上，仰首張開嘴巴。只為了多活一會。

就因為多拖延了那一點點時間，義父龐文英趕來了。仇人在龐文英刀下被斬成兩段。當時江五仍然跪著，一邊哭泣，一邊嘔吐出混著胃酸的尿液。他知道自己活下來了。

直到今天，花雀五仍然偶爾在夢中嚐到那尿的味道，感受到尿撒在臉上刀口的痛。這是他最深、最不安的秘密。就連義父都不知道——龐文英以為那仇人只是在江五頭上撒尿，並不知道他曾經像一條口渴的狗，爬在地上張開嘴巴。

即使多麼羞恥，花雀五還是深信：人為了生存，幹任何事都天經地義。

只是他立誓，絕不會再讓這樣的事情發生。

□

「自從吃骨頭死了，我們似乎交上厄運啊……」

密室裡很幽暗，只點著幾盞細小的燈火。

這蒼老聲音響起來，卻沒有半點回音，都被密室壁面吸收了。室內隱約可以嗅到一種奇怪難聞的藥水氣味。牆壁透著詭異的色澤。煙霧在半空中構成變幻的圖案。

煙霧來自這瘦小老人手上煙桿。他長長呼了一口，白色雲霧升到頭頂，與稀疏的縷縷白髮彷彿融和。

老人姓俞。

漂城每個人都只知道他叫老俞伯。

「縛繩」黑狗八爺與「窒喉」陰七站在密室中央。他們從不敢站近那些牆壁，怕觸碰到掛在上面那層軟綿綿的「東西」。

老俞伯走到其中一面牆壁前，伸出鳥爪般的枯瘦指頭，輕輕撫摸其中一件「東西」，感受它的柔軟，回憶當年自己親手把它從原來主人身上剝下的快感。

仇敵的幽靈，這些年來一直在這密室中，陪伴著「剝皮」老俞伯大爺。

「幾個月裡，我們折損了多少弟子？」老俞伯說話同時，把胸中殘餘的煙霧吐出。

黑狗惶恐地回答：「從癩皮大貴算起，城內中伏的弟子有……三十七人，其中六個是頭目。聽三哥說，在城裡伏擊我們的，最少有一個是用刀高手……幹掉大貴的也許就是他。弟子之間傳出了許多不吉利的謠言，他們說，那不像是人幹的，是鬼……」

「城外呢？」

陰七回答：「城北路上十多處哨站……都給一口氣搗了……我們折損超過……五十人——」

老俞伯手中煙桿折斷。臉容平靜如常。陰七卻看得見，義兄的嘴角在微微顫抖。

「對方幹掉了我們近百人，在我們鼻底下自來自去，我們卻連敵人的影子也沒看見？」

「有……一點點頭緒……」黑狗急忙說：「對方起碼有三個厲害傢伙：一個是剛才說的刀手，在城裡伏擊我們的人；一個搗了我們的哨站，手法極重，連人帶屋都搗爛；有一個是用袖箭的，不久前在雞圍一家娼館裡殺了我一個手下，相信也是同一夥的。這三個人可能有個是領頭，又或者另有人指揮。從前『豐義隆』在漂城根本沒有這樣的人物。」

陰七插嘴：「老大……會不會是……章帥……親自來了？」

黑狗動容。「豐義隆」京都總行的高層人物「六祭酒」章帥，外號「咒軍師」，據說是連龐文英也戒備三分的狠角色。

「我看不像。」老俞伯說：「要是有這麼重大的調動，『豐義隆漂城分行』的人手必定大大增加，這逃不過我們的線眼。龐文英找來這麼多好手，只有一個來源。腥冷兒。」

黑狗馬上想起，大貴和吃骨頭生前都曾在北臨街市肆露面，據說曾經跟一夥腥冷兒鬧起來……

這兩年流入來漂城的腥冷兒，一直是「屠房」的隱憂。他們「八大屠刀手」很久以前就曾商議，是否應該將這些前軍人吸納進幫；可是「屠房」的下層幫眾極是排外，討厭外來這些腥冷兒的程度，甚至不把他們當人看。這種幫內的普遍情緒，「屠刀手」也無法強行違逆。

現在憂慮終於成眞了：腥冷兒已爲「豐義隆」所用。

「派人去破石里查探。腥冷兒都住在那邊。花些錢，看看能不能套一點消息。」老俞伯閉上眼睛：「只要發現有少許可疑的人，找出來，幹掉。」

黑狗和陰七的眼神仍有猶疑。老俞伯不用問，也知道他們焦慮的理由。

「找老四他們三兄弟回來。」

兩人笑了。

□

桐臺中央有一座豪華卻怪異的大宅：兩尊麻石雕刻的靈獸，盤踞守護著漆紅正門，神態甚是猛惡；宅邸的頂椽、飛簷、梁柱、門框都滿佈著吉祥圖騰和蛇、龜、蝙蝠等雕飾；門頂上的橫匾沒有宅邸主人姓氏，而只寫著「神威」兩個潦草大字；進門不足七步處橫開著一條人工挖出的細小河流，水流源自一個二十人合抱的大瓦缸，每天要由人手添水十幾次令它流動不息；過了河就是前院，左邊有一座鋪滿金箔的小祭壇，右邊長期擺著一桌無人酒宴，放滿了天天更換的新鮮果品、魚牛豬羊美食八大碟與暖酒，從來不會有人吃喝一口，因爲是用來宴請肉眼看不見的靈體……

一切的建築陳設，都不惜高價僱用卜算師來精心指示，據說能抵擋、消解所有戾邪氣息，迎進官財兩運。

大宅主人就是漂城知事查嵩，他此刻正在內廳，接見一位身分特殊的客人。

龐文英對桌上擺滿的那些各色精巧糕餅，沒有看一眼，只喝了口茶就放下來。

「龐祭酒。」查嵩捋著烏亮長鬚，一雙細眼半瞇著嘆氣。「我近來很不安心。每晚睡也睡不穩。自從古士俊那件事之後，貴行的動作……有點過火了。我知道，你們幹的不是普通生意。可也不能壞了本城的秩序。」

「知事大人不必過慮。」龐文英的微笑裡帶著神秘：「我再管束不住門人弟子，他們也不會動到你。」

查嵩當然不是擔心自己的人身安全。黑道的人再瘋，都不會侵犯一個朝廷派任的知事。

「我是怕，漂城若是再亂下去，這官職都會動搖……」

「只要一天有何太師，你根本不用怕。」

查嵩早猜到，今天不出三句，龐文英必然會提起何太師。

當今太師何泰極，乃京都文官廷臣之首，多年前就與內侍太監的勢力聯手，架空了皇帝權柄，身分權勢幾乎相當於攝政。

查嵩年輕時幾乎耗盡家財，遠道上京求學，拜入何泰極門下。憑著這師徒關係，查嵩得以在科舉中過關斬將，最終更獲提拔，補上漂城知事這個肥缺。——當然這世上一切的利益都有代價：查嵩每年向何太師的私人進貢，足以購買三、四座這樣的宅邸。

「豐義隆」在京都就是憑著與何太師與大太監倫笑等權臣建立了緊密的合作關係，才可能如此大規模獨攬私鹽生意，公然侵呑朝廷的稅收，若沒有這種程度的政治保護，鹽貨根本寸步難行。

而眼前的龐文英本人，更與何泰極私交深厚。因此查嵩才一直沒有全面倒向雄霸漂城的「屠房」那邊。

「龐祭酒，可不要令我爲難呀。這個知事眞是越來越不好當……我只想弄明白，最近到底發生了甚麼事情？」

「天要下雨，雞要下蛋，那是誰也阻不了的事情。我們這些人既是『道上的』，就不能每天只顧喝酒吃飯。『豐義隆』到漂城來，不是爲了欣賞南方的山光水色。查大人你應該一早就明白吧？」

龐文英說這話時，眼睛裡閃出兇悍之色，令查嵩這個文官見了有點心寒。

話沒有說明白，但意思非常清楚：

「豐義隆」動武升級，是將要與「屠房」做個了斷。

「我不會教大人太難做的。我知道，你跟朱老總有特殊的『交情』。」龐文英接著又說。

查嵩苦笑，沒有回應。

知道那事情的人並不多：七年之前，查嵩到漂城上任才不久，就遇上官途一次大危機。當時何泰極在朝廷的權力仍未絕對穩固，京都政戰異常激烈；太師的政敵為了削弱其勢力，打開攻擊的缺口，上奏取得旨令，派遣欽差往漂城查核知事府的稅收和府庫帳目。查嵩雖獲何太師的使者提早通知，還是無法及時填補府庫中虧空的錢糧。他的家人已經準備收拾行裝。查嵩不捨得這一切，但沒有了頭顱，甚麼也沒意義。

那次查嵩終於見識了「屠房」真正的力量：朱牙暗中派出了一隊精銳殺手，星夜趕赴州界邊緣，假扮成外地的悍匪，把欽差大隊全數截殺。全靠這一阻延，何太師在京都得以運用其影響力把危機化解。另一批欽差到達漂城時，看到的都已是「乾淨」的帳目。

因為這個特殊的人情，加上「屠房」在漂城根基雄厚，查嵩與「屠房」多年來關係緊密，並沒有因為龐文英與何太師深交就改變。

「龐祭酒，那你想怎樣？……」

「我只希望，知事府不要偏袒任何一方。」龐文英神情透著威嚴。「只要站在一旁看就可以。」

他沒有說出口，但意思是：假若不從，查嵩將會在政治上付上代價。

查嵩盤算著，發覺自己除了保持中立，袖手旁觀之外，已經沒有選擇：假如他協助「屠房」把「豐義隆」逐出漂城，會嚴重損害與恩師的關係，官位難保；相反如果聯合「豐義隆」把

「屠房」連根拔起……

沒有這個可能，查嵩這麼想。

在他心目中，「屠房」是無法擊倒的。可怕的朱牙。不敗的「八大屠刀手」。漂城黑道絕對的霸權。

「有一個條件。」查嵩說：「安東大街上，不能發生任何『事情』。」

「行。」龐文英馬上站起來。他已得到今天想要的答覆。「除了『大屠房』。它就在大街北端。唯有那處，我無法保證。」

查嵩略帶輕視地笑著，拿起茶碗。

「沒關係。當有天你們眞的去探訪那座黑色的『大屠房』時，事情也差不多要了結了吧？」

□

「那天的事，就像昨天發生，我記得清清楚楚……」

沒了雙臂的雄爺爺，坐在已經枯死的樹下，述說著幾十年前的江湖見聞，圍在四周的人聽得入神。

這片破石里內的空地，正中央有棵乾枯大樹，像是從地底伸出來一隻巨型的手掌。大概十年前它被一道旱天雷轟死，樹幹從中央裂開，卻還是沒有倒下。破石里的居民覺得邪門，紛紛搬離四周，無人木屋多年來被人拆去當柴燒，就形成了這片空地。只有那棵枯樹，無人敢動分毫。

「……我跑到平西街那邊，想把刀子抛掉，喔，放開手掌，刀卻還在手裡。你道爲甚麼？是血哪。血把刀柄黏在手裡……我看見賈老五蹲在地上，還以爲他在吐，走過去看看，原來他肚子給剖開啦，老五拚命想把腸塞回肚裡……那時候我有點迷迷糊糊，問他在幹甚麼，他說：『我還要吃飯，沒了腸子怎麼辦？』」

四周的人都在笑，卻沒想到這是個悲慘的笑話。

「怎麼啦？你媽的走路不帶眼睛？」一把聲音在人群中響起。

人群退後了一步。喝罵的是個身材高壯、臉色赤紅的大漢，額上筋脈突現，一聽口音就知道是來自外地的腥冷兒。

誤踩了大漢子腳趾的那個男人矮小得多，身高度只及他胸膛。男人垂下頭來，沒有說話。

「幹！裝啞巴嗎？臭龜孫子，欠揍麼？」

男人這才抬起頭。樣子看來還很年輕，皮膚卻又黑又粗，雖然不高大，但胸背很厚，肩頭寬得有點奇怪，雙肩跟頸項好像成直角。

「對不起。」年輕男人張開乾裂的嘴唇。聲音很小。

「臭小子，別再讓大爺碰見！」漢子憤怒地狠狠踏了年輕男人腳面一下，頭也不回地走了。

那個年輕男人被踩時，身體卻沒有動一動，也沒有發出任何叫聲。

這時雄爺爺又再次表演他用足趾彈琴的絕藝。人群不再留意那個年輕男人，圍攏起來聽雄爺爺的歌。

「走。我們跟著他看看。」站在人群一角的狄斌輕聲說。

「是那個高個子嗎？他看來很能打。」一個手下問。

「不。」狄斌的視線沒有離開那年輕男人。他正在急步離開，走的卻是剛才那個高大漢子同樣的方向。「是他。」

□

當狄斌帶著兩名手下到達那條窄巷時，大漢已然失去三顆門牙，痛苦地在泥牆旁打滾。年輕男人站在他跟前，額頭沾著鮮血，上面有一道與大漢牙齒撞擊的傷痕。

他一看見狄斌三人，轉身想拔腿逃跑。

「等等。」

狄斌的聲音很平和，不似是尋仇者。這引起了年輕男人的好奇。

「你不是跟他一夥的？」

狄斌搖頭：「這種貨色，不配。」

他走到正想爬起來的大漢面前，狠狠在他下巴蹴了一腿。大漢吐血翻倒。

「為甚麼等到現在才動手？」狄斌問。其實早就知道答案。只是想確定一下。

「我怕人群裡有他的夥伴。」

「很好。」狄斌露出欣賞的笑容。「可是有一件事還是做得不對，我要是你，索性把他給幹掉了。」

年輕男人失笑：「就因爲他罵我、踏了我一腳？」

狄斌再次搖頭：「是因爲你撞掉了他的牙齒。他現在心裡一定在想：下次一定抓住你，先拔掉你所有牙齒，再把刀子往咽喉裡送……」

「不……沒有……」大漢含糊地呻吟。

「怎麼了？要不要幹？」狄斌拍拍胸口：「我有刀。」

「我爲甚麼要聽你的話？」年輕男人的表情帶著警戒。

「很好。」狄斌第二次說：「你也是腥冷兒吧？叫甚麼名字？」

「我爲甚麼要告訴你？」

「我想帶你去見一個人。」

「我爲甚麼要去見那個人？」

狄斌大笑，朝兩個手下說：「這小子很喜歡問爲甚麼。」他轉向那個仍在地上乞憐的大漢。「如果你要在這城裡混下去，就要學會不要問太多。」

在毫無先兆下，狄斌閃電從後腰衣尾底下抽出一柄短刀，搠進了大漢的頸項。狄斌刺完後快速躍開，不讓大漢頸際噴出的熱血沾上他的衣服。

年輕男人看得呆住了。

一個狄斌的手下走到大漢屍身旁，拔出短刀，用大漢的衣服抹淨，交回到狄斌手上。狄斌謹慎地把刀收回藏在腰後的皮鞘裡。

「這傢伙我替你清理掉了。你欠了我，就要跟我去見那個人。他會教你怎樣在這座城裡活下去。活得比現在好一百倍。」

□

破石里這些年一直失控地擴張，東南部已經侵入了漂城的舊區，在從前漂洮業最興盛的年代，這裡曾是那個日漸茁壯的小鎮最中心。這兒許多在那時代興建的舊房屋至今尚未拆卸，是漂城歷史一個段落的證據。

狹窄的街巷上有一幢較大的舊石屋，看來已經建起了幾十年。這曾經是當年鎮上最大米糧商的住宅兼店舖。

狄斌帶著那個叫葉毅的年輕男人，跨進石屋大門。大廳裡很陰暗。十幾個穿著粗衣的男人散坐四周。有的在閒聊賭博，有的圍著一張圓木桌在吃飯。葉毅留意到他們都吃得很兇，就像吃完這頓飯之後，就不知道下一頓何時才有得吃。

葉毅很清楚：這是士兵在戰場上培養的習慣。

當年南方的「勤王師」爲了動員最多軍力，一戰定江山，不惜連未成熟的少年也徵召。十四歲的葉毅被強徵入伍，由於年紀輕只是擔當後勤糧草的搬運兵，那段苦日子磨練出他強健的肉體與一身堅忍的硬骨頭。「勤王師」戰敗之後軍隊四散，葉毅根本沒有足夠返鄉的盤纏，只好跟隨著幾個年長的同袍流浪，沿途以偷搶維生，最後輾轉流落到漂城。

就像其他許多腥冷兒一樣，葉毅見過漂城的繁華燈光後，再也無法離開。好不容易活下來，他不甘心就此回鄉一生當農夫，卻又沒法在漂城找到穩定的生計。與他同來的兩個同袍因爲搶劫被捕，一個給差役活活打死，另一個還在大牢裡。葉毅一個人陷在貧窮中，其實也跟被困在監獄無異——只不過漂城這座監獄大一點也華麗一點而已……

狄斌一直帶著葉毅走向內廳。四周的男人沒有一個向他們打招呼，只是上下打量著葉毅。葉毅看見那些全都是飢餓野性的眼神。他感覺好像返回了從前戰場的營地。

內廳有一條通往地底倉庫的石階，下面透著燈光。葉毅隨著狄斌走下石階。

地底的倉庫很寬廣也很空，此刻沒有存放任何貨物。葉毅循著珠算的聲音看過去。倉庫角落一盞油燈之下，齊楚正坐在桌前，左手打著算盤，右手翻動一頁頁票據，眼睛不停在上面的數字間來回掃視。

葉毅察覺倉庫內還有另一人。就在一個陰暗的角落裡，那人坐著一張鋪了斑紋虎皮的椅子，上半身向前俯傾，雙肘支在膝上，十指交扣，手背托著下巴。他的臉孔半藏在陰影中，葉毅無法看清。

一看見這個人，葉毅無來由地感到十分緊張。他直覺感到，狄斌要引見的就是他。

「老大，我帶了一個人來讓你看看。」狄斌走到虎皮椅旁。

于潤生放開手臂，身體往後靠到椅背上，蒼白瘦削的臉，終於在燈光下顯露。

葉毅挺著胸膛站在于潤生面前，姿勢就跟當年在軍中檢閱時一樣。

「你今天吃飯了沒有？」于潤生問。

葉毅搖搖頭。

于潤生看看葉毅的身姿，又凝視著他雙眼許久。葉毅的視線不敢轉動，卻也沒膽量跟于潤生對視，只是直直看著于潤生身後的石牆。

于潤生與狄斌互相望了一眼，然後一起笑了。

「你可以在這裡吃飯。」

葉毅此刻知道，自己的人生從此有了改變的機會。那條夢想了許久的出路，他終於找到入口。但他並沒有過度興奮。他很清楚，這條道路自己要走得很小心，否則將要付出最大的代價。

□

鎌首閉起眼睛，盤膝坐在床上。

他不知道為甚麼，只要這麼做，就感覺心很平靜。好像依稀記得，很久以前有人這麼教過他。可是始終想不起是誰。

這房間陳設很簡陋，就只有他跟龍拜、狄斌的睡床和一張吃飯喝酒用的小桌子。桌上放著幾個鎌首雕刻的細小木像，刀法有點簡拙，卻反而因此帶點特殊的靈氣。刻的都是人像，盤腿的坐姿跟鎌首現在一樣，雙掌在胸前合十。但是全部都沒有臉孔。

鎌首自己也不知道刻的是甚麼，只知道有種衝動把它呈現出來。

直至有一天龍拜看見了，跟他說：「這是佛啊。」

鎌首並不知道甚麼叫「佛」。他只是在有空時，就繼續雕刻出一個接一個木像……

狄斌打開房門進來，看見鎌首的模樣。

「五哥，你又在裝和尚啦。」狄斌微笑。他想起鎌首殺人時那種可怕，想到這是多麼諷刺的事。

「沒有。」鎌首張開眼睛，把雙腿解開輕輕舒展。「只是在想一些事情。」

「想甚麼？」狄斌走到桌前，拿起一個木像細看。

「我在想，爲甚麼我們要幹這些事情？」

狄斌有點愕然。他自己根本沒有想過。

「就是爲了吃飯嘛。要吃更好、穿更好，就要錢。每一個人都是這麼想的啊。」

鎌首聽了，想了想，又問：「吃飯、穿衣是爲了活下來；活著是爲了找飯吃、找衣服穿。就是這樣嗎？」

狄斌一時語塞，看著鎌首的臉。狄斌沒想到，世上會有人質疑吃飯。可是這並不可笑。確實從來沒有人告訴過他，爲甚麼要活著。

「一個人生下來，就是想活下去。這沒有甚麼原因。而且……活著也不只是爲了吃穿。還有許多想要的東西呀。我們現在幹這些事，都是爲了得到那些；得到了就會覺得快樂……對，就是爲了活得快樂！好像老大就說過……」

「算啦。」鎌首站起來：「我其實只是隨便問問。也許世上很多事情，本來就沒有道理。」

鎌首再次令狄斌感到愕然。這個義兄，外表像頭單純的野獸，內裡卻藏著許多難以理解的東西……

「對了五哥，剛才我找到一個小子，他也很喜歡問爲甚麼。是個好傢伙，正在外面吃飯，你一定要見見他……」

房門這時又打開來。狄斌帶點警戒地回頭。

沒想到，進來的竟然是一個女人。

全身裹在粗布斗篷裡的少女，癡癡地凝視著鎌首。狄斌認出來，正就是那天在岱鎮的妓院裡，曾經跟鎌首交歡的那個雛妓。

跟隨著進來的，就是岱鎮「興雲館」掌櫃麥康，也是龐祭酒的部下。

「要是不把她帶來，恐怕她活不過幾天。」麥康看著鎌首哈哈大笑：「她這幾個月，一直在想老哥你啊。」

鎌首沒有展露任何表情，只是靜靜與少女對視。

麥康拍拍狄斌的肩：「我們還是迴避一下吧，哈哈！」

狄斌很不情願地移動。離開房間前，他再次看看少女。那張本已尖細的臉比那天更瘦削，皮膚仍然光滑卻有點失卻血色，眼眶有深刻的黑印。

對這少女，狄斌有一股複雜的憤怒。

關上了房門後，麥康再次拍拍狄斌：「帶我去見你老大，他有事情要跟我談。唉，其實我也不想把她帶過來，可是有甚麼辦法？她根本接不了生意。你兄弟眞是他媽的厲害！自從那次之後，她跟其他客人幹就死魚一樣，害我被人臭罵……哈哈，說不定你兄弟那裡比驢子的還要大……你見過了沒有？——」

狄斌憤怒地把麥康的手掌撥開，強忍著沒有一拳把他大笑時展露的牙齒打下來。

□

少女瘋狂地吻著鎌首的陰囊，長髮在他腹部與腿間掃過，讓他感受到強烈的快感。

鎌首伸手抓住少女的頭髮，把她的臉從自己胯間拉起來。

「妳叫甚麼名字？」

少女的嘴角仍流著唾液。「櫻兒。」

鎌首的手掌放開。櫻兒裸著身體在鎌首上攀爬。愛液流溢的大腿磨擦著他的陽具。她俯伏在他胸脯上，用牙齒輕輕咬嚙他的乳頭。

「爲甚麼妳要來找我？」

「我忘不了你。」少女的舌尖滑入鎌首耳孔，輕聲說：「我要你。沒有你，我只有死。」

鎌首沒再說甚麼。他心裡想著她的說話。

「我知道你在想甚麼。」櫻兒跨騎在鎌首身上。膣腔感到久違的快感，當中混著微微的痛楚。在激烈搖動中櫻兒繼續說：「只要讓我跟著你就行。不管到哪裡。我要做你的女人……啊……不管你有多少其他女人……喔噢……我甚麼都願意做……我……給你最大的……啊……快樂！」

鎌首射精的時候還在想著：

——甚麼是快樂？

□

「這是眞貨！好柔軟的毛……」麥康撫摸于潤生坐著那塊斑紋虎皮。「顏色也沒褪，不錯……買回來的？」

「這是我們兄弟結義的紀念。」于潤生撫著椅把上的皮毛。「在最窮的時候，我們也沒有想過賣掉它。」

「是自己打的啊……」麥康放開了手，卻仍在貪婪地看著那虎皮。

「麥掌櫃，上次說的事情，考慮過了沒有？」

麥康笑著搖頭。「不用想啦。太危險了。」

「大生意當然要冒險。可是我有把握。」在地牢油燈的光芒下，于潤生揉揉有點疲倦的眼睛說。

「這私貨，要瞞過『屠房』護送，實在太難啦……」

于潤生正在說服麥康打開私貨生意，包括皮毛、胭脂和香料等物品。岱鎮與漂城雖然只有數里之距，可是這些貨品物價卻相差一大截，全因為漂城官府和「屠房」的抽成。假如他們能夠秘密打通一條路，把私貨從岱鎮偷運進漂城，透過城內黑市脫手，盈利將十分可觀。當然這跟私鹽利益相比連零頭也搆不上。

于潤生目前只是依靠龐文英出資支持，要擴展力量的話大受掣肘，因此他急欲打開屬於自己的財脈。麥康雖然主理「豐義隆」在整個岱鎮的生意，但那邊與漂城相比油水實在太少。于潤生知道麥康必然會對合作感興趣，只是不敢冒險而已。除了害怕被「屠房」截殺貨物而損失，麥康也擔心被龐文英或花雀五揭發——這樣不經「豐義隆」私下做自己的生意，已算是背叛幫會。

「這條通道將全由我的兄弟維持，分行裡不會有人知道。城內和城郊的接貨點我都已經掌握，也有掩護的辦法，『屠房』跟官府同樣不會發現。現在只等麥掌櫃你點個頭，我們就可以開始發財……」

「貨怎麼脫手呢？」麥康心裡其實蠢蠢欲動，卻裝出一副淡然的模樣：「你有門路嗎？這個關節才最危險。城裡的貨突然多了，『屠房』難道不會察覺嗎？」

「這個我也能夠料理。」于潤生沒有詳細解釋。

「我知道你很有本事。可是神秘兮兮的，要我怎麼相信？說出來聽聽。」

「現在還不可以告訴你。其實不用多說，先試一趟吧。要是一路暢通，麥掌櫃不至於有銀子不賺吧？」

「那好。」麥康站起來。「我就替你辦一批貨。可是第一次，我不能太冒險。這批你要先付足銀兩，貨才會離開岱鎮。」

正坐在倉庫一角計算著帳目的齊楚，這時轉過頭來，瞧著于潤生。于潤生只迅速與齊楚對視一眼，示意他不要說話。

「就這麼決定。」于潤生仍然坐著，沒打算送麥康：「我們準備好，決定了要進甚麼貨後，就派人通知你。」

麥康離開之後，于潤生走到齊楚的桌旁。

「數目都計算好了。」齊楚把一張紙交給于潤生：「把所有人手和開支計在裡面，這批貨最少要值九百三十兩銀子才能夠回本。高過這個數目的，就是我們的賺頭。」

于潤生對這個準確的數字很滿意。

「老大，有沒有把握？」

「李老爹的農莊已經沒問題。藥店那邊，我今天會去跟老闆談。我知道他最近生意不大好，一定會答應的。」

「可是貨要怎麼脫手？」齊楚也認同麥康的話。把貨物在「屠房」眼皮底下賣出去，才是最難的一關。「還有這些銀兩，我們要從哪裡弄到手？是要……硬幹一次『買賣』嗎？向誰搶？」

「不必。」于潤生說。「那種事，不是我們幹的。我們可以去借。」

「可是又不能再問龐祭酒拿錢……」齊楚焦慮地皺眉。

「去問花雀五。」

齊楚不敢相信。「他？我看他很討厭我們。特別是討厭老大……」

「不要小看江五這個人。」于潤生把帳目放回桌上。「他能坐上今天的地位，也有他自己的本領。我想，只要有好處，他不會被好惡左右。而且他身邊有一個人物。」

「那個文四喜？」

于潤生很欣賞齊楚的觀察和記憶能耐：「我猜他們也正在想著，要怎麼找我談。」

「可是我們不要先開口，對嗎？要讓他們先來找我們。」齊楚暗感興奮。其他的一切關卡已幾乎全都打通了：麥康從岱鎮供貨，運到城郊李老爹的農莊，分拆並收藏到藥材包裹裡，利用善南街藥店的名義送入漂城來。

——假如能說服花雀五入夥，那就可以經過他把貨脫手……

——這就是老大的計畫。

一想到即將可能有大筆錢財賺進口袋，齊楚不禁又想到安東大街上他掛念著的「那個人」。

——有了足夠的銀兩，就能夠去見她，把藏在心裡許久的話都說出來……

「龍老二還沒有回來嗎？不會出事了吧？」于潤生問。「我早叫他別去。」

龍拜潛進了雞圍，去察看長期躲在裡頭襲擊「屠房」人馬的葛元昇。先前龍拜曾在雞圍的娼館裡殺過人，于潤生擔心他行藏敗露。

「別怪二哥，三哥他一個人，在雞圍裡躲著這麼久，我也很憂心……」齊楚已經整整兩個月沒見過葛元昇。只有每次聽聞「屠房」有人在雞圍裡被殺的消息時，才能夠確定葛元昇還活著。

「辛苦老三了……可是除了他，誰也幹不了這種事情。」于潤生眼睛瞧向空虛處，彷彿又再看見「殺草」的鋒芒。

「老大，我不明白，這麼做有甚麼用？」

齊楚一直不了解，于潤生派葛元昇去做這種持續的暗殺，有何眞正作用。殺十個八個這種小角色，按理不可能動搖到「屠房」。

「這是龐文英的指令。」于潤生回答：「我要是他，也會一樣下這樣的命令。不愧是『豐義隆』的名將。要打倒『屠房』，必先要撼動它在漂城人心目中的地位，打破人們口耳相傳的『屠房』不敗神話，而且令『屠房』裡的人害怕和憤怒。」

于潤生提起桌上毛筆。「當然，只有決定將來要與『屠房』正面交戰，才需要這種效果。」

他在一張白紙上寫著字，繼續說：「這麼做下去，『屠房』本身存有的缺口，就會出現。」

「『屠房』的缺口？」齊楚想了一輪。「是甚麼？」

「現在我們還沒辦法利用這個缺口。先爲眼前的事打算吧。我現在就去藥店，你把我的話告訴老二。」

于潤生拿起那張紙，上面寫了三個字。

「著他這幾天帶人到平西石胡同和北臨街。我要這三個字，寫在這兩條街的牆壁上。每一個要有人頭那麼大。」

□

龍拜剛從雞圍一家賭坊中走出來，身上的銀子少了五兩。

自從加入「豐義隆」之後，龍拜多了銀子，手就開始癢起來。可是于潤生爲了保持隱秘，嚴禁部下出外玩樂。龍拜只好就在那石屋的大本營裡賭。可是狄斌、鎌首和齊楚都不好此道，其他新加入的腥冷兒身上的錢有限，他總是賭得不痛快。

這次到雞圍察看葛元昇，龍拜在途中想到：破石里的賭坊都屬於「豐義隆」，進去可能會被龐文英或于老大知道；雞圍的賭坊卻是「屠房」開的，自己偷偷進去，快快地賭幾手，總沒有人發現吧……

爲了進雞圍，他早就把鬍子剃掉，用灰把蠟黃色的臉色塗得暗些，又換穿一套像普通攤販的布衣，戴上一片不起眼的頭巾。賭坊內沒有任何人留意他，賭錢時他也沒有作聲，每次只默默下注不起眼的碎銀。進去賭坊之前他已決定好，不論贏來或輸掉五兩銀就馬上離開。

雖然輸了，龍拜走出賭坊時仍有一種快感。是在敵人的地盤裡賭錢格外的刺激。他也並非只顧玩樂，同時仔細地觀察賭坊的佈置和運作。他在想，這些將來也許用得著。

他決定下次一定要再來。可是現在首先要去找葛元昇。

這並不是易事。爲了保持行蹤隱密，于潤生爲葛元昇在雞圍裡安排了三個藏身地點，要時常轉換，以免引起居民或「屠房」的注意。

龍拜今天運氣果眞不佳，要走到第三處才找著他。

那地方正正就是四個月前誅殺吃骨頭時，葛元昇曾經藏身的那座破廟。

「老三……」龍拜悄聲說：「別動刀。是我。老二。」

他知道自己一站在廟門外，已然被葛元昇的超常聽力察知。

進去後龍拜嗅到一大股臭味。在神桌底下堆著便溺。葛元昇爲了完全隱匿，一切都只在藏身處解決。

「我帶了好吃的東西給你。有雞，還有酒……」藉著廟頂那破洞孔透來的陽光，龍拜辨別出三弟的身影輪廓。

葛元昇披散著一頭混亂纏結的赤髮，已經許久沒有梳理過，髮間射出的如刀眼神，令龍拜再次回憶起戰場。

「老三，你樣子好嚇人……沒生病吧？」龍拜放下盛著食物的油紙包，打開酒瓶，自己先灌了一口，再遞給葛元昇。

葛元昇搖搖頭。龍拜一時不知道，他這是在回答剛才的問題，還是表示不想喝酒。龍拜只好自己又仰頭喝了一口。

「這陣子竟然一口氣殺了這麼多敵人，眞有你的！可實在太難爲你了……要住在這種地方，吃那種狗吃的東西……唉，我們把命豁出來，就算還沒眞賺到錢，至少也該吃喝好一點啊……」

龍拜打開那個紙包。葛元昇馬上對香氣有了反應，伸手撕下一隻雞翅膀。龍拜卻嫌這裡太臭，不想吃東西，因此沒有碰那隻烤雞。

「這裡簡直比戰場還要糟……可既然是老大的命令，也就沒辦法。我眞不明白，殺這一大票小嘍囉，有甚麼屁用？要殺，就該去暗殺『八大屠刀手』！」龍拜放下酒瓶，在虛空中模仿拉弓搭箭。當手指放開了那條不存在的弓弦時，龍拜從嘴巴輕輕吐出「嗖」一聲。

「有天我們聯手幹掉幾個『屠刀手』，必定聲名大噪！道上的人總愛替厲害的角色起外號，到時人們就叫我『無影箭』，老三你呢……你喜歡叫甚麼？甚麼『刀俠』好不好？……呸，俠個屁，應該叫『刀神』！威風多了！『漂城刀神』葛老三，多麼響亮！哈哈，媽的……」

葛元昇笑了。這是他最近兩個月的第一次微笑。上一次是狄斌來探望他的時候。

他聽完龍拜的話，終於好像恢復了一點人的模樣，抓起了酒瓶淺淺呷一口，連著嚼碎的雞肉吞下去。他向來吃飯都嚼得很仔細。就跟他抹刀時一樣。

「老三，你這樣太辛苦了……不如我去跟老大說，讓你回來休息一段日子，才再出來殺敵吧。」在龍拜眼中，葛元昪簡直像一頭活在山洞裡的野獸，就跟他們最初遇到的鎌首一樣。

葛元昪卻想也沒想，連續搖了三次頭，眼睛裡露出一種奇特的光芒。

對下一次出刀殺人的期待。

龍拜卻沒能理解葛元昪這目光。他只知道葛老三的意願，很少人能夠改變，也就沒再試圖說服。他心想，自己出來已經夠久，也就拍拍身上沾到的蛛網，走到破廟門前。

「好啦！『無影箭』龍老二要回去啦！『刀神』葛老三好好保重！下次來看你，也順道給你帶個夜壺，哈哈！」

□

暮日將落盡。秋日黃昏的急風捲起地上百千落葉，紛揚到半空，復又如雨落下。

廿三騎快馬衝破葉雨，趁著還有最後一點日光，急馳在城西八里外的道路上。

馬隊在入黑時抵達一座杉樹林。林木迎著道路處有個入口，豎立著手工很粗糙的牌坊。晦暗裡只隱約看見牌匾上刻著些模糊的字體。

率領馬隊的黑狗八爺招一招手，帶同部下策馬踱步進入樹林泥路，不一會就遇著坐在燈亭前的守衛。他們看見來者是八爺，慌忙吹起響號，並朝黑狗鞠躬。

這座杉木料場，是「屠房」在城外的眾多產業之一。

黑狗看見林間深處透出燈火，正是裁切木料的工場所在。不一會有十多人從那方向急步跑過來，他認出其中一個身姿極精悍的年輕人，是渾名叫「小鴉」的部下。黑狗對他格外有印象，因爲四哥曾經好幾次在他面前提及過這愛將。

秋風雖冷，年小鴉卻赤裸上身，只穿一條僅僅覆及膝蓋的短褲，踢著草鞋，快步跑到黑狗的坐騎前。他的膚色比黑狗八爺還要深，彷彿半融進了黑夜中，只看見眼睛和皓白的牙齒。黑狗猜想他身體裡也許流著西域人的血統。

「四哥他們三兄弟在吧？」黑狗坐在鞍上，俯身朝著小鴉問。

「稟八爺，四爺跟五爺早十幾天接到信，說他們在西山的恩師生了病，所以立刻趕了過去，恐怕最快要過七、八天才回來。這裡現在只得六爺留守，正在林裡練功。」小鴉的回答不徐不疾，說話每一個字都很清晰。黑狗明白四哥爲甚麼喜歡這小子。

他隨著小鴉手指的方向，瞧過去樹林中一處。

「我這就進去找他。你們不必引路，回自己崗位去。」

「不打緊啊八爺，我在吃飯而已。」小鴉伸手拉著黑狗坐騎的韁繩。

黑狗笑了：「你還年輕，吃飯也是緊要的事情，吃飽了才有力氣辦事。回去。」

小鴉只好放開韁索，點點頭，領著同伴回去工場那邊。

黑狗則帶著馬隊深入杉林。

進入還沒多久，前方左側的杉林深處，突然傳來一記雷鳴似的轟響，嚇得馬兒紛紛驚嘶。黑狗和眾部下慌忙控住坐騎。

「在這裡等我。」黑狗瞪著圓眼，舐了舐下唇，從馬鞍跨下來。手下們也一齊下馬，其中一個把黑狗的坐騎牽著，眾人站著等待。

黑狗獨自深入那整齊種植的樹林內，穿插於粗壯的樹幹之間。

眼前出現一大叢極茂盛的枝葉。

黑狗繞過才看得清，那是一株剛剛折倒的大杉樹樹冠。那驚人的重量壓下時揚起的塵霧，至今尚未完全消散。

藉著月光，黑狗的視線穿透了黑夜和煙塵，看見大樹斷折之處那殘餘的根幹前，有個體形寬壯的赤膊巨漢站立著。他渾身都是汗水，就像打鐵坊的鼓風箱一樣在猛烈吐納喘息。

巨漢赤手空拳，沒有拿任何伐木的斧具。

「六哥。」

巨漢轉身盯著黑狗。那練功中貫滿殺戮戾氣的眼神，令「縛繩」黑狗八爺也感到不寒而慄——即使眼前的已是結義多年、再熟悉不過的兄弟。

□

次天清早在北臨街，剛剛開始營生的市集攤販和苦工，發現街道一面凹凸不平的灰色牆壁上，被人用紅漆寫著三個字，每個字都有如人頭一樣大。牆壁旁地上還斜斜插著一根削尖的竹竿，竿尖掛著一個豬頭。

即使是沒讀過多少書的攤販，也認得那三個字。

屠房　死

第六章
空不異色

于潤生與花雀五會面的地點，選在破石里一家隸屬「豐義隆」的賭坊裡。

帶著齊楚和龍拜兩個兄弟，于潤生悄悄從賭坊後門進入。守在門內的花雀五部下，示意要向三人搜身。龍拜那寬闊的兩袖裡藏著短箭，他馬上警戒地退後了一步。

「不用了。」花雀五掀開一道門簾出現：「小于跟我是同門兄弟，哪有信不過他的道理？」

「兀鷹」陸隼緊隨在花雀五身旁，那張缺去鼻頭的臉毫無表情。于潤生第一次上「江湖樓」就留意著這個男人。他知道，「豐義隆漂城分行」這些年處於劣勢仍能勉力維持，不只是靠京都的財力人手，陸隼那不俗的陣前指揮能力，亦助「豐義隆」堅守著不少地盤。

眾人穿過一道鐵門，進入賭坊的銀庫。四周堆著一口口木箱，上面貼著號碼和清單，內裡收藏著各種賭客典當的物品。一盆盆銀兩和錢幣按分量和價值分類，以布帛覆蓋，上面貼了紙封條。幾個已年紀不小的司庫正在忙著點算成堆銀錢。文四喜在旁嚴密監督著。

這是每座賭坊最重要的地方，也是存在的理由。所有一切，最終都只是爲了儲存在這房間裡的東西。

花雀五輕鬆地坐下來，揮揮了手。文四喜下令司庫們迴避。室內很快只餘下于潤生等三人、花雀五、陸隼、文四喜及兩名「豐義隆」護衛。其中一個把茶杯遞給于潤生他們。三人都沒有接下來。

「于老弟，近月來你們行事，可真驚天動地。」花雀五呷了口酒：「義父沒看錯人。」

于潤生沒有顯得半點不耐煩，但也沒有回答。

「這次請你來，是爲了幫會的事。」

一聽這句，于潤生心裡笑了。花雀五一開場就如此強調，恰恰暴露了，他想談的事，更多是爲了私利。

「我說的是鹽運的事情。現在你們負責掃除出入漂城的障礙，由我的人押鹽，總算終於開出了一條生路。」花雀五說得很謹慎：「可是我最近在想，假如兩邊能夠合作更緊密，出貨的數目必定可以再大大增加。」

目前「豐義隆漂城分行」的鹽運，是由龐文英親自主持，直接指揮花雀五和于潤生兩邊，根本就沒有任何統籌上的問題。于潤生聽見花雀五說「合作更緊密」、「增加出貨」這些話，馬上就猜出他所指：有更多的鹽貨積壓在漂城等待運出去，而這些貨的存在不能讓京都和龐文英知道……

——是花雀五藉職權自己私辦的鹽貨。

于潤生能夠這麼快猜出來，是因爲他自己也正籌備著同樣的勾當。

既然是花雀五先開口，這個人情就不能賣得便宜，于潤生這麼想。他再深思了一刻，才第一次說話。

「現在情況不同了。『屠房』已有所警戒，加強了封鎖通路的人手，要打開缺口再沒從前那般容易……」于潤生頓了一頓，然後展露出花雀五最討厭的那個微笑：「幸好行裡積壓的鹽貨也運出了七成左右……」

花雀五與文四喜對視了一眼。

「不不不……」花雀五急忙揮手：「那數目有點弄混了……」

聽到這句，于潤生更加確定：花雀五私下買進了不少鹽貨沒能運出，此際正十分焦急，既影響資金週轉，又怕放得太久被龐文英發現。

「是嗎？龐祭酒他也弄錯了嗎？……」以滿懷深意的眼神看著花雀五，在告訴他：我知道你的事情。

敏銳的花雀五馬上接收到于潤生的訊息。他也用同樣的眼神回視對方，並略微點了點頭，等於在說：我知道你知道了。

「其實就算把貨統統運出城了又如何？只出不進，長遠也不是辦法。有進有出的，才能叫作『貨』。」

旁邊的文四喜，留意到于潤生只說「貨」而不是「鹽貨」。他馬上會意，于潤生想搞把私貨輸入漂城的生意。他們雙方正互相需要。

他輕拍花雀五的前臂一下。花雀五知道文四喜要說話，也就點頭批准。

「你們有甚麼？」文四喜問。

站在于潤生身後的齊楚，這時上前一步，代老大直接亮出說話。

「我們有貨源，也有城內外的接貨處。人手全部我們負責。到了城牆裡面，保證還是好價錢。」

「在城裡，我們可以把貨脫手。」文四喜沒說半個多餘的字。「這一環最危險。我們要佔三成。」

齊楚在心裡默算，然後舉起兩根指頭。其中食指半屈曲著。一成半。

文四喜俯首在花雀五耳邊低語。

「這是好價錢。」

花雀五沉思了一會，再次掛起笑容：「就這麼敲定。至於鹽……」

既然花雀五幫助了于潤生的私貨生意，于潤生也得替花雀五的鹽貨開路。

「我們需要那個。」于潤生的眼神掃向桌上那些銀子。「要加緊開路，就要多添人手。人就是錢。」

——這其實是謊話。招集腥冷兒花費並不特別多，他主要是需要錢來向麥康購進那些私貨。

「多少？」

「三千兩。」

于潤生說這數目令齊楚心裡嚇了一跳，但他盡力保持神色不變。最初齊楚以爲他們只要拿一千兩。可是他再細想：現在既然涉及鹽貨的風險，三千兩就不是個過分的數目。

「還有……」于潤生又說：「五哥的鹽貨，我們也要佔兩成。這三千兩只當跟你借，以後從利潤裡扣除。」

花雀五心裡愕然。眼前這傢伙，幾個月前還是個窮臭腥冷兒，卻有這樣的談判膽色。

「半成。」文四喜冷冷地還價。

「一成。」于潤生也立即回應。

花雀五站起來。但他並非動怒，而是對于潤生露齒而笑。

——反正鹽貨帳目都操在我手裡，把半成利錢當作一成，不過是動動指頭的事。就算他知道被騙，又能向誰抱怨？……

他走到桌前，提起一盆銀兩，檢視封條上的數額，然後把它倒轉過來，撕斷封條。銀兩全跌進了覆蓋的布帛裡。花雀五把布對角結成一個包袱。

「收下。」花雀五將重甸甸的布包遞給于潤生。「這是見面禮。從今天開始，我們兄弟倆一起發財。」

于潤生起來親手接過布包，輕輕拍拍花雀五的手背。

「你絕對不會後悔。」

□

雷義這一天確定了：他要追捕的並不是人類。是一隻恐怖的怪物。

是人的話，不會對一個只有兩個月零五天大的嬰兒，施以如此殘酷的肢解。

今次就連仵工也無法把屍體縫合。嬰兒本來就太小，切割也比上次還要細碎。只剩下頭骨還完整。

相比死屍體的慘狀，更令雷義心寒的是：這個嬰兒跟上次死的雛妓，完全沒有關係。凶手只是在隨意挑選獵物。

像這種毫無道理的接連殺人案，他曾經聽聞過，是大概三十幾年前在漂城發生。不過那也只是用繩子來勒殺。據老人家說，那凶手顯然是著了魔，被劊子手砍下的頭顱，仍然在笑。

——魔……

今次在屍首上，凶手終於留下了一點線索。那也是靠著雷義的細心才發現的：

一根紅色頭髮。

檢驗過這可憐的嬰孩，安撫了那對痛哭斷腸的父母之後，雷義的心沉重得有如石頭。他已經許久沒感覺如此疲倦，於是極少有地提早下了班休息。

雷義的家在一條連接著善南街的陰暗小巷裡，那是一座好像隨時要坍塌的木屋。他平日連門也懶得鎖上，因爲裡面根本就沒有甚麼值得偷的東西。

他走到門前幾步外，卻突然停了下來，輕輕抽出腰刀交到左手。雷義並不是左撇子，只是身爲差役，他堅持非到必要都不會用佩刀砍人。腰刀只是用來抵擋兵刃，他眞正信賴的武器是那隻堅硬的右掌。

雷義用刀尖輕輕把門推開看看。

藏在屋裡的人，令雷義很訝異。既不是平日有過節的同僚，亦非曾被他抓過的流氓要來尋仇。

「對不起。」

坐在屋內唯一桌子後的于潤生，微笑著把買來的酒從熱水盆中拿起，倒進兩個杯子裡。

「我不想讓人看見，所以沒在街上等你。」

雷義打量一下站在于潤生身後的狄斌。他並不認識這個皮膚白皙的矮子。

「好久不見了。」雷義把腰刀收回鞘裡，關上了門。

他坐在于潤生對面，仔細打量這個其實相交不算深的朋友。不見四個月，于潤生在雷義眼中多了股氣息：一種活力充沛並混雜著愉快的疲倦氣息。只有很忙的人，而且忙著自己喜愛的事業，才會這樣。

看見于潤生的神態和衣著，雷義馬上就確定了一切：

吃骨頭就是于潤生殺的。這個男人，在漂城揚起了今天混亂血腥的風暴。

「你我沒甚麼好談。」雷義把杯中酒一口乾了。

「不會。只要你還有想要的東西，我們就有事情可談。」于潤生替雷義添酒。「我一向很尊敬你。這次來，是要給你一些東西。」

「假如是銀子的話，請不要拿出來，現在就給我離開。」

狄斌頓感憤怒，但是勉力壓抑著。

——他記住了于潤生的教導：不要隨便把感情表現在臉上。不要讓對方知道你眞正的想法。

「我說過：錢有的時候並不只是錢。」于潤生放下酒瓶。「錢也是力量。我來給你的就是力量。有了力量，你就能夠幹你想幹的事。」

「我沒有甚麼想幹的事。」

「那你爲甚麼還要當差役？不要告訴我只爲了生活。要是爲生活，你第一天進巡檢房，就應該像其他人一樣拿錢。良心和名聲吃不飽人。」

「你想說甚麼？」雷義的容忍已快到極限。

「你投身公門，是希望爲了維持漂城的秩序與和平吧？可是你一個小小差役，能夠做到多少？『屠房』與『豐義隆』只要沒有任何一方倒下，這座城裡就永遠都有血鬥。而你根本就沒有足夠的力量去阻止和改變這個形勢。我卻可以幫助你拿到這個力量。第一步是當上役頭。坐上吃骨頭空出來的位置。到那時候，你能夠做的事情，比現在多一百倍。」

「我不明白你在說甚麼。」雷義口中這麼說，臉色卻顯然和緩下來。他對于潤生的話產生了興趣。

「我不妨告訴你：『豐義隆』跟『屠房』，不久就要展開眞正的對決。那是無可避免的事。你唯一能做的，就是令這場決鬥盡快出現結果。然後漂城就會太平。」

于潤生以極自信的神情，不徐不疾地說著這種規模的事情。雷義甚是愕然。

——他憑甚麼說這種話？我看他大概是屬於「豐義隆」那邊的。不過短短幾個月，他在幫會裡也不可能坐上甚麼高位啊。尤其還是個腥冷兒出身……

「不要猶疑。役頭是肥缺，現在許多人都覬覦著。當然我可以找別人取代你。可是只有你值得我相信。」

「你不必馬上答覆我。」于潤生站起來。「多考慮幾天。我會再來。」

他帶著狄斌就這樣離開了雷義的家。

走到外面寬闊得多的善南街時，狄斌終於忍不住問：「老大，這傢伙不貪財，似乎很難打動他。我看還是不要白費心機。」

于潤生卻忽然哼起雄爺爺的曲。狄斌過去從沒聽過老大唱歌。

「雄爺爺說得對。」于潤生說。「老虎是老虎，貓是貓。錯不了。」

□

一條筋脈暴突的壯臂。緊握的右拳。在拳面的食指與中指之間，挾著一枚五寸長的銳利粗鐵釘。臂胳向後拉弓，貫滿著澎湃的勁力。肌肉賁張得赤紅。

隨著猛烈的吼聲，拳頭直衝往厚土牆。爆響之間，拳鋒陷入土牆半分，泥塵飛揚。

「喝！」

拳頭鬆開，收回來。

鐵釘深深貫在牆裡。

「穿腮」鐵釘六爺沒有任何表情。這結果對他來說是理所當然的事。

鐵釘六爺的身材本已極是寬厚，一雙長臂卻又格外粗壯，乍看像是從另一個比他更高大的巨人身上砍下來，再接到他肩上，形貌有些怪異。

他實際雖然已不年輕，但臉上皮膚仍然光滑緊繃，鬍鬚剃得精光，獅子鼻顯得又大又高，臉孔就跟身體一樣，給人一種撐得爆滿的感覺。

「還沒有消息嗎？」鐵釘不耐煩地問。

「沒有……」站在一旁觀看的陰七搖搖頭。「四哥跟五哥……還沒……回來嗎？」

「我一個還不夠嗎？對方他媽的有多大能耐？」

「可是……總得小心……」

「別管了，快把那些躲藏的敵人找出來！我手癢得要命！」六爺走上前，用手指一捏一拉，就把牆上的釘子緩緩拔了出來。

「六哥放心……」陰七撫摸著唇上的鬚：「我的耳目……沒有躲懶……對方要是不動……

我們也……沒辦法……但只要有一點異動……我們……嘻嘻……」

鐵釘沒興趣聽這些。刺探消息和策劃偷襲是陰七的專長，就交給他吧。鐵釘跟兩個哥哥，在「八大屠刀手」裡從來只是戰將。只要知道敵人在哪裡就夠。

他將長釘再次握在拳頭裡，準備練另一招。

□

四輛看來十分普通的木板車，上面的貨包散著濃烈藥香，正由驢子拉到善南街的藥店。

在店門前停下來後，趕驢那四個漢子一聲不響，就迅速將車上貨物卸下，一一搬進藥店後的倉庫裡。午後街上人來人往，誰也沒留意這件平凡的事。

只有在對街的暗角處，龍拜與狄斌密切地遙遙監視著這些手下卸貨。看著那些包裹逐一送進店裡，他們的眼睛閃出興奮光芒，相視一笑。

□

桌子上堆放的金銀，在燈光反射下令人目眩。于潤生卻只是冷冷地凝視著，手掌在金銀堆中輕輕撫摸。

龍拜再也按捺不住，伸手抓了一把碎銀，放在鼻前，仔細嗅著金屬獨有的淡淡腥氣。

「發財了……我們眞的發財了！」龍拜叫著：「這裡最少也有一、二千兩銀子吧？」

「三千三百九十兩……」齊楚盯著這筆錢財，因爲興奮臉紅得像喝醉了一樣。「全都是我們的！」

他說時聲音在微微顫抖。這麼多的金銀，齊楚從前在家裡也有過；可是這次的意義不一樣。每一分一錢，都是自己拚上頭腦和膽色賺來。

——拿到了……拿到錢了……我那個願望，很快就能成眞……

「這裡只是花雀五預付給我們的一半貨款。他把貨物在城裡脫手之後，還會再付我們一倍。」于潤生摸著下巴說。「另外還有順道辦進城來的那批藥材，轉手之後最少還可以多賺二百兩。」

「可惜，三哥還在雞圍裡。」狄斌說：「假如剛才包著這筆錢的布，是用他的『殺草』割開的話，那才有意思呢……」

他說著時卻發現，站在地庫一角的鎌首，到現在仍是沉默無語。

「五哥，你在想甚麼？」狄斌輕呼。

鎌首帶點茫然地凝視著金銀的光華，心裡回憶起在大牢裡「鬥角」時的情景：包圍在四周的賭徒，就是在匆忙交換著同樣的物事。

——那一雙雙飢餓如狼的眼睛。

他當然很清楚，金銀不只就是一塊塊重甸甸的東西，而可以用來換飯吃，換取一切想要的東西。但有時鎌首不太理解，爲甚麼人們對金銀的反應竟是這麼狂熱，好像已經變成天生的本能，就如男人看見裸女會勃起一樣；彷彿我們真正喜愛的，不是金錢能夠換到的，而是這些吃不進肚子的金屬……

龍拜著魔般喃喃地唸著：「我們要再幹下去……再多賺十倍、一百倍……把整個漂城都賺過來……」

今天，他們六個人終於眞正屬於這座城市。

因爲他們終於有了錢。

□

齊楚爬上了地庫石階，探頭尋找異聲的來源。

石屋的內廳一片幽暗。已吃過晚飯，除了在外室守門的幾名腥冷兒之外，其他人都已入睡。

齊楚聽到那竊語聲，辨出其中一人是吳朝翼。他從前在「平亂軍」裡是勇猛的攻城兵，捱過好幾場地獄般的攻牆戰，身手極是敏捷，所以很早就得到于潤生賞識，加入他們的團夥。

「于爺出去之前就下令了……不可以……」

「他自己還不是去了自己的女人那邊嗎？」龍拜打斷吳朝翼的話：「媽的，好不容易終於有了這麼多錢……我們可是熬了許久才得到的！假如不能花，那又有甚麼意思？」

「可是……」

「你怕甚麼？膽這麼小，以後怎麼在這道上混？我們悄悄溜出去一陣子，誰會知道？一晚在漂城吃喝嫖賭的人有這麼多，我們混在裡面，哪有這麼容易出亂子？」

「也是……」吳朝翼考慮了一會後回答：「說真的，二爺，口袋裡有錢，心裡確實好癢……反正也是睡不著……好，一起去，不過——」

「二哥，也帶我去。」齊楚急忙爬出來。

「噓——」龍拜吃了一驚，伸手按著齊楚的嘴巴。「別讓白豆聽見，那小子死心眼，一定拉著我們！」

齊楚撥開龍拜的手掌，把聲音再壓低一點：「你們不帶我去，我現在就喊。」

吳朝翼看著龍拜。龍拜輕輕嘆息了一聲。

□

「有出息！」

李老爹看看堆在桌上那些布匹和大包小包禮物，又打量著于潤生一身端正衣衫，還有跟隨他那五個「夥計」，咧開缺了牙齒的嘴巴大笑起來。

「小于，眞有你的！不過幾個月，你就……闊成這模樣！」

于潤生微笑，呷了一口家釀的米酒。

李蘭從灶旁走過來，收拾桌上的殘羹剩飯。于潤生瞧著她。她看見了他的目光，慌忙低下頭來，捧著碗盆走開。

「老爹，從前蒙你關照了。最近田裡怎麼樣？」

「多虧你租下了我那倉庫，才讓我有錢多僱幾個人幫忙。唉，眞的老了，身體不好，阿蘭又是個女的……這年頭僱個人也不容易，小伙子都想往城裡跑。這也難怪啊，就看小于你……」

「老爹，我這次來，是要跟你談生意。」于潤生喝光杯中酒：「我想買下你這莊園。價錢由你開。」

「眞的？」李老爹的眼睛更亮。

「你老人家也該享享福了。」于潤生看著爐灶那邊。李蘭已不在。「我想娶小蘭。我看她不太習慣住在城裡，所以想到，不如直接爲她買下這裡。」

李老爹猛力拍拍大腿：「太好了！買賣的事之後再談，總之你跟阿蘭的婚事，就這麼定了！」

躲在房間裡的李蘭，歡喜得湧出眼淚。

她知道，自己的命途從此改變。

——只是她無法預見，那改變將是何等激烈。

這一年，李蘭十九歲。她知道的事情很少，只確定自己深愛于潤生——愛得足以容納他的一切。在她往後三十年的人生，這種寬容將一步步到達極限。

□

鎌首不知爲何感覺焦慮起來，就連閉目打坐也不管用。

他抓起倉庫裡用來量重的一對石鎖，以各種姿勢動作伸展、收縮，鍛鍊著全身的肌肉，直至渾身都是汗水才放下來。

鎌首脫去濕透的上衣。狄斌和櫻兒同時以帶點痴迷的眼神，看著他的軀體。

狄斌想尋找布巾給鎌首抹身，可是被櫻兒搶先了一步。

鎌首高舉著雙臂，任由櫻兒抹拭身上的汗，在狄斌面前沒有半點難爲情。狄斌別過頭去。

「他們都睡了嗎？」鎌首卻忽然問。

「不。」狄斌還未來得及回答，櫻兒卻搶著說。「我剛才出去打水，看見有人乘黑出門了，好像是二爺跟四爺，還有一個人我不認得……」

「甚麼？」狄斌一聽，好像被冷水淋醒了，激動地猛抓著櫻兒的手腕，令她痛呼。「他們瘋了！忘了老大的吩咐嗎？」

鎌首將狄斌的手從櫻兒腕上拉開。他神情同樣焦急：「知不知道他們到哪去了？」

「不知道……」櫻兒撫著好像要裂開的腕骨，額上冷汗直冒：「但我看那模樣……多半去了附近的娼館找女人……」

鎌首撿起上衣匆忙穿上，從壁上的兵器架拿來一柄短斧，搶去櫻兒手上那塊布巾包裹起來。

「白豆，帶刀。」鎌首皺著濃眉：「我們走。不要帶兄弟，太多人會驚動『屠房』。」

「怎麼找他們？」狄斌拿起桌上一柄匕首，插到靴筒裡。

「就逐家找。直至把他們都抓回來！」

鎌首已奔上石階。

□

晚秋的夜空，繁星如千眼密佈。田陌間的長草因冷風紛紛彎腰。于潤生和李蘭在草邊漫步。

「怎麼不作聲？冷嗎？」于潤生關切地問身旁的李蘭。她一直只是默默垂頭走著。

「不……」

于潤生停下步來。李蘭也站住了，回頭看著遠處跟隨著他們的那五個男人，然後仰首凝視于潤生的眼睛。

于潤生沒有逃避她的目光。

「妳知道我在幹著甚麼吧？」

李蘭雖然就生長在城郊的農家，至今卻沒進過漂城多少次。她對城裡一切都感到無由地害怕：快速的節奏、人們惡意的眼光、常常突如其來的叫囂……每次都令她很想快快逃出那城牆。可是她並非不了解城裡發生的事。她也聽過許多關於「屠房」的軼聞——那是農村長輩用來唬嚇不聽話小孩子的。

李蘭點點頭。

「危險嗎？」

「很危險。」于潤生瞧一瞧星空，又再次垂下頭來，凝看李蘭明澄的眼眸。

「可是我一定會成功。」

李蘭再次點頭。她絕對相信他的每一句話。

「我需要妳。」

于潤生摟著李蘭的肩。她害羞地微微掙扎了一下，身體變得僵硬。

于潤生頓了頓，語聲變得溫柔。

「我要妳爲我生孩子。生好多、好多健康聰明的孩子。沒有人比妳更合適當于潤生的妻子，于潤生孩子的母親。」

李蘭閉上眼睛，把臉埋進他的胸膛。她的眼淚沾濕了他的衣襟。

□

「操你娘！」龍拜揪著褲帶，連跌帶滾地給狄斌拖出娼館的狹小房間。「你沒見那妞有多細白麼？抓我出來幹嘛？」

狄斌一言不發，也不管眾多娼妓的訕笑，用力把龍拜拖到前門，揭起紅色的布幔，把龍拜推了出去。

「去你的，推甚麼——」

龍拜看見臉色陰沉的鎌首站在門外，就立時住了口。

——從來沒有人知道鎌首的年紀多大，就連他自己都失去了記憶。六人當日結義，只是大概猜測了鎌首的歲數，然後決定讓他排行第五，兄弟裡其實就只得龍老二一個，肯定比鎌首年長。可是在這五弟面前，龍拜從來不覺得自己像個兄長。擁有近乎完美肉體的鎌首，總是散發著一股僅次于老大的奇特威嚴。

「二哥，別再鬧了！」狄斌說著，把剛才進入娼館時就拔出來收在袖底的匕首亮出，重新收回靴裡，同時不斷左右察看有沒有被人注視。「忘了老大的吩咐嗎？我們馬上就回去吧！四哥他呢？」

「老四？他沒回去嗎？」

「你說甚麼？」狄斌預感出了事，緊張得抓住龍拜手臂，聲音都在顫震。

龍拜同樣臉色大變。「他嚷著要去大街，我當然不依！那太礙眼了嘛……後來他說怕娼館髒，不進去了，自己先回『老巢』——你們沒遇上他嗎？」

鎌首轉身，眺看東邊遠方，隱透著亮光的那一角不夜天空。

「安東大街！」他從齒縫間吐出這四個字。

是的。那裡是安東大街。

□

突然置身在這奢靡豪華的大廳中，齊楚感覺四周的世界都好像不太眞實，令他有點窒息。儘管從前他曾是世家貴公子，卻也未曾到過這樣的地方。

精繪著花鳥圖畫的鏤金小燈，佈置的方位非常巧妙，構成的柔和照明猶如春日黃昏，映在漆著緋紅的牆壁上，令人連眼睛都感覺溫暖。廳堂地板的彩花瓷畫巧細而色澤明亮，美得讓人不禁放輕每一步。但即使如此還是很容易損耗踩破，經常都要由工匠更換。角落放著一張遠從關外運來的胡床，各處的彎弧造型充滿異國之美，鋪著厚厚的柔軟毛皮，只是用手撫摸都能激起情慾。閣樓掛著幾個金漆鳥籠，說不出品名的雀鳥活躍地跳著啾啾歌唱，合詠出一種沒有任何樂器能模仿的複雜音律……

當然，對於來這裡的客人，這一切都其次。最重要還是女人。

齊楚掃視廳裡，在客人之間穿插的每一個艷妓，他每看見一眼心跳都加速。她們精心搭配的衣衫，總在層疊間空隙不經意地露出小片的肩頭、腋窩、乳溝或大腿，讓客人們有種偷窺的錯覺，繼而開始想像她們各人的裸體。燈光、香氣、酒精、笑聲、顏色……在這裡存在的一切，都助長著這股慾念燃燒。踏進這裡的男人，根本沒有半點機會。

好幾次有妓女擦身而過，柔髮撩在齊楚的臉頰和耳朵上，他感覺猶如觸電。

可是齊楚的目光，還是沒有停留在她們任何一人臉上。他還沒有看見他要見的人。

雖然到來這家「萬年春」之前，他已經先去安東大街的商店置換一身衣衫，齊楚還是大廳裡穿得最寒酸的客人。要不是先把一大錠銀子掏出來，令鴇母轉變了臉色，他根本無法踏進廳門。

齊楚坐在椅子上，一動不動地握著已冷的酒杯，至今沒喝過一口。幾個站在閣樓欄杆前的妓女發現了他俊秀的臉，向他笑著招手。齊楚只回看了他們一眼就垂下頭。明明他才是客人，此刻卻感到自己像隻在市集裡被人挑選的公雞。

他完全想不到該怎麼辦。他根本不知道那人的名字。

這時客人騷動起來。他順著眾人目光瞧過去。

廳堂一方搭建了個細小的木戲台，只有三尺多高。每個男人都仰著頭，凝視正慢慢往兩邊張開的簾幕，那眼神就像看著處女的裙子卸下。

齊楚站在人群的最後面，感受到大廳裡忽然高升的氣溫。

出現在台上的是個木製大澡盆，裡面發出熱水攪動的聲音。花香散發。

一個女人正在盆中沐浴。但是誰也看不見她的容貌和裸體，只因一頂薄紗華蓋從上方把澡盆罩住了。後方點著燈火，將女人的影子從薄紗裡清晰映照出來。

女人在澡盆中站起。許多客人的喉結同時吞嚥。他們注目於乳首的側影。那赤裸的女體影子，輪廓完美無瑕。一種令人感到危險的美麗。有個富商看得太激動，緊抓著頭髮，咬牙捶胸頓足。

那層薄紗令客人無法看清全貌，反而營造更大的誘惑。五十多根陽具勃起到最堅硬。眾人散發的體溫，令廳堂的氣溫再上升。

齊楚看見了：女人的側影在笑。他認得出這天眞得令人心碎的笑容。

是她。

齊楚恨不得立時親手把在場所有男人殺掉。

□

一輛窗簾密閉的馬車緩慢行駛，排開安東大街上擁擠的行人，到達全大街最豪華的妓院「萬年春」門前。

「老么……」車裡「窒喉」陰七問：「眞的是……敵人……沒錯？」

坐在旁邊的黑狗，看看對座正閉目養神的六哥鐵釘，點點頭回答：「他們說那傢伙面目很生，衣著又不搭調，卻帶著很大錠的銀子。就算不是我們要的人，也許會知道些甚麼，我想還是先抓下來再說。對方只有一個人，而且外表看來不是甚麼強手。我已經派了十幾個人監視著門口。畢竟這裡是大街，我不想再多派人。」

「嗯……」陰七想了想，看著鐵釘。他很清楚鐵家三兄弟的暴烈性情。若非萬不得已，他不想讓鐵釘在大街上出手，造成騷動又會再惹起官府的責難。

「六哥在這裡……後援。我跟老么……悄悄去……抓住他……」

鐵釘六爺依舊閉目不語。假如妓院裡的是老七跟老八都能搞定的敵人，他根本就沒興趣。

□

酒液傾注入佈滿著優雅瑕紋的瓷杯裡。

「請喝。」一把比傾酒聲更動人的聲音說。

坐在「萬年春」三樓的小廳裡，齊楚低著頭甚麼都不敢看。耳朵赤紅得像會發光。

「爲甚麼不喝？」

齊楚好像犯了過錯的小孩，急忙抓起桌上的酒杯一口喝乾，匆匆又放下來，再次垂頭。

「好。我也喝一杯。」

一雙雪白的小手拿起酒壺，把醇酒添進剛才齊楚喝過的那酒杯。

透明的酒流進淡紅唇瓣之間。酒氣在皓齒上蒸發。

想到與她共用一杯，齊楚的心臟狂亂跳動。

「爲甚麼不說話？有甚麼不高興的事嗎？說出來會舒服一些。」

齊楚的嘴巴仍然像上了鎖。

「怎麼啦？」

「妳……妳……」齊楚終於花了最大的力氣把雙唇打開，牙齒在微微顫抖。「妳叫……小語？」

「嗯，寧小語。不是你指名要找我的嗎？」

「……」

「我們從前……見過面？」

「……」

小語展露出帶點稚氣的笑容：「我不問啦。還是喝酒吧。多喝一杯啊。這酒不便宜……奇怪，你不像會來這種地方……」

「我有錢！」齊楚惶急地說，才發覺自己激動得站了起來。對面的寧小語有點驚訝地看著他。

他這才眞正第一次接近地看見小語的臉。濃厚的胭脂，掩蓋不了那股充滿生命力的青春氣息；年輕卻又隱藏不住眉目與身姿間的風情。這天眞與艷惑的矛盾結合，彷彿不應該存在人間。有種美麗，本身就是災禍。

小語失笑。那聲音令齊楚快要瘋狂。

「好吧。我看你喝多了。」她也站了起來，「我要走了。還有別桌的客人在等著，我叫乾娘替你找——」

「別走！」齊楚像在絕望哀叫。他知道不能錯過這時刻。根本不知道還有沒有下次機會踏足這裡。

「怎麼啦？……乾娘應該早跟你說了，我只能夠每桌陪喝一陣子。你又不肯說話——」

「我要娶妳！」

齊楚說完後，連自己都不敢相信。

小語呆住了。

齊楚彷彿已耗盡氣力，跌坐在凳上。

小語看了他幾眼，然後無言走到門前。

齊楚看著她將要離開，卻再說不出半個字。此刻他的感覺，就如一個將死之人。

小語卻在打開門之前回首，嫣然一笑。

「謝謝。這句話很好聽。你別忘了自己說過。」

她最後再看齊楚那驚呆的臉一眼，也就回身把門打開——

一團黑影迅速地從門隙滾進來，將門前的小語包住。

小語還沒來得及驚呼，來者一手緊掩她嘴唇，另一手拿著幼長麻繩，以極快手法繞轉數圈，像縛豬般把小語的手腕和足腕都緊綑在一起。

齊楚那張向來柔弱優雅的臉，瞬間變得猙獰。搶救小語的意志，蓋過了緊張和恐懼。他站起來想撲過去——

一根幼得接近隱形的絲索，自上方垂下來套住齊楚的頸項。絲索迅速收緊，齊楚眼睛暴突，氣管和動脈被截止了流動。

齊楚在還未失去意識之前，聽見上方的天花傳來陰冷的笑聲。

門前的「縛繩」黑狗八爺掏出一片布巾，塞住小語的嘴巴。他馬上留意到她的美貌，忍不住伸出腥紅舌頭，大力舐在小語頸上，然後才把她的身體放下，再輕輕把門掩上。

小語閉著眼，並沒感到太大的恐懼。

——她知道，世上很少有男人會忍心殺她這樣的女人。

齊楚雙手憤怒地亂抓，越是掙扎，頸上的絲索卻越緊。他已陷入昏迷邊緣。

「太容易了……早知道我們兩個就不用親自動手……」黑狗從手腕上又解下另一根麻繩，一步步走到齊楚面前。「七哥，別勒太緊。我們要活的——」

小廳一扇精緻的窗戶，突然轟然破碎，一件物事帶著驚人的尖嘯聲，旋轉著飛進來！

黑狗反應及時，惶然抱頭下竄——

來物越過他後腦上方，將半空中緊綳的絲索斬斷，去勢仍然不停，繼續往前旋飛，直至釘進一根木柱。

齊楚伏倒的同時，黑狗抬頭看見了：那是一柄閃著銳芒的短斧，斧刃深陷在柱內。

好不容易從昏死邊緣獲得解放的齊楚，心裡只是記掛著小語的安危，此刻竟發揮出遠高於平日的體能，迅速爬了起來。向著仍蹲在地上的黑狗八爺，踹出憤怒的一腿。

黑狗還沒弄清楚發生了甚麼變故，不敢胡亂閃避，以肩頭硬吃了這一腳，順勢往後滾跌，眼睛不忘瞧向破開的窗戶：

一條壯碩手臂從窗口伸進來，掃去殘餘的木碎紙片。長腿跨過窗口攀進小廳裡。是殺氣充盈的鎌首。

「撤！」躲在梁上的陰七尖聲吶喊。緊接傳來瓦頂穿破的聲響。

黑狗那副胖圓的身軀繼續在地上滾動，順著勢道撞開廳門爬出去。

齊楚轉過身來，扶起側臥在地上的小語，替她取下嘴裡布巾。

小語透了一口大氣，眼睛卻看著野獸般闖進來的鎌首。

「四哥，快走。」鎌首朝齊楚招手。

「等我一下。」齊楚仍然蹲著，替小語解開手足上的繩索。

小語那帶著驚異的眼睛，半分未離開鎌首。

「他是你的……弟弟？」

「是拜把子兄弟……」齊楚摸到小語被繩索勒得赤紅的手腕肌膚，緊皺眉頭：「是我連累了妳……」

小語坐起來，撫摸著那些赤印。「你們是……道上的人？」

齊楚聽到這句話，呆住了。

——她會因此討厭我嗎？……

鎌首卻沒有瞧寧小語一眼，只是焦急地說：「四哥……走……吧……！」

句子末尾的語氣突然變得生硬。

齊楚察覺鎌首的聲音有異。

「老五，怎麼了——」他看見鎌首已然恢復戰鬥的眼神，緊盯著那半掩的廳門。

齊楚也瞧過去。門前毫無動靜。他再看看鎌首。鎌首仍然牢牢盯著門，彷彿能透視外面。

齊楚扶著小語站起來——

「四哥別動——」

就在鎌首說這句話的一刻。

齊楚與小語仍以半蹲姿勢，站在廳門與鎌首之間。

半邊門板猛力往內擺盪，鼓起一陣風。

鎌首雙腿發勁。足跟離地。

門板繼續盪過來。

齊楚不明所以地瞧著鎌首。

鎌首的魁壯身軀撲出去。

齊楚惶然低頭，擁抱掩護著小語。

門板出現裂痕。

鎌首越過齊楚和小語頭上。他身在半空，左臂舉起來保護左邊臉，右臂往後拉弓。

齊楚摟著小語伏下來。

門板破裂。碎片爆飛。

鎌首暴吼。右拳像流星般擊向那道破門板。

門板後頭，透出一股銳風。

木屑炸得紛揚。

齊楚抱著小語滾開。

飛散的木屑開始降下來。

齊楚和小語驚恐地回頭。他們看見，兩條幾乎同樣高大的身影，一在門內，一在門外，相對站立。

在門裡，鎌首左臂仍保護在臉頰前，前臂上赫然插著一根粗鐵釘。釘尖入肉深達一寸，鮮血沿著臂流下來。

在門外，身軀橫壯的「穿腮」鐵釘六爺，嘴角有一抹血跡。他伸手擦去鮮血，微笑。

鐵釘眼中只有冰冷的殺意。他料想不到，剛才的一擊竟然被接下來，還讓對方反擊了一拳。

他的自信卻無絲毫動搖。鐵釘六爺不只是稱霸江湖多年的「屠房八大屠刀手」之一，更是八人裡最令敵人喪膽的鐵氏三兄弟老么。

有許多人都深信：沒有鐵氏兄弟，就沒有今日的「屠房」。十三年前那場漂城黑道爭戰裡，「屠房」好幾次被趕入了絕境，敵人的刀刃已幾乎抵住朱老總的咽喉。當時鐵氏三雄做出了最簡單的事：闖進敵對幫會的巢穴，把對方的頭領眨眼殺掉。

外人不知道他們用的是甚麼方法。城裡流傳著各種荒誕甚至互相矛盾的說法：有的說他們會咒殺術；有的說他們跟劍仙學過藝，能夠御劍飛行，千里取人首級；也有說他們懂得請神靈附身，刀劍火焰不侵……

鐵氏兄弟自己很清楚：假如沒有老總朱牙與大哥老俞伯的奇謀，這些奇襲刺殺不可能成功。但無論多完美的策劃，也需要貫徹的執行人；而只要面對的敵人數目不超過己方五倍，鐵氏三兄弟從來沒有失敗過。他們是奇蹟的完成者。

鐵釘六爺此刻揚起眉毛，盯著門裡跟他身材不相伯仲的鎌首。他許久沒有遇上這樣的對手。

「我還有很多釘子。你想我把它們釘在你身上哪些地方？」

鎌首垂下血淋淋的左臂，右手摸著上面那顆釘頭。

「你敗了。」

「哦？」鐵釘六爺只覺有趣。他從腰帶上掏出一根五寸長的鐵釘。

鎌首緊握著左拳，確定那釘傷沒有妨礙手掌活動。「我已經看清你的招數。」

鐵釘六爺失笑，再掏出第二根釘子，雙手各握一口。「那又如何？」

鎌首右手二指捏住左臂上那釘頭，咬著牙將長釘從拔出來。

「沒有人能夠把同一招數用在我身上兩次。」

沾血的長釘跌落地上。

鐵釘六爺怒瞪的眼睛，彷彿爆出火花。他握拳。釘尖從食、中雙指之間突出來。

然後他深深吸氣。

鎌首雙臂自然垂在身體兩側。

鐵釘六爺把胸中氣息用力吐出。

鎌首凝立，閉著眼睛。全身都是空隙。

鐵釘再次長吸一口氣。臂肌緩緩膨脹，本來就粗壯得與軀幹不成比例的雙臂，此刻顯得更怪異。

齊楚和小語跪坐在廳裡，感覺呼息困難。

鎌首似已入定。

——腦海裡深處，隱隱再次燃起那綠色火焰……

鐵釘六爺的一雙長臂已然膨脹至極限，準備發出震怖的一擊。

鎌首仍然閉目。臉容很鬆弛，半點不像在戰鬥中，甚至彷彿帶著笑意。

——綠色的火……森林。我看見了。

鐵釘六爺原本一直盯著鎌首閉起的雙眼，視線卻不知何時轉移到他額上那顆鎌刀狀的黑疤。鐵釘的眼神變得有點茫然。那怪疤彷彿有種神奇的懾人魔力。鐵釘有種思緒被對方看穿了的感覺。一股寒意從背項升上來。

——這傢伙……是怪物……

鐵釘六爺自成名之後，第一次在戰場上嚐到恐懼。

鎌首驀然睜開眼睛。

鐵釘六爺從茫然裡驚醒。

齊楚和小語同時閉目。

就像給迫到了死角的被困野獸一樣，鐵釘淒喝。

廳內物件晃動。

鐵釘六爺的雙拳挾著鋒銳長釘，以足夠轟斷丈高杉樹的可怕力量，呈牛角狀左右合擊向鎌首！鎌首沒有移動。

釘尖帶著劃破空氣的銳音，接近鎌首兩腮——

——鎌首遞出雙掌。

一切的動作停頓了。

鐵釘六爺異常錯愕。

長釘穿透鎌首的左右掌心。那剛猛無儔的拳勁，瞬間也化解在肉掌中。

——鐵釘六爺從來沒有想像過，有人能以這種方法徒手接下他這必殺攻擊。

鎌首雙掌十指，牢牢包捏著鐵釘的拳頭。

鐵釘六爺苦修三十多年的最強兵器，已被完全封鎖。

鎌首冷冷說：

「你死吧。」

鐵釘的心，淪落在恐懼深淵。

鎌首的巨大陰影，降臨在鐵釘六爺頭上。

黑闇吞噬了他。

第七章
無眼界乃至無意識界

陰七穿破琉璃瓦片，蹲踞在「萬年春」樓頂。他撮起嘴巴，吹出尖銳的哨音。

包圍在妓院各處的十二名「屠房」精銳手下馬上聽到了。是進攻的號令。

其中一個是馬千軍。喪弟之痛燃起了復仇火焰。他把包著兵器的布解去，露出一根小腿般粗長的木棍，其中一端束著防滑的皮繩，另一端滿佈釘子。馬千軍每次廝殺都使用自製的武器，用過後就拋棄。

十二人同時從前街後巷現身，衝進了「萬年春」。豪華的廳堂頓時揚起一片驚惶混亂。誰也沒料到，安東大街上會發生這種事。

陰七看著部下都已進入之後，從口袋掏出另一根窒喉索。

——還是讓六哥解決吧……正面搏鬥不是我的事。

陰七輕輕伏在瓦面上，正想把眼睛湊向剛才逃出的那個破洞，觀看下面小廳裡的狀況，卻突然聽見一聲巨響。

然後他目擊十二年來歌舞昇平的安東大街從沒有發生過的驚人景象：

雙臂被硬生生折斷、一對眼球爆破、滿身鮮血的鐵釘六爺，撞穿了「萬年春」頂層迎向大街的一面牆壁，墮落在人群熙來攘往的街心。

驚怒無以復加的陰七緊接再聽到，下面室內傳出連環的慘叫聲。

□

齊楚躲在小廳一角，盡量用自己掩護在寧小語身前，卻不敢直視廳內殘酷的血鬥。

躲在齊楚身後的寧小語反而看得眞切：

兇猛的鎌首，彷彿正是爲了這種戰鬥而生。他還沒有把貫穿手掌的鐵釘拔去，反而把它們當作短兵相鬥的武器。濃稠的血花呈各種怪狀飛灑半空。衣服破裂，碎肉飛濺。黑狗八爺指揮著那十二個部下，把鎌首團團包圍。刀刃帶起發光的風。金屬與肉體交鋒。肉體與肉體交鋒。鎌首受傷了，動作卻沒有停止片刻。身體在不斷旋轉。掌、肘、腿、膝、肩、額……全身可以運用的部位，都變成殺人的凶器。每動一次，就是一股血的漩渦。橫蠻的力量把骨骼絞碎。慘呼、哀鳴、悲叫、驚嚎交互重疊。鎌首沒有吭一聲。血與汗水混合。健美而受傷的肌肉掙出了衣衫的破口，在燈光下映得晶亮。一種最原始的美感。

小語看得癡了。下體私處因亢奮而濕潤。

她昏厥。

□

在距離「萬年春」只有數十步的「江湖樓」頂層，本來正獨自喝著酒的花雀五，被那一記巨響嚇了一跳。

他首先的反應，是立即召來「兀鷹」陸隼保護自己。

□

馬千軍一跛一跛地在安東大街上走著，手裡還握著半截折斷的木棒，滿身血污令途人側目。

爲了逃脫死亡，他從牆壁上那個被鐵釘六爺撞穿的破洞孔跳了下來。扭傷的右腳痛得像火燒。大概骨頭都裂開了。可是跛，總比死要強。

他沒有回頭去看鐵釘六爺倒臥街頭的屍身一眼，只管拚命拖著腳朝大街北端的「大屠房」走去。

他想起黑狗八爺。馬千軍記起在自己躍下之前，好像聽見八爺的叫聲。他沒法確定自己有沒有聽錯。馬千軍不敢再想。他哭了。因爲恐懼，也因爲羞恥。黑狗八爺一手提攜他，他卻在這生死關頭棄八爺而去。

馬千軍突然停下步來。他不想再回「大屠房」報訊了。現在的他只想回家。他想起母親每天煮的那鍋熱騰騰的、濃得舌頭跟牙齒膠住的牛肉湯。他想起湯喝進胃裡的暖和感覺。他想起弟弟小時候嗅到肉湯氣味時的笑容……

馬千軍此刻決定了，今生再也不動刀子。

□

寧小語在齊楚懷中醒來時，第一眼看見的是俯臥在地上喘息、滿身創傷的鎌首。他的肌肉因爲劇烈的痛楚在微微抽搐。

龍拜和狄斌領著葉毅、吳朝翼等六名手下，正守在鎌首身旁。

狄斌半跪下來，淚已盈眶。他後悔不該與鎌首分頭尋找齊楚。

——死也得死在一起!

「趕快把老五抬走吧!」龍拜很是焦急。「『屠房』跟差役很快就要來!」

「這傢伙還活著!」吳朝翼忽然俯身，察看地上俯臥的一人。

龍拜瞧過去，眼睛瞪得大大：「我認得他……是『八大屠刀手』裡的老么黑狗!」

吳朝翼的眼睛也亮了。黑狗八爺的頭顱，肯定值不少錢。他舉起刀。

「不!別殺他!」狄斌站起來。他的臉跟聲音都迅速恢復冷靜。「我們逃走時，可能會遇上『屠房』的攔截，就拿他當肉盾牌！」

龍拜不禁點頭。六弟在危機中的心思和指揮能力，令他既佩服又驚訝。

——想不到白豆有這樣的才能……

「我們快動身！」龍拜催促說：「要是老三也在就好了……老四，我們走吧！」

他說著把頭轉過去，這時才發現齊楚懷中寧小語的絕艷容姿。

「噢……」龍拜一時渾忘了危機，心臟怦怦亂跳。「好美……不得了……」

齊楚仍沉醉在把溫軟的小語抱在懷中的感覺，沒有聽到龍拜的驚嘆。

□

「屠房」佈在安東大街各處的部下紛紛湧出來看個究竟，一時間在街上就聚集著三、四百人。

「聽說六爺被幹掉了……」

「不……不可能吧？是鐵釘六爺啊！你看見屍身了嗎？」

「人們都這麼說……我也不相信……」

「六爺也是人……可是誰有這種本事？」

「天曉得……說不定又是那躲在雞圍的索命惡鬼！現在已經來到大街啦……死的還是『八

大屠刀手』！」

安東大街上所有賭坊、妓院、商戶同時關上大門。鐵釘六爺的屍體四周包圍著一層又一層的人叢。「屠房」的人四處奔走，呼叫著這噩耗。

公門差役也趕到了，可是只得四十多人，對聚集在大街的「屠房」部下束手無策。

雷義是其中一個。聽到鐵釘六爺的死訊，他知道自己先前的不祥預感已經成眞。此刻他看著一個個捶胸頓足、咬牙切齒的「屠房」手下，更強烈的不安感覺如潮襲來。整條安東大街好像都染成血紅色了

——這風暴，誰也無法逃避……

雷義回想起于潤生的話。那是對的。只有戰爭能結束戰爭。

有些等級較高的「屠房」頭目都聞知，今晚的事情是六爺、七爺跟八爺共同進行的。鐵釘死了。陰七跟黑狗在哪裡？

□

「六哥……竟然……敗了……」

陰七狼狽地躲在安東大街東面一條陰暗窄巷內，一動不動。他還沒有確定外面的情況。整件事會不會都是「豐義隆」故意佈下的陷阱？假如是眞，他就不可以直接返回「大屠房」。敵人

一定在這路上截殺。

「那大塊頭……『豐義隆』從哪裡找來……這種怪物？……」

這時陰七聽見外面大街鼎沸的人聲。有人在驚呼、哀號。那多半應該是「屠房」的子弟。已經過了這麼久，差役也必定已經趕到。陰七確定大街已然安全。

陰七站起來，推倒一列盛著剩菜殘羹的木桶，走向安東大街。

這時他卻看見，前面陰暗處出現了一朵紅色的東西。

就像鬼火。

「甚麼……東西……」

「鬼火」在黑暗的空間中飄浮，越來越接近。

陰七的左手無聲無息地拔出一柄短刀，右手則拿出勒喉索，手指迅速把絲索結成圈套，拋向那團「鬼火」。

就在絲索將要無聲無息地套住「鬼火」的剎那，黑暗中閃過一線極細的青白光束。「鬼火」接著消失了。

陰七猛拉絲索抽回來，卻發現已缺去一大段，顯然正是被剛才那道閃光凌空斬斷。

誰也不會比「窒喉」陰七驚訝。只有他知道這勒喉索有多柔韌，要多麼鋒利的刀刃才可能砍得斷。

他這時想起了：部下間流傳那躲在雞圍裡的惡鬼……

陰七不相信世上有鬼。可是不管對方是甚麼，他也無法壓抑此刻的恐懼。

——去了哪裡？

陰七猶如有預感般，轉身回頭。

出現在陰七眼前的，是一蓬狂亂如獅鬃的赤髮，與一柄寒光熠熠、式樣十分平凡的兩尺短刀。

□

潛逃離開了安東大街的燈光能照及的範圍後，狄斌才吁了一口氣。

他們所以能跑得這麼快，還是多得葉毅。慣當搬運兵的他，揹著鎌首的碩大身軀，幾乎跑得跟龍拜一樣快。

「小葉，換換人吧。」狄斌說著，協助葉毅把鎌首卸下來，不忘探索一下鎌首的呼吸脈搏。「還有很多路要走，別累壞了。」

「『老巢』不是就在前面嗎？」龍拜問。

「不能回去！」狄斌斷然說：「說不定那邊已露了光。而且留在城裡太危險了。我們要馬上出城。一切等會合了老大再打算。」

「豐義隆」在西面城牆打穿了一個通往城外的秘穴，龐文英、花雀五和于潤生都是利用它自由進出漂城。不過由於保密之故，穴洞大小僅容許一人通過，出城必須預先在外面準備接送的馬匹。現在當然沒有這個時間，只能用雙腿跑。

于潤生只把秘穴的位置告訴了齊楚和狄斌，以備緊急時使用。

齊楚無言。他因爲連累鎌首重傷而歉疚萬分，心頭同時卻又無法擺脫寧小語的音容。

——他已暗自決定：不管任何代價，必定要娶她爲妻。

「剛才五爺殺的人，我想就是傳聞中的『穿腮』鐵釘六爺……」吳朝翼說。他正揹負著仍然昏迷的黑狗。黑狗的手腳都被他自己的麻繩綑著，眼睛和嘴巴也都蒙著布巾。「我們這麼在大街上一鬧，日後……」

「管他個臭奶奶！」龍拜氣喘吁吁地罵著：「初來漂城時，實在受夠了『屠房』的鳥氣！見他一個，他媽的砍成兩個半！可惜我沒帶弓箭來……」

「二哥，別多說話。」狄斌回頭說：「小心給黑狗聽見我們的底細——」狄斌的神情忽然肅穆。

一行人停住腳步。前面是一個小巷彎角。

「好像……有人……」吳朝翼喃喃說。

龍拜的手搭在刀柄上。

狄斌走到鎌首旁。他決心即使失去生命，也要保護五哥。

所有人盯著前方那黑暗的街角。

一件東西忽然從那裡滾出來。

其中一個腥冷兒唬得跳起來，拔出了短刀。

「慢！」龍拜低喝。眾人中以他眼力最是銳利。他看清了那東西。

一顆長著鼠鬚的細小頭顱。

高瘦的人影，從前方街角現身。

狄斌看見那赤紅的頭髮，就像在陰冷的井底仰首看見光明。

□

雅緻的房間中央，放著那個表演用的巨大澡盆。寧小語赤裸浸浴在熱水裡，清洗身上汗污和血跡。

蒸氣氤氳間，她閉上睫毛濃密鬈長的眼睛。

剛才發生的一切，彷彿一場短暫的夢。唯一的證據，是此刻放在房間几上那錠銀子。

「我會再來找妳。」齊楚臨走時凝視她，把銀子塞到她柔軟的掌心裡。「等我。」

她睜開眼睛。

在瀰漫的蒸氣裡，她看見的是一具雄壯魁偉的身軀。

她把手指伸向雙腿之間。

話。

□

整座漂城彷彿都陷入了瘋狂。

在安東大街，百多「屠房」人馬把「江湖樓」團團包圍，仰頭不斷叫囂著所有想得出的髒話。

花雀五惶恐地躲在最高層的飯廳裡。連同陸隼在內，「江湖樓」只有四十四人把守。三十多個無辜的客人也被困在樓裡，被「豐義隆」的人趕成一堆躲在二樓。

「怎……麼辦？」花雀五緊張地握著腰刀。「他們……不會衝進來吧？義父快派救兵來啊……」

「不行。」陸隼仍然鎮靜：「假如分行那邊的人過來，馬上會演成混戰。何況那頭恐怕也一樣被堵了。現在只有忍耐，等待官府出手。他們不會讓大街變成戰場。」

其他「屠房」的幫眾則四散到城內各處，追捕刺殺鐵釘六爺的凶手。有的闖進了破石里。「豐義隆」在毫無準備下，幾個場所都被殺翻。有十幾個腥冷兒被不問情出地當場砍死。

正中路的「豐義隆漂城分行」裡，龐文英也沒法搞清楚發生了甚麼事情。「四大門生」和文四喜應變甚速，召喚了三百多人在分行內外戒備。「屠房」的人一個個紅著眼，遠遠包圍監視著分行。然而沒有上級的號令，他們不敢對「豐義隆」總部發動攻擊。

漂城知事查嵩原本在宅邸大開酒宴，這時已怒氣沖沖地趕回知事府，聽取總巡檢滕翊的報告。

「他媽的龐老頭！」查嵩憤怒之下把一塊玉紙鎮摔碎在地上：「這個爛攤子要如何收拾？」

「無論如何都要壓制著『屠房』的人。」滕翊誠惶誠恐地說：「看來可能要出動守城軍……」

查嵩盤算著：絕不能讓「豐義隆漂城分行」就此倒下。假如龐文英人頭不保，不只會惹怒何太師，京都「豐義隆」總行更可能大舉前來報復，其時只會引起更大的戰爭。

守城軍是漂城最後最強大的武力，能夠壓倒「屠房」的人。可是查嵩又害怕，一旦動用軍隊，勢必引起朝廷查問，大大危害自己的仕途……

同時在安東大街上，「屠房」的人終於發現陰七的無頭屍身。

「七爺也死了！」

這句話就像燃點了油桶。包圍在「江湖樓」外那些「屠房」人馬，開始衝擊大門。

「爲六爺跟七爺報仇！殺光那些北佬！」

蝗群般的石塊把「江湖樓」下面兩層的窗戶全數砸破。前後的大門被一腿接一腿踢擊。

「住手！」役頭徐琪和黃鐸帶著近百名差役奔過來，手上都拿著腰刀木棒。「不許再撞門！全部給我散去！」徐琪喊得喉嚨也啞了。

包圍著「江湖樓」的人數已增至兩百多。他們仗恃人多，沒有理會差役的制止。其中有的「屠房」頭目比較清醒，知道如此鬧下去勢必跟差役衝突，也高呼命令部下停手。然而復仇的烈火不是這麼容易澆熄。

花雀五在樓內聽見下面的衝擊聲，露出絕望的眼神。

——想不到要這樣不明不白地死在這裡！我不甘心！一定是于潤生搞的鬼！是他故意的！要借「屠房」的手幹掉我！

陸隼沒再說話。他解下腰間鐵鍊。心裡只希望能多取幾個敵人的性命陪葬。

另外五個役頭這時剛好趕來了大街。他們帶著的部下有三百多人，其中約一百個更是巡檢房的精銳，有的帶了弓箭盾牌，有的更騎馬提著長槍。漂城的公門差役已經許多年沒有動用過這些武裝。

如此陣容，才終於震懾著「屠房」人馬。他們卻仍不肯撤退，遠遠跟差役對峙。

「再不散開，把你們統統抓進大牢！」黃鐸呼喊。

「大牢」這兩個字生效了。流氓中有一半都蹲過牢。那是你去過一次就絕不想再進的地方。「屠房」的人漸漸往後退縮。

「你奶奶的狗爪子！」人群一邊退著一邊在喝罵，有的把衣襟掰開，露出毛茸茸的胸膛。「來呀！有種拿箭射我嘛！操你媽，沒種的狗爪子！回家喝你爺爺的洗腳水吧！」

身在差役隊伍間的雷義聽著，知道這裡不會開打了：流氓的話越是罵得凶，心裡就越虛。

突然間，連罵聲也停下來了。「屠房」那些流氓，一個個有秩序地轉身走去。

不只他們，就連包圍在「豐義隆漂城分行」外的人，還有正在破石里裡尋釁的「屠房」手下，也都全部撤退。

他們全都朝著安東大街的北端走。

雷義知道，這是直接來自「大屠房」的命令。

□

于潤生坐在農莊的倉庫裡——他每次與李蘭歡好的地方——埋首於雙掌之間。

「老大，你……在生我的氣嗎？」齊楚坐在他對面，害怕地問。

「不。」于潤生隔著手掌說。「我只是要把事情想清楚。」

他不是在安撫齊楚，而是真的沒有憤怒。他只是有點驚訝。

于潤生了解自己的才能，也清楚自己的慾望。然而這些都不足夠。現今地位不高的他，還需要些運氣。

而宿命卻每一次都剛好把他推往他想前進的方向。這令于潤生自己也覺得驚異。

首先是刺殺萬群立那一天。他突然發現身邊多了兩個厲害的好夥伴：葛元昇和龍拜。然後齊楚和狄斌也展露出他們的潛能。于潤生的野心有了個結實根基。

——對於這些兄弟，于潤生想到一個理由：好的領袖自然能夠吸引人材。這是早晚都會發生的事。

可是第二次于潤生卻無法解釋了。那是與鎌首的相遇。

直至現在于潤生仍然感覺，自己對鎌首的了解太少。他一向相信要了解一個人，並不是那麼困難的事：只要知道那個人的慾望，就能了解他心裡最重要的一切。可是鎌首卻是個例外。他有的時候好像幾乎完全沒有慾望，除了想尋回自己的過去。在于潤生眼中，鎌首就像是一頭不可知的生物，同時也卻又是非常貴重的力量。能夠得到這個奇怪的弟弟，就像老天送給他的一份大禮物。

第三次，是葛元昇殺死癲皮大貴。于潤生知道那也是遲早要發生的事——他們六個人的才能，不可能永遠在漂城這樣的地方埋沒——只是發生的時機，正好遇上龐文英身在漂城，又是像註定一樣。

現在是第四次。于潤生正全速向前奔跑時，宿命又在他背後大力推了一把。

一夜之間，他們擊殺了「屠刀手」二人，並生擒其一。雖然這突然打斷了他的許多計畫，但又打開了更重要的門戶。于潤生有點不敢相信這種運氣。

——不管甚麼計畫，都可以隨時更改修正；但是當契機擺在面前，能夠把它做最大限度的利用，那才是眞正決定成敗的才能。

「老四，你記得我說過的話嗎？」于潤生終於把手掌從臉龐移開。

齊楚聽見老大再次開口，也就知道他一定已經想好了事情。

「記得。老大你說，『屠房』本身就有缺口。那是甚麼？……」

「是老俞伯大爺。」于潤生回答：「『八大屠刀手』之首。他與老總朱牙之間的關係。『屠房』表面上看來像一塊鐵板，可是它本身就有這個缺陷：一個『老總』，一個『大爺』。老俞伯跟其他『屠刀手』是結拜的兄弟，關係緊密；他卻又位居朱老總之下……」

從前讀過好些史書的齊楚，一聽就明白了：一輛馬車，要是有兩個車伕，早晚都會出事。

——更何況是刀頭舔血、坐取暴利的黑道幫會？

「可是……」齊楚皺著眉問：「現在『屠房』大敵當前，他們不會笨得在這種時候內鬥吧？」

「有辦法的。我已經想了好久。只是還沒有實行的時機。現在來了。」

于潤生頓了一頓，接著說的話，齊楚在許多年後才了解它的眞正意義。

「一句謊言的力量，勝於十萬大軍。」

齊楚聽著，不禁反覆咀嚼。

「這事能不能成功，還得看龐文英的胸襟，」于潤生繼續說：「叫老二把黑狗帶過去田邊那小屋。記著，不要解開他眼上的布巾。別讓他知道自己身在何處。」

齊楚點點頭，轉身正要離開時，于潤生突然又問他。

「老四……那個女人一定很美吧？」

齊楚回頭，整張臉都紅透了。

「老大，對不起……」齊楚跪了下來：「老五要是有甚麼不測，我……我……」

「老五……」這是于潤生唯一擔心的事。鎌首受的傷確實很重。假若不是把大半精力都用於擊殺鐵釘，以及要保護齊楚，他本該能夠輕鬆對付那十幾個「屠房」部下。

鎌首要是死了……于潤生沒再想下去。他從來不去想超乎自己能力以外的事情。

□

剛包紮好的傷口又再滲出血來。鎌首的呼吸急促短淺，帶著黑疤的額頭熱得似在燃燒。

狄斌默默看著李蘭照料鎌首。這是他第一次跟李蘭見面，很快就明白于老大爲何選了這個女人。她的容貌很平凡，但只要細心觀察，可以感受她內裡蘊藏著一種能鎮定人心的力量。

狄斌想說話，卻又不知要如何稱呼李蘭。

李蘭看了他一眼，已猜到他想問甚麼。

「傷口很多，幸好都不在要命的地方……」李蘭說著，把沾滿鮮血的布帛解下，重新塗上刀創藥。「可是流血太多……只好指望今晚全部都止住吧。幸好，這裡有的是藥。」

「謝謝。」狄斌走近，凝視著鎌首昏迷中的臉。

「潤生常常提起你們。」李蘭瞧著狄斌。雖然初相識，她對這個皮膚白皙的矮漢子存著無由的好感。「他很少跟我說城裡的事。可是一提起你們這些兄弟，眼睛總是格外發亮。」

從李蘭口中聽到這事，狄斌感動莫名。

「潤生說，你跟五哥感情最好。看來沒錯呢。」

狄斌的臉紅起來：「那天在猴山，我和五哥初遇的時候還是敵人。他把我打得就像他現在這麼慘。可是我從來沒恨過他……這是不是很奇怪？」

「這大概就是緣分吧……」李蘭繼續替鎌首包紮。摸著那些仍在冒血的創口，她的手指漸漸發抖。「我……我有點害怕……」

狄斌知道她在擔心甚麼。

「別怕。我死也會保護老大。這條命，是他的。」

「不要說這麼可怕的話。」李蘭眼神帶點哀傷地看著狄斌：「命始終是自己的。」

狄斌呆住了。他不禁想起鎌首常常問的那句話：

——人活著是爲了甚麼？

狄斌猛力搖搖頭，揮去這些想法。此刻他只想記著兄弟同生共死的誓言。那是用彼此鮮血結下的。

——萬一五哥死了，我絕不放過「屠房」任何一人。

他激動得咬破了下唇，鮮血從嘴角流下來。

□

布巾解開後，黑狗惶恐地掃視四周。

屋裡只得一盞油燈，因此黑狗的眼睛很快就適應。這廢棄的小屋四邊窗戶都緊閉著，只有從屋頂破隙看得見一線夜空。

黑狗接著才仔細打量面前那個陌生的瘦削男人。

「你……是誰？」黑狗吃力地問，感覺呼吸困難。右邊兩根肋骨被鎌首的肘擊打斷了，他正是因爲那劇痛而昏迷。

「你沒必要知道我是誰。我知道你是黑狗八爺。這就夠了。」

于潤生靜靜地坐在油燈前一把殘舊的木凳上。背著燈光的他，在黑狗眼中顯得更神秘。

「別多說了。要殺就動手吧。『豐義隆』也算是大幫派吧？要是還存一點江湖道義，就少折磨好漢。我不會吐露半個字。」

「『豐義隆』？」于潤生冷笑了一聲，不再說話。

有的時候少說話才是最有效的謊話：把想像的空間留給對方。

黑狗果然感到迷惑。

——聽外地口音，這傢伙應該是個腥冷兒。難道說他不屬於「豐義隆」？那又是誰指使的？……

「我想跟八爺談一談生意。」于潤生故意讓黑狗多想一會才再說話：「我們幾兄弟本來做的那筆交易，幹下來發覺那錢不容易賺，而且還只能夠賺一次，做完就得離開漂城這黃金地，想起來實在有點不划算……」

黑狗聽著並沒有急於追問。他在思考于潤生的底蘊。

——這麼說，是有人僱用他們來刺殺我們「八大屠刀手」……「萬年春」難道本來就是個陷阱嗎？我們以爲是去狩獵，反而是被他們伏擊？

——假如不是「豐義隆」，還有誰要置我們幾個於死地？……

「這筆生意既然只能做一次，當然賺得越多越好。今晚我們把六爺、七爺幹掉了，『屠房』的各位自然都想把我們碎屍萬段；可是我深信八爺你跟老俞伯大爺都是生意人。只要最後有賺，一點點私怨，算不了甚麼。」

黑狗這時才知道連陰七也死了。現在他自己的命也懸在一條線上。

「我可以給雙倍。」黑狗勉力用最鎮定的聲線說。「可是我一定要知道，僱用你們的人是誰。」

「告訴你，買賣就做不成了。」于潤生微笑：「但我們可以代你幹掉他。五十萬兩銀子。先付一半才動手。」

黑狗搖搖頭：「五十萬？太貪心了吧？」

「殺這個人，這價錢能算是便宜。」

黑狗心頭一震。

——眞的是他嗎？……

「八爺不必馬上答覆。我自會派人聯絡你跟老俞伯大爺。」于潤生拾起地上的布巾。「現在八爺可以走了。我派人把你安全送回城裡。」

于潤生重新蒙住黑狗的眼睛。

再次陷入黑暗裡，黑狗聽到自己的心臟在狂亂跳動。

——眞是朱老總嗎？

——沒理由。「豐義隆」正在一旁虎視眈眈啊……

——可是這不正正是好時機嗎？借著跟「豐義隆」的鬥爭作掩飾；再用腥冷兒來下手……我們的舉動，確實都被這夥腥冷兒清楚知道啊……

——難道朱牙……一早就知道我們……

其實自數年前開始，老俞伯跟吹風三爺、陰七和黑狗已然存著推翻朱老總的野望。正如于潤生所洞悉，他們「八大屠刀手」是結義兄弟，又在稱霸漂城的過程中立下汗馬功勞，權力地位卻不如朱牙，這是「屠房」的一個難解矛盾。

除了老俞伯他們四個，其餘的「屠刀手」，老二「拆骨」阿桑一直是朱老總的近衛心腹；至於武力最強的鐵氏三兄弟則無甚權力慾，自從「屠房」霸業穩固之後，長期都離城居住。

老俞伯一黨的謀反野心，因爲強敵「豐義隆」來臨而受到壓抑，他們四個這幾年裡亦幾乎絕口不提，黑狗一直深信，朱牙對他們過去的計畫毫不知情。可是現在黑狗的信心動搖了。世上從來就沒有甚麼絕對的秘密。也有可能朱牙確實不知道，只是憑著黑道王者的本能，察覺出叛變的危險……

黑狗越是深刻思索，腦海裡的疑懼就累積越多。他渴望快快回到漂城，馬上找老俞伯大哥商量如何應變。

這正是于潤生想要的效果。

□

在桐臺的知事府，查嵩強裝出一副鎮定表情，面對著一雙饑餓的眼睛。

他知道：就是這種饑餓，這永不滿足的胃口。才造就出一代黑道霸主。

這客人身材的癡肥程度超過了大牢管事田又青，幾乎將大交椅的椅背都壓得斷裂了。臉上長著濃密的髫鬚，面目五官帶著一股祥和。

只看一眼，誰也沒法把他跟當年那個親手虐殺敵對幫主一家廿九口、將屍肉當作豬肉賣到市集的狠角色聯想起來。

「朱老總，怎麼把多年來的規矩給壞了？」查嵩捋著長鬚，裝起不大自然的笑容。

天氣雖已轉冷，朱牙額上仍然滲著汗珠。他天生汗水就比常人多，並不是因爲緊張。

「壞了規矩的是『豐義隆』。『萬年春』我們是半個老闆，怎會故意在那裡鬧事？」朱牙抹抹額上的汗，拿起几上的杯，喝了口清水。自從十幾年前一次被仇家在酒裡下毒之後，他絕不喝水以外的任何東西。

把杯重重放回几上後，朱牙的聲音變得高漲：「是『豐義隆』僱用的腥冷兒，把我們老六、老七兩個殺害了！」他說時胖臉的肌肉全都綳緊著，化爲惡鬼般的青黑色。可是下一刻，那張臉就放鬆，瞧著查嵩時恢復了和氣樣子。

「今次安東大街鬧成這樣，查知事要如何收拾局面？」

查嵩看著朱牙那張隨時轉變的臉，心裡有點害怕。

「朱老總有何高見？」

朱牙轉動一下坐姿，大椅發出磨擦壓迫的聲音。

「一天有『豐義隆』在，漂城永無寧日。我們『屠房』跟查大人的收入，都要大大減少……」

查嵩乾咳了一聲。他最忌諱被人提及他貪污的事。

「朱老總請理解，『豐義隆』是京都朝廷底下的第一大幫會，即使就是把它的『漂城分行』拔掉，也解決不了問題……我看，朱老總還是想辦法跟對方和解吧。這鹽運的事情要是解決了，大家都有好處……」

「我不管那些北佬在京都有多大能耐，到了漂城，就是到了我們『屠房』手掌心！」朱牙斷然說。「即使是韓亮親自來，我們的屠刀照樣招呼他。」

查嵩默然。他早就知道這一套說服不了朱牙。要是懼怕比自己力量更強的敵人，朱牙根本不會坐得上「屠房」老總這個位置。

「現在要和談也太晚了。」朱牙繼續說：「這仇結太大了。死的是鐵釘啊。他兩個哥哥快要回來。我這老總也壓不住他們。」

查嵩打了個冷顫。「是四爺跟五爺嗎？我的天……」

他彷彿預見，整條漂河都將染成血紅色……

一次沒有任何成果的會面。查嵩瞧著朱牙的肥胖背影離去，心裡不停在盤算。

經過這一晚的事，要繼續保持黑道平衡已經不可能。漂城太小，只能容納一個勝利者。

到底應該押注在「屠房」還是「豐義隆」身上？查嵩此刻仍然無法拿定主意。

□

從昨夜安東大街血案發生直至翌晨，漂城裡兩大勢力發生過十幾次零星戰鬥，「豐義隆」短短一夜折損了四十多人，「屠房」也有廿幾人爲了替鐵釘和陰七復仇而犧牲。

不久之後街頭又傳出新消息：殺害六爺和七爺的是腥冷兒。「屠房」復仇者馬上把矛頭轉向聚居在破石里內的外來人。十八個不相干的漢子伏屍街頭。

巡檢房的十一位役頭，都因爲安東大街的事件而震怒。大街一時變得死寂混亂，也意味著差役的抽紅收入減少。大隊公人衝進了破石里，不由分說遇見說外地方言的人就抓下來。有的給送進了大牢，更多的被就地施以拷問，差役急於套出誰是幹下血案的凶手。

腥冷兒紛紛倉皇躲藏。雷義也有份進入破石里。他看見三個腥冷兒被鎖上手鐐，用木杖狠狠擊打足底。雷義很奇怪，那三個被殘酷拷打的腥冷兒竟然沒有呼叫。

他走近去看看，遇上的是六隻怨毒的眼睛。

——這樣下去可不妙……

雷義的直覺十分正確。到了下午，有些被折辱過的腥冷兒做出反擊。兩個差役在破石里暗巷裡遭伏殺。另外五個「屠房」流氓死狀更淒慘。

這猶如是把火炬投進乾草，雷義想。漂城的腥冷兒一直被賤視、踐踏和欺凌，早就積壓著強烈的怨恨；他們又沒有組織，根本不可能安撫。

更要命的是，每個腥冷兒都早就見過地獄。他們隨時有死去的準備。

——說不定只有一個人，能夠解開這死結。

雷義心裡暗暗下了一個決定。

□

「義父，我差點就沒命見你老人家了！」花雀五的聲音像哀叫。他雖已身在「漂城分行」裡，卻仍未感到安全。「再這樣下去，我怕就連你也有危險……」

龐文英在議事廳內默默坐著。「四大門生」正在外頭指揮著分行四周的佈防，陸隼則在破石里集合城內其餘的「豐義隆」人馬。此刻廳裡只得龐文英、花雀五和文四喜三人。

龐文英看著文四喜。「你認爲如今我們應該如何對應？」

文四喜不敢回答，只是瞧著花雀五。

花雀五搶著說：「姓于的在安東大街這麼一鬧，查嵩必定遷怒於我們，此刻正恨不得跟『屠房』聯手把這裡夷平！我想現在只有交出那姓于的一夥人，找查嵩幫助……」

「你在胡說甚麼？」龐文英猛拍茶几，嚇得花雀五伸出舌尖。「潤生他們剛剛擊殺了兩個『屠刀手』，這是你幾年來都做不到的事情！我們好不容易才佔了這個優勢，又要白白回去從前那老模樣嗎？潤生是我門生，也就是你兄弟，『豐義隆』的自家人，這種話不得再提！」

文四喜乾咳了一聲，打破這尷尬場面：「龐祭酒，我想現在只有兩個方法：一是馬上傳書總行，請求調派人馬到來，跟『屠房』正面決戰；另一是採取守勢，暫時關掉破石里裡的所有行當，集中防衛這裡和『江湖樓』兩個據點，等待知事府調停。我看查嵩不會讓漂城混亂下去的。」

「防守不行。那只會給『屠房』機會，組織進攻大計。」龐文英站了起來：「倒不如趁對方連失兩員大將，一舉進攻『大屠房』！」

殲滅「屠房」本來就是龐文英的最終目標。他原擬用大約一年時間，逐步削弱屠房的威信和實力，同時借何太師向查嵩進一步施壓；再利用于潤生吸納城裡的腥冷兒，然後才發動總攻擊。

可是這次突發事件打破了此戰略部署。「豐義隆」已勢成騎虎。看來只好向韓老闆請求增派幾大批京都好手到來助陣。但即使京都方面首肯，仍未有必勝把握。「屠房」既是本地人，兵員數目又眾，這場硬仗極不易打。

最令龐文英不放心的，是雙方士氣戰志的差距：「豐義隆」的人從京都來，必要時總有退走一途；「屠房」的根基卻在漂城，無論如何必然死戰。

「既然決定進攻，必須盡快把潤生他們帶回來。他們腥冷兒夠狠，可以負責前鋒。要馬上跟他們聯絡上。」龐文英在廳裡來回踱步，心中已經開始在預想各種戰術。

「義父，這姓于的……于潤生今次闖了禍，反而讓他領頭，我怕兄弟們不服氣……」

「他們一夜間連殺兩個『屠刀手』，功可抵過，誰會不服？」

花雀五無言以對，心裡在思考。

——也好……就讓他們當前鋒，先跟「屠房」硬拚一場，我就隨後撿現成便宜……

「立刻派人回總行請救兵。另外盡快去找潤生。文四喜，就由你去。我叫兵辰護送你出城。你看看怎樣把他們那夥腥冷兒人帶回城吧。」

□

于潤生、龍拜、葛元昇、齊楚和狄斌圍坐在鎌首身旁。沒有人說話。

鎌首仍然昏迷。傷口經過一夜全都止血了，看來性命已無大礙。

「老大，我不明白。」狄斌緊捏著拳頭，骨節都握得發白：「為甚麼放了黑狗那臭傢伙？」

「要殺黑狗，機會多的是。」齊楚代爲回答：「要替老五報仇，就應該把整個『屠房』殲滅，而不是殺黑狗一人。」

「老五沒這麼容易死掉的。」龍拜說。「還記得在猴山那時候嗎？」

葛元昇點點頭。此刻他的樣子比在漂城裡時精神了許多，頭髮和衣服也都變得整潔。昨晚到來這農莊，是他多個月來第一次獲得眞正休息。

「接下來我們該怎麼辦？」龍拜問。

「等聯絡上龐祭酒再說。」于潤生開口。「也要等老五恢復過來。」

躺在五人中間的鎌首，意識並未完全失去。他在昏迷中作著夢。

夢中他又再看見那座發出奇異綠光的森林。他的魂魄進入森林裡，穿過濕潤的樹葉，進入陽光也照不進的深處。憑著樹葉發出的詭異光華，他不斷向幽黑處摸索。他看見一個由好幾棵大樹交結成的洞穴，那洞孔的形狀就像張開的女陰。他鑽了進去。洞穴太狹小了，他俯下身來，像嬰兒般爬行。手上摸著一把一把濕軟的泥土。蚯蚓附在他身上。他感到很溫暖。洞穴裡完全黑暗。他有一種像浸在水裡的奇妙感覺，全身像變得輕飄飄。突然他看見前面似乎有一點光。他勉力朝著那光源繼續前進，手腿的動作卻越爬越慢。他摸索自己的肢體，發現不知何時都被樹藤纏住了。他拚命掙扎。樹藤開始穿透皮膚。他與無數樹藤，與外面整座森林連成了一體。前方的光點變得越來越遙遠。他吶喊，卻沒能發出聲音。頭髮也纏上了樹藤。枝葉掩閉了眼睛。耳朵。鼻孔。嘴巴。他用最後的一點力量，向前伸手……

那隻手掌，被狄斌緊緊握住。

鎌首睜開眼睛。

「五哥！」狄斌哭了。「你怎麼樣？渴不渴？餓不餓？」

鎌首的眼神迷惘，似乎無法聽得懂狄斌的說話。

「老五！是我連累了你……」齊楚跪在床側：「我該死……」

「你果然死不了。」龍拜握著鎌首另一隻手掌。「醒過來吧。城裡還有很多女人等著你。」

鎌首聽著，終於展露微笑。他的意識返回現實。

狄斌察覺鎌首正舐著乾裂的嘴唇。他立即找來水壺，把壺口對著鎌首的嘴角，細心地慢慢把水餵進去。

葉毅這時匆促地進來房間。

「于爺，有夥人正騎馬往這邊來！」

「老二，老三！」于潤生迅速下令。

葛元昇把「殺草」握在手，帶著龍拜出了農舍。

龍拜在門外接過吳朝翼遞來的刀——他的弓箭都遺留在「老巢」，沒有機會去取。他以神箭手的超卓視力，眺視那支帶著煙塵漸漸接近的騎隊。

「有個人揹著東西。好像是兩柄劍……是沈兵辰！」龍拜轉頭瞧著葛元昇說：「他們到來，會不會打甚麼壞主意？……」

葛元昇搖搖頭，只是豎起四根手指。

龍拜再眺看了一會。果然只有四騎。

騎隊不一會到達農莊。龍拜只認得其中兩人，一個是交叉揹負雙劍的沈兵辰。另一個是頭髮半白的文四喜。另外兩人不認識，但外表十分精悍，他猜多半是沈兵辰的部下。

龍拜記得，文四喜是花雀五的親信，不禁生起了警戒心。

「于老哥在哪裡？」騎了不少路程的文四喜帶點氣喘地問，看來非常焦急：「我要馬上見他！我帶來了龐祭酒的指示。」

□

于潤生聽了文四喜述說城內的情勢後，一直沉默著。

「……據線眼說，『八大屠刀手』的老四跟老五都快要回城。你們最好搶在他們之前返入漂城裡，早一步準備開戰。」

文四喜在提到鐵氏兩兄弟時，聲音有些顫抖。于潤生察覺出那股壓抑的恐懼。

「龐祭酒太心急了。」于潤生思考了好一陣子，才終於開口。「這一仗，沒有足夠把握。」

「我只負責傳達龐祭酒的指示。」文四喜語氣冰冷地反駁：「你們要立刻動身。」

「你是『漂城分行』的軍師，總該有自己的判斷吧？」

「我在龐祭酒跟江掌櫃商量時，已經提出過意見。他們的決定，就是最終的命令。」

「你要眼看著我方覆滅嗎？」于潤生的語氣變得尖銳。

文四喜不禁直視他，看見一雙閃著異樣光芒的眼睛。

「也許你太習慣在江掌櫃手下工作了。」于潤生接著這句話，有如利針釘刺進文四喜的心坎。

「你這甚麼意思？」

「江掌櫃沒有足夠的胸襟。所以你在他面前，一向不太敢說心裡話吧？」

文四喜沉默下來。身爲花雀五的心腹，他此刻本該維護己方的立場。但他無法反駁一言。

于潤生完全看穿了他跟江五的矛盾。

「現在是難得的勝利機會，只要龐祭酒肯多等一段時候。漂城裡的腥冷兒，正給『屠房』和官府兩邊捕獵，就像一群被迫到絕境的野獸。再過幾天，所有腥冷兒心裡都將只有一個念頭：『屠房』不倒，他們就不能活在漂城。你想想，這種形勢之下，要把他們大量收編，不是就像動手指般容易嗎？

「腥冷兒都上過戰場，早就懂得殺人。我們只需要做三件簡單的事：把他們聚集起來；餵飽他們；把刀子交到他們手裡。」

「那不是正好嗎？」文四喜說：「你回去城裡，就能夠招集他們呀。」

「不行。」于潤生斷然回答：「城裡『屠房』耳目實在太多，不管把腥冷兒集合在城內哪一處，都一定會被對方察覺。何況就算我集合到幾百人，加上『豐義隆』的兵力，在人數上仍然遠遠少過『屠房』。只有奇襲才能夠取勝。我必定要把腥冷兒組成一支看不見的軍隊。唯一的方法，是讓他們分散離開漂城，再在這城郊的農村秘密聚集，然後等待渡河向漂城反攻的時機。」

文四喜聽了于潤生的策略，眼睛不禁瞪大。

——這傢伙……難怪會得到龐祭酒的青睞……

他咬著下唇，默默思考了好一會，才再次說話。

「你需要多少天？」

于潤生微笑。他知道文四喜已然被說服。

「一個月。我們跟『漂城分行』會合之時，就是焚燒『大屠房』之日。」

「要這麼久嗎？招集腥冷兒、把他們分開遣出漂城，四、五天就夠了。」

「我把準備武器和裝備的時日也計算在內了。」于潤生說。「一切都必須保密，所以要從岱鎮麥掌櫃那邊運過來。我想他需要些時間採辦。」他接著把心目中需要的東西一一列出。

「這麼多……」文四喜皺眉：「你要知道：自從那場平亂大戰之後，朝廷嚴厲禁制了許多向南方販運的物資，特別是能用來打仗的。即使是『豐義隆』——」

「龐祭酒做得到的。」

文四喜低著頭考慮：「我不知道……能不能說服龐祭酒……」

「假如只是你或我任何一人單獨提出來，龐祭酒都會有疑慮；可要是你肯支持我的計策，那就不一樣了。我們並無深交，你又是江掌櫃的人，要是看法相同，龐祭酒會相信。何況你跟著他辦事的日子也不短吧？他應該很清楚你的長處。」

于潤生這話令文四喜心裡暗暗有些興奮。他已經許久沒有這種感覺，自從跟隨花雀五到漂城來，一直就只有挫敗和不甘。花雀五雖然信任他，卻根本沒有足夠的能力與視野，發揮文四喜的才能。

「我還需要一筆錢。」于潤生又說：「我心目中有個極合適的人選，想把他捧上役頭位置，填補吃骨頭的空缺。」

文四喜失笑：「你知道買一個漂城役頭職位，要花多少錢嗎？」

「為了勝利，絕不可以計較。」于潤生回答。「查嵩口頭上雖然保持中立，但是巡檢房的人大多是本地人，總會傾向幫助『屠房』——吃骨頭不就是個證明嗎？不扭轉這種局面，我們就有後顧之憂。我們這次已經成功打破了『八大屠刀手』的不敗神話；接下來就要挖空『屠房』與漂城官府的關係。」

「有這可能嗎？」

「所以我們手上必定要有一個役頭。這個人就算升了職，還要一點時間在巡檢房內組自己的班底。所以我才說要等一個月。其實最好給他三個月。但看現在的情勢，沒辦法等那麼久了。」

「你的要求真多。」文四喜嘆息：「要說服龐祭酒就更難了……」

「你不要把這些想成要求。而是想成我們送給龐祭酒的禮物。這正是我入門的目的啊：**把**

勝利送給『豐義隆』。」

文四喜表面維持著冷淡和質疑的表情。但他確實心動了。他並不笨，很清楚這一切除了增加「豐義隆」的勝算，也將在短時間裡大大擴張于潤生的個人權力。可是他並不認爲這是問題。

從「豐義隆」長老口中，文四喜聽說過當年他們誅滅京都九大幫會的歷史，韓老闆每每在發動進攻之前，都先長期運用種種策略，在敵對幫會的內部，還有幫會與幫會之間製造各種猜疑衝突，促使它們自我削弱，直至有了絕對把握，韓老闆才真正出兵。那京都九大勢力的壞滅，有大半其實是亡在自己之手。文四喜從中悟出了一個幫會生存與茁壯的鐵則：黑道中人總是貪婪的，不貪婪的人就不配進黑道；關鍵並不是要消滅或者壓抑人們的野心，而是要引導這些個人慾望，朝著對幫會有利的方向發揮。無數貪婪野心聚合起來，能夠成爲整個幫會的生命力。

——而眼前這個姓于的男人，確實能帶來「屠房」的毀滅。只要給他足夠的力量。

「我這就回去對龐祭酒說。」文四喜站起來，步向農舍的大門。

「文兄。」于潤生拱拳說：「謝謝你。」

兩人互相看了一眼，彼此都明白這句「謝謝」代表著甚麼：文四喜要爲于潤生遊說龐文英，等於跟自己的上級花雀五作對，承受著一定的風險。

文四喜沒有說半句話，就回頭打開門離去。

□

雖然已經平安回到了「大屠房」許久，黑狗八爺臉上仍籠罩著恐懼和焦急。

「別傻了，老么。」

老俞伯安坐在他那掛著人皮的密室裡，鎮定地抽著煙桿。

「那個腥冷兒是在耍你。他分明是『豐義隆』的人。」

「可是他好像確實知道很多……」黑狗顫聲說：「我擔心朱牙可能眞的知道了，我們曾經策劃過那事……」

老俞伯吐出煙霧沉默著。他並非沒有憂慮。

鐵釘和陰七死了後，「屠房」最先要處理的，就是他們原有部下的指揮權。

鐵氏三兄弟一向共同進退，部下共屬三人，鐵釘那邊老俞伯不必擔心；但陰七的部眾卻是個大問題。陰七一向主管城內情報消息，他手上的線眼對幫會運作和安全極其重要。從前老俞伯所以敢暗中謀劃推翻朱老總，陰七是其中一張牌。

老俞伯當然希望直接把陰七的直屬部下都收歸自己和黑狗麾下。但這樣做實在太著跡了。另一個方法，是從陰七手底原有的頭目中，提拔一個當指揮。老俞伯如能親手提拔此人，自然可得到他效忠。

但老俞伯很清楚，朱牙一定也正想這樣做。他以老四和老五還未回城作理由，一直拖延會談，老俞伯認爲朱牙就是就是在物色要提拔的人選。

同時老三吹風的立場，也令老俞伯有些擔心。相比起陰七和黑狗，老俞伯跟吹風一向沒有那麼親密。假如朱牙成功吞下陰七留下的權力，吹風有可能見風轉舵倒向朱老總，而他又曾經參與過老俞伯的謀反聯盟……

「『豐義隆』這個大敵還在，朱牙不會笨得選在這種時候決裂吧？」黑狗怯懦地問。

「人有時很難說。」老俞伯搖搖頭。「也許他寧可死在『豐義隆』手上，也不願被自己人在背後插刀……」

黑狗一懍。這句聽起來不像是猜測，反倒像老俞伯自己的心聲。

——難道老大想在這時候，先把這內裡的事解決嗎？……

「首要是把老七的實力握到手裡。」老俞伯吐出一口白煙說。「若是落在朱牙手上，我們也許就眞的沒有選擇了……要借助『豐義隆』跟那個腥冷兒頭領的力量。以事後瓜分漂城作議和的條件吧。」

「這樣會不會太危險？……那個腥冷兒，看來很不簡單……」

「只是最後一著。」老俞伯半閉著眼睛說：「一切等老四和老五回來後就分曉……」

□

狄斌仍然守在鎌首的床旁。鎌首的臉已然恢復不少血色，卻仍然沒能夠下床。

「白豆……」鎌首的聲線帶點虛弱：「我現在……明白了一些……」

狄斌一時不知道鎌首在說甚麼。

「我是說……那一天我問你：活著是爲了甚麼？……」鎌首說著咳嗽了一輪，狄斌馬上把水壺端到他嘴巴前。

鎌首慢慢喝了幾口水後，狄斌問：「你明白了些甚麼？」

「我明白了，人就是想活著，沒有甚麼原因的……你說得對。我昏過去那時候，就只想著要活，不要死。人天生就是這樣的吧？」

狄斌點點頭。「誰都是這樣。」

「可是在大街那妓院裡，在救四哥的時候，我又不是這麼想。那時候我寧可拚了命也要救他。現在回想起來，**原來人也有比活著更重要的東西**。」

——我也願意爲你而死。

狄斌很想這樣說出口。

鎌首又繼續說：「所以我還是不能完全想明白。人死了不就甚麼都沒有了嗎？那爲甚麼有的東西，我們又會願意拿生命去換？」

「五哥，你的問題我總是答不上。」

狄斌說著時，心裡也不禁思索：

——世上眞的有比生命更重要的東西嗎？還是我們在欺騙自己？

房門這時輕輕打開來。

于潤生走到鎌首床前，握著他伸出的手掌。

「老五，快點好過來。」于潤生微笑：「別忘了，你的命是我的。」

鎌首也笑起來。他緊緊握著于潤生的手。

于老大說的，只不過是過往兄弟間的約誓。可是狄斌此刻聽來，卻微微生起一點不安……

「白豆。」于潤生把視線轉向他：「我有件很危險卻又很重要的事，交給你去做。」

狄斌心裡馬上緊張，抓住床沿的草蓆。

「你跟老三偷偷入城去。先回『老巢』，看看我們的人在不在。指示他們分散出城，到這裡來集合。

「另外也盡量把城裡的腥冷兒招集過來。要挑精銳的，但最少也要一百人。你有一個月時間。別直接帶人來這裡。告訴他們一個城外的集合地方。吩咐他們分開出城，最多不可以超過三人一起。不要用最直接的北門。總之不能讓『屠房』或官府察覺這事情。明白嗎？」

狄斌聽完喉結吞動了一下。「這事太重要了。我怕眞的……擔當不來。不如由二哥去吧，我跟三哥協助。」

「不。」于潤生斷然說：「你選人的眼光比老二好得多。老二也去的話，他未必願意聽你的說話。我不是信不過他，只是我相信你比他更合適。」

「我……」

「白豆，即使你不相信自己，也應該相信我的判斷。」于潤生凝視著狄斌的眼睛說。

狄斌瞧瞧鎌首。鎌首點了點頭，示意也信任他。

「此外還有一件事。」于潤生又說：「記得上次姓雷那個差役嗎？你也要去找他。他會答應我上次提出的事。」

「他……會嗎？」

「你跟他談談就明白。不管他提出任何要求，你都滿足他。他將需要很多錢。去找文四喜或者龐文英拿。」于潤生停頓了一會，又說：「白豆，城裡的狀況很危險，一切小心。只要發現丁點事情不對頭，你就跟老三溜回來。你要牢牢記著：若是失去了你或老三，我們餘下的兄弟即使把整座漂城都贏了回來，也沒有意義。」

狄斌知道：當于老大也說「很危險」的時候，那確實是很危險。

他又再想到剛才跟鎌首的談話。

——我不管。只要爲了兄弟，這條命可以不要。我知道這個就夠了。

「白豆……」鎌首握著狄斌的手臂：「等你帶著一百個部下回來時，我送你一份禮物。」

「那是甚麼？」

鎌首神秘地微笑：「現在不能說。」

狄斌深呼吸了一口氣，然後挺起胸膛。

「老大，我今夜就動身！」

于潤生看見狄斌的變化，感覺有些驚訝。鎌首對狄斌的影響力，竟還超過他這個老大。于潤生並不是妒忌，而是訝異於鎌首那潛藏著的奇異魅力。

他一邊握著鎌首的手，另一手搭著狄斌的肩頭。

「老五、白豆，你們知道嗎？有時我會忍不住慶幸：像你們這樣的男人，不是我的敵人。」

□

在「豐義隆漂城分行」的議事廳，龐文英聽完文四喜帶回來于潤生的計策。

「你自己有甚麼看法？」

出乎文四喜意料，龐文英對於于潤生違抗指令，並未表現憤怒，反而在聽著那計畫時，一直在冷靜地考慮。

「我覺得……」文四喜在猶疑要怎麼說。他知道這個答案是在賭著自己的前途。注碼就押在于潤生身上。「……這是我們最有把握的取勝方法。問題是我們怎樣挺過這一個月。」

龐文英微微點頭，繼續陷入沉思。他聯想到九年前的往事。

京都大混戰一役，「豐義隆」與三大幫會聯軍正面交鋒，從正午拚殺到入黑。龐文英手上那柄大刀，砍得刃口到處崩缺。在戰場上隨便走一步，都會踏到死屍的殘肢。衣服已無法分辨原來顏色。「三祭酒」蒙俊被敵人斬首；「四祭酒」茅丹心胸腹給搗得破爛，露出的肋骨像鳥籠；

「五祭酒」戚渡江被擒，死前遭到挖眼剝皮之刑……接連而來的噩耗，像鐵錘一記一記擊在心坎。前線只餘龐文英跟章帥苦撐著，「大祭酒」容玉山則在後面保衛韓老闆，做最後死戰的準備……

龐文英的隊伍被敵人攔腰截為兩半，分割包圍。章帥則被另一批敵人纏住，無法援救。眨眼間龐文英的部下只餘半數。三倍的敵人瘋狂衝殺而來。龐文英正在找尋對方主將所在，希望做最後的玉碎……

大弟子燕天還就在這時從不可能的地點出現了。之前他單騎衝出重圍，迅速集合到兩百多名先前敗走逃亡的部下，及時回軍救援。龐文英與燕天還內外夾擊，把敵陣徹底擊潰，再會合章帥的孤軍，取得最後勝利。

正當龐文英要迎接他視同兒子的燕天還時，不知從哪裡射來的流箭，貫穿了燕天還的心臟……

龐文英露出痛苦的表情。記憶至今仍是如此地深刻。

——而現在于潤生要幹的，就跟當年燕天還所完成的奇蹟相似。

要給他更多時間，龐文英想。

「一個月不夠吧？我看最好有三個月……」

文四喜訝異。龐文英提出的，跟于潤生期望的，完全一樣。

龐文英又想到，剛才文四喜談及于潤生俘虜黑狗一事。

——這是一個可利用的絕佳缺口。

「好！就這麼決定！」

龐文英爽快的答覆，令文四喜很吃驚。

「可是防守那方面……」

「我們不守。」

文四喜一時無法了解龐文英的說話。

「龐祭酒，你的意思……」

「我們撤出漂城。」龐文英說時，流露出異樣的凌厲眼神。

文四喜聽到這個大膽的決定，幾乎嚇得跳了起來。但他知道龐祭酒必定有充分的理由。他仔細想：所謂戰鬥，就是要把敵人主力殲滅。假如我方索性把主力移走，不就可以避免挫敗嗎？反正現在漂城裡的行當大都無法運作，再守下去並沒有任何好處，只是徒然消耗。

撤退還有一個更重要的目的：一旦「豐義隆」從漂城消失，「屠房」突然沒有了外敵，內部的矛盾不和極有可能立時擴大，甚至爆發成公開內鬨。這將成爲最佳的反擊契機……

——龐祭酒不愧是本幫的名將啊！

「那麼我們要撤回總行嗎？」

「我們要僞裝成要回去京都。」龐文英一想到往後的策略，振奮得拳頭也顫抖。「把主力移到岱鎮，等待回漂城的時機！你替我擬一封書函給查嵩，說我們接到京都的命令要關掉『漂城分行』。他必然馬上把這消息告訴朱牙。『屠房』知道我們認輸了，應該不會追擊。他們主要志在保住自己的地盤。」

龐文英喝了口茶，又繼續說：「出了城後，我們去見潤生，一起策劃反攻大計。」

聽到這句「我們」，文四喜竊喜。他知道自己在幫中的地位提升了。

而這一切都是拜于潤生之賜。

第八章
不增不減

京都。

「安通侯」陸英風步下階梯，走出盧雄的府邸。兩個忠心舊部管嘗和霍遷，在旁緊緊拱護著，彷彿生怕陸英風會在階梯上失足。

陸英風確實蒼老了許多。他還沒到五十歲，可是自從「關中大會戰」結束後，頭髮迅速變成半白。走路的時候背項也微微彎曲。從前的陸英風大元帥，接連三天穿著二十斤重的戰甲也不會皺眉。

「元帥。」前翼將霍遷仍以舊軍階稱呼陸英風。他總認爲爵號是對大元帥的侮辱。「盧雄這小子，總算還有點情義。」

「嗯。」陸英風戴著一頂大草帽，把臉掩藏在陰影下。管嘗和霍遷分不出大元帥的答應，帶著的到底是喜悅還是哀傷。

盧雄在當年平亂戰役中不過是小小一名裨將，沒有甚麼戰功。陸英風擔當大元帥時只跟他說過幾句話，甚至從沒有直接向他下達過軍令。

次。

現在「安通侯」陸英風能夠造訪的就只餘下這些低級的舊部。從前的許多強將親隨，全都連升了幾級——這是當權者鞏固軍隊及籠絡人心的慣常手段。他們在戰後從沒有探訪過陸英風半次。

這三年以多來，陸英風唯一出席過的公開場合，是一位王爺的壽宴。從開始到結束，沒有一個賓客跟他說過一句話。

陸英風那時只有一個感覺：

——我在他們眼中已經是個死人。

「你們還是爲自己的前途打算一下吧。」那次宴會後陸英風向霍遷和管嘗說：「別留在我這個等待老死的人身旁了。」

可是他們至今都沒有走。

陸英風有時在想：假如當年自己死在宿敵文兆淵的手上，也許還幸福得多……

府邸大門這時再次打開。盧雄急奔出來，半跪在鋪滿落葉的街道上。

「元帥要走，爲甚麼不吩咐末將送行？」

盧雄的話令陸英風激動。他親手把盧雄扶起來。

「末將從沒有想過，有生之年竟能得元帥親臨探望，眞是受寵若驚……元帥當年重用的恩德，末將沒齒難忘……」

看著盧雄流淚，陸英風不禁感到一股深刻的悲哀。

——沒想到今日的陸英風，只落得與盧雄這等人物交往的下場……

管嘗花了許多唇舌，才勸得盧雄回府。繼續上路時，陸英風突然說：「替我聯絡一下舊部。看看還有沒有像盧雄這樣還記得我的人。」

管嘗和霍遷眼睛一亮。

「必定還有很多。」霍遷說。

他們沒有問為甚麼。陸英風的吩咐，他們從來不問理由。大元帥的每一句話，都是如山的命令。

□

出乎老俞伯的預料，老四老五還沒回來，朱老總就提早召開會議。

——必定出了甚麼大變故……也許朱牙已經有把握，把老七的部下奪走……

議事廳入口位於五層高的「大屠房」四樓，實際上大廳佔據了四、五兩層高的空間。廳首是一座比城裡廟宇還要巨大的神壇。三尺多高的陶瓷神像高高被供奉在正中央，玄黑色的臉孔泛出詭異反光，衣袍都是用真絲綢縫成，右手挽著的大刀則以純金打造……一切裝飾打扮，都想把神像襯托成活生生的人。

神像兩旁插滿了黃絹令旗，上面以硃砂書寫了無人能解的字符咒語；前面供奉著一柄已經生鏽殘缺的宰豬刀。它是朱牙當年創幫立道前在屠宰場所用的營生器具，如今卻成爲了漂城所有「屠房」弟子膜拜的聖物。一柄曾經只是用來宰割豬肉給人進食、平凡不已的屠刀。

整座大神壇予人一種可畏的神秘感。而這正是設壇的唯一目的：以恐懼的氣氛、神秘的儀軌鞏固幫會權威。

一起向神壇參拜上香後，朱老總、「剝皮」老俞伯大爺、「拆骨」阿桑二爺、「戳眼」吹風三爺和「縛繩」黑狗八爺圍坐在一張大圓桌前。桌上只有熱茶和水果。議事廳內禁絕葷酒，即使是朱老總也不能例外。

黑狗看看坐在他正對面的阿桑。他已很久沒見過這位二哥。阿桑是朱老總的親隨護衛，並沒有參與幫會指揮工作。但他對「屠房」的影響力仍不可低估。

高瘦的阿桑仍保留著西域偈刺族人傳統的短髮，深目高鼻的臉孔一貫地冷漠，褐色皮膚的頸項上，那道著名的淺紅刀疤特別顯眼。

沒有人知道爲甚麼阿桑捱了這一刀仍然能夠活到今日。這道刀疤從前面喉結下方開始，至後頸近椎骨處才結束。這刀把阿桑的頸項砍斷了一半，他卻仍然死不了。人們單是從這道刀疤，就知道阿桑是個多麼可怕的人物。

「老四跟老五怎麼還不回來？」吹風三爺首先發言。

「八大屠刀手」的鐵氏三兄弟，自小拜入西山一名武師門下，各自修練得一手硬功夫。早前其恩師重病，「挖心」鐵爪四爺和「斷脊」鐵鎚五爺一同前赴探病。

「只要四哥跟五哥回來，『豐義隆』的人就得死！」黑狗切齒說：「六哥的仇，他們必定十倍奉還！」

「這次開會，是因爲我得到了一個十分重要的消息。」朱牙挪動一下胖軀：「是查嵩告訴我的。」

除了阿桑之外，其餘三人都微微把頭傾前。黑狗顯得格外緊張。

「據他說，龐文英接到京都總行的命令，要全面撤出漂城。」

眾人極是愕然。誰也想不到，漂城的形勢會發生這種劇變。

「這是認輸了嗎？」老俞伯緩緩說：「說不定其中有詐。最好還是派人跟蹤看看。」

「不理是眞是假，總是好消息！」吹風說：「城裡的生意都可以恢復了。而且也可以放鬆城裡的戒備。弟子們這幾天眞是累得要死。」

「可是城外的守備仍然要維持。」朱牙說。「這也許只是緩兵之計，等待從京都來的生力軍。」

「要不要攔途截擊，把龐文英一舉消滅？」黑狗興奮得摩拳擦掌：「這是根絕後患的良機啊。」

朱牙搖搖頭：「我已經決定不要。先穩定城裡的情況要緊。」

黑狗和老俞伯迅速對視一眼。兩人都在猜想朱牙不願出兵的眞正原因。

——是怕我們乘出兵之便發動叛變嗎？還是他自己想留著兵力，趁機清理門戶？……

「按兵不動也有好處。」老俞伯口中卻在贊同朱牙：「趁這時機，我們把『豐義隆』遺下的地盤都馬上吞下來。他們即使再回來，已經沒有立足之地。」

朱牙點點頭：「就這麼決定。接下來要談的，是怎麼處理老七留下的弟子……」

黑狗搶先回應：「老總，這個我已經想過了。不如從七哥的弟子中提拔一個人來接掌，好嗎？」

老俞伯暗裡嘆息。黑狗表現得太心急了。

「我也是這麼想。」朱牙說。「你心目中有甚麼人選？」

朱老總竟然如此把主動權讓出來，令老俞伯大感意外。他乾咳了一聲，然後盡量保持淡然的聲線回答：「我知道，老七手底有一個叫施達芳的人，很有點才幹。就提拔他好嗎？」

朱牙沒多想就馬上點頭。「老俞提出來的人，差不到哪裡。就這麼決定吧。」

事情太過順利，反而令老俞伯憂慮。他無法猜透朱牙在打甚麼主意。

「等一等。」阿桑這時第一次開口。他說話仍帶著異族口音。「剛才說要對『豐義隆』按兵不動，可是老四跟老五呢？他們必定急於報老六的仇。這個誰也阻不了。」

「這倒是問題。」朱牙苦惱地點點頭。「他們回來後，我們盡力勸他們一下吧。總有天我們會比『豐義隆』總行還要強大，那才是眞正報仇的日子……」

老俞伯這時卻想：鐵氏兄弟回來後，假如我支持他們出兵報仇，就可以把他們拉到我這邊。擁有他們兩個，對朱牙的鬥爭就等於擁有大半勝算。

議事廳的大鐵門，這時自外面響起敲聲。

眾人都知道，這必定是極爲重大的通報，否則弟子絕不敢干擾他們的會議。

推門進內的是陰七的一名部下，負責通信和消息刺探。

「四爺和五爺已經回到木料場那邊了！」

黑狗馬上站起來：「他們爲甚麼不立刻進城？」

「他們在準備奠祭的用品。其餘的我不知道。」

——祭品？城裡不是多著嗎？

「通知他們兩個。」朱牙沉著地發出指示：「進城後馬上回『大屠房』。這是命令。」

□

當李蘭在田畔的河溝裡發現失蹤了一天的駱大媽時，她感覺心臟好像要從口腔跳出來。

駱大媽平日經常來藥田幫忙，許多男女間的秘密，都是在田裡作息時駱大媽悄悄告訴李蘭的。這個四十多歲的女人，是李蘭分享禁忌趣味的知己。

李蘭抹乾了眼淚。她無聲無息地在田陌上走著，沒有呼叫任何人。

——直覺告訴她：駱大媽的死亡，跟于潤生等人有關。

她在農舍裡找著了于潤生，鎮定地把事情告訴他。

「帶我去看看。」

看見駱大媽那殘缺而浮脹的屍身，連于潤生也受到震撼。

自從決心走上黑道以後，于潤生早就做過最壞的打算，預想自己生命種種結束的方式。可是他從沒想過，世上有這樣的死法。

他俯身到河溝邊，忍耐著屍臭，仔細檢視駱大媽屍體上的切割刀口。腦海頓時一陣昏眩。

于潤生想到是誰幹的。只有那個人做得到。

「找一把鐵鍬。」于潤生冷靜地吩咐李蘭：「我們一起把她給葬了。」

他這話無疑是在告訴李蘭：他知道凶手是誰，但是絕不願意讓別人知道。

李蘭沒有問。她拾起田間一柄鋤頭。

把屍體埋進土裡後，于潤生替李蘭撥去臉上沾染的泥土，然後掏出一錠銀子。

「不要告訴任何人。連她的家人也不可以。不要讓他們知道她死了。想辦法把銀子送給他們。」

李蘭默默地把白銀接過。她知道這不足以補償一條人命。但是沒辦法。不論有銀子還是沒有銀子，駱大媽也永遠不會回來。

□

在那幢他們稱為「老巢」的石屋外視察了許久，又圍繞著走了兩次後，狄斌與葛元昇才敢推開大門。

葛元昇走在前頭。他把已出鞘的「殺草」藏在袖裡。

當日逃出城時，仍有四十幾個新招集的腥冷兒留在「老巢」裡。狄斌相信他們全都已離散。可是始終有必要回來看一次。狄斌也想找找看櫻兒在不在。或許她已回到岱鎮。

前廳空無一人。沒有人把守，證明部下都已逃去。狄斌仍然記得其中多數人的住處。之後他會嘗試去找他們。

葛元昇這時突然把「殺草」從袖口露出，指向通往地牢的階梯。

狄斌也聽到了：下面傳來幾個男人的喘息聲。那聲音帶著詭異。

兩人一步一步走下階梯。地牢很陰暗，只有一個房間透出燈光。聲音就從房門傳出。

葛元昇斷定房裡最多只有四人，是他可以應付的人數。靜止的身軀突然發動，像貓一般撲出，撞開了房門。

狄斌驀然看見了房裡的情景。

三個下身赤條條的男人——狄斌認出都是腥冷兒——包圍著完全赤裸的櫻兒。陽具分別塞進她的陰道、肛門和嘴巴。她胸腹上膠結著已半乾的精液。蓬亂的濕髮半掩著她稚嫩的臉。失神的眼睛凝視上方。她沒有發出半點聲息。肉體似乎已失去知覺。

那三人原本的劇烈抽送的動作瞬間凝止。他們都變得僵硬，呆呆地看著握刀的葛元昇。

一股強烈的憤怒，升上狄斌的腦袋。

「殺了他們！」

□

花雀五苦惱得臉上的刀疤都皺起來。

「豐義隆漂城分行」的撤退準備已完成十之七八。然而花雀五仍有個難題：他私下購進而積壓在行裡的大批鹽貨，無法隨著撤退帶走。他不能讓義父龐文英知道這批鹽貨的存在。

于潤生原本答應了協助他運走這批鹽貨，可是還來不及出清，就發生了安東大街的事件。現在連借給于潤生的錢也無法取回。花雀五的虧損接近十萬兩銀。

更要命的是，龐文英下令趁撤退之便清算分行的帳目。購買那批鹽貨的錢都來自虧空公款。這個秘密眼看已經守不住了。

——還是得硬著頭皮向義父討饒嗎？……

——那個可恨的傢伙……都是他連累的……

文四喜正好在這時候進來房間。

「掌櫃，兄弟們都已預備好。」文四善說。撤退行動由花雀五打頭陣；龐文英繼而率領主力出城，並且運出所有必要的東西；押後的則是「四大門生」。

「文四喜，究竟那姓于的跟你說了甚麼？」花雀五暴怒得臉龐赤紅：「這是怎麼回事？義父為甚麼要下這樣的命令？」

「這是龐祭酒的決定。」文四喜說謊時沒有眨一下眼睛：「我只負責把于潤生的一封信交給他。我沒有看過信的內容。龐祭酒也沒說甚麼。」

「你為甚麼不偷看一下？你知道這事情令我損失多大嗎？」

「給龐祭酒的信，我想在這分行裡沒有人敢偷看。」

花雀五為之語塞。這是無人能爭辯的事實。

「你看……我們能不能在義父不知情之下，把那批貨弄出城去？」

文四喜斷然搖頭：「假如辦得到，貨早就脫手了。我想還是把事情告訴龐祭酒吧。決戰在即，他不會責罰太重。」

「操你媽的！」花雀五猛力拍擊茶几：「不用你來教我怎麼做！」

文四喜仍是沒有表情：「掌櫃，我去告訴陸隼，隨時出發。」

花雀五沒有說話，只煩躁地揮了揮手。

文四喜在分行的馬廄找著了陸隼。陸隼正在仔細檢查每一匹馬的鞍轡是否都上緊，有沒有破裂的地方。

共事多年，文四喜與陸隼私下卻從沒多談話，但是文四喜十分了解這個男人的才能。「漂城分行」的接連挫敗，令陸隼在京都總行的風評大大下降了。文四喜知道他很不甘心。戰敗根本與他的指揮能力無關。

「掌櫃說，可以出發了。」

陸隼聽了只是點點頭，眼睛沒離開馬鞍。他談話時不喜歡直視對方，因爲不想人們盯著他缺去了一塊肉的鼻子。

「馬有多好，也得看騎士是個甚麼人物。」文四喜忽然又說。

「你這是甚麼意思？」

「你應該明白的。沒有人比你我更明白。」

陸隼兇厲的視線轉過來。他殺人時倒是喜歡緊盯著對方雙眼不放。

「你應該了解我。我最重視的永遠是幫會的安危。」文四喜沒有迴避陸隼的眼神。

「從前你不會說出這種話。」陸隼冷淡地說：「是因爲跟那姓于的交往過嗎？」

文四喜感覺到危險。但他沒有否認。

「我不說了。你自己想想吧。尤其想一想，京都那些正在恥笑你的人。」

這句話深深刺激了陸隼。他十四歲第一次殺人，就是因爲那個人笑他。

他瞧著文四喜的背影，手掌無意識地掃撫著馬鬃。

□

「『豐義隆』看來是認眞的。」總巡檢滕翊俯首站在漂城知事查嵩面前報告。「江五的人馬已經出城。接下來龐文英也開始動身。我想他會派他的『四大門生』押在最後，以防『屠房』的人追擊。」

查嵩撫鬚沉吟。他想不透龐文英的眞正意圖。用了五年時間建立的地盤，就這麼樣輕易放棄嗎？難道京都總行出了甚麼重大變故？要是眞的話，何太師那邊應該有消息傳過來……

「那我們以後要怎樣辦？」滕翊謹愼地問。

「『屠房』那邊要好好安撫一下，著他們不要再亂來。然後是腥冷兒。把那些麻煩的傢伙統統給我趕出城去。難纏的就關進大牢裡。總之盡快令城裡恢復舊貌。」因爲安東大街事件，查嵩受到城內商賈很大的壓力。若是跟這些人的關係搞不好，每年的稅繳都會有麻煩。

「我最擔心的是『屠房』的鐵家兄弟。他們死了一個親弟弟，不會這麼容易罷手……」滕翊的額頭滲出汗珠。他是老漂城人，鐵氏三雄當年在城裡翻起腥風血雨時，他仍只是役頭之一，目擊過許多死在三人手上的淒慘屍體。

「只要把腥冷兒趕走就行了。到時候他們要找『豐義隆』或是腥冷兒報仇，都只在城外。出了城就不干我們的事。」查嵩表現得很輕鬆。「豐義隆」撤出漂城，解決了他眼前許多難題。以後不必再苦心平衡雙方形勢，只須專注維持跟「屠房」合作就可以了。

滕翊退下後，查嵩心想是好好享受一下的時候了。

家僕恰好在這時進來。

「老爺，轎子已經到了。在前院裡。」

查嵩的眼睛發亮。「快把人帶到前廳。」

查嵩走到房間的銅鏡前，整理一下髮鬢，拿一把小梳子理順了烏黑的長鬚，然後小心地戴正冠帽。

當看見坐在前廳等候的寧小語時，查嵩一貫儀表堂堂的姿勢都放軟了。爲了顧全身分和名聲，他從不涉足像「萬年春」那等風月場所。而且一向相信在那裡賣身的不過是大堆庸脂俗粉。他從沒有想像過，這樣一個女人，就藏在他眼底下的安東大街裡。

「查大人。」寧小語露出既驚惶又敬畏的表情，從椅子站起來盈盈一揖。那神態令查嵩窩心極了。

查嵩乾咳一聲以鎮定心情。「不用怕，我只是召妳過來問一問話……」

「當天那事情的緣由，民女實在全不知情……只知道那些流氓不知何故要闖進來，弄出了人命……」

查嵩想把寧小語的身體扶起。小語輕巧地避過了接觸。查嵩看見她臉上泛出的紅暈。那張臉溢著一股青春稚氣。

看著小語雪白柔軟的手，查嵩已然勃起。他在想像那雙小手，誘導自己硬挺的陽具進入濕暖、緊張的陰道時的情景……

——這就是令鐵釘六爺喪命的女人嗎？……

「妳賣身多久了？」

「……半年。」柳眉皺了起來。查嵩看見那副令人心痛的表情，暗中自責不應該這樣問。

「我看妳還是不得已才……如此……妳要是想離開那種地方，本官或許可以幫忙……」

「民女無家可歸……」寧小語抬起頭，向查嵩投以求助的眼神。

查嵩再也忍不住了。他緊緊盯著她的臉，仔細端詳那完美的眉目五官。平日的威儀完全解除。他掃視她藏在衣衫底下的胸脯和腰臀，表情與市井流氓無異。

查嵩知道，這個女人今夜將睡在他的床上。

□

齊楚神情迷惘地躺在床上。午後陽光從農舍窗戶斜照進來。他的臉被映得蒼白。

鎌首既已漸漸恢復，齊楚也就從內疚中得到解脫，對寧小語的思念又慢慢升上心頭。

他從衣襟裡掏出一方純白絲帕。是那一夜他偷偷從小語身上抽出來的。

手帕潔白無瑕，沒有半點繡花顏色。他把它湊到鼻前，嗅著淡淡的香氣。那並不是胭脂水粉的氣味，而是純粹的女體芳香。他的手輕輕移動。絲帕撩過他的臉龐。他想像著那是她的髮絲。

——我要娶妳！

——你別忘了自己說過。

齊楚雙手像無意識般，解開了自己的褲帶。

□

漂城的西城門，揚起驚人的騷動。

爲數五十多騎的馬隊，掀起暴烈沙霧，衝進了城內街道。守城兵原本想阻截，但他們看見馬隊的衣飾，頓時呆在原地。

那些騎士全都穿著粗麻喪服，頭上纏著白布，腰間配了各種兵刃。領在最前頭的是小鴉，他單手操縱韁繩，另一手高高舉起一面白色大幡，上面寫了個漆黑的「奠」字。

馬隊無視街道上原有的人群，全速直線奔馳。擺賣水果和衣料的攤檔被馬蹄踢得翻飛。一個在街心遊玩的小童被踹得腹破腸流。

驚號。哀叫。震撼的馬蹄聲。

守城的士兵看見：馬隊奔馳的方向，並非坐落在安東大街北端的「大屠房」，而是正中路。「豐義隆漂城分行」所在。

□

是時候要回巡檢房當班。雷義打開家門，首先謹慎地探頭出去，觀看街道兩旁的情況。最近腥冷兒襲擊差役的事件時有發生。他自己雖然沒有與腥冷兒結怨，但只要穿著制服，難保不會被人認錯。

他留意到一個矮小的男人，遠遠站在左首街角處，似乎正望過來。辨認和記憶臉孔，是當一個盡責差役的先決條件。雷義馬上認出，是上次跟著于潤生一起來找他的男人。

狄斌故意裝成閒逛的模樣，以旁人不會懷疑的姿態，一步步接近到雷義家門前，悄聲說：「于老大要我來找你。」

「我也正想找他。進來吧。」

進入那簡陋的小屋，狄斌發現了，于潤生上次買來送給雷義的那瓶酒，仍然擱在水盆中。

「于潤生去了哪裡？」雷義問。

「不可以告訴你。」狄斌說：「他現在仍然安全。上次跟你說的那件事，他仍然在等候答覆。」

雷義失笑：「你們是不是真的知道，買一個役頭職位要花多少錢？」

「錢，『豐義隆』多的是。當然，也要看值不值得花。」狄斌說話時，語氣不自覺有點在模倣于潤生。「老大相信，你值得。」

「我首先要知道一件事。」雷義問：「你們有能力收服城裡的腥冷兒嗎？」

「我們正要這樣做。」

雷義聽了後考慮片刻，又說：「我還有個條件：不可以叫我殺黑道以外的人。」

「這種事情，不必動用到一位役頭。」

雷義低頭看著自己緊握的拳頭。拳上佈滿了厚繭，指節間幾乎都是平的。他不能確定，這樣做到底是對還是錯。他只是不想再看見更多無意義的流血。

「好。我答應他。」

狄斌笑了。于老大交託的任務，就此完成了其中一宗。

「我會盡快把錢送到你手。」狄斌說著時忽然臉色變了，從凳子站起來悄聲問：「外面是甚麼人？」

雷義剛才因爲心裡的想法在交戰，到這時才察覺：屋外有許多人吵鬧著。

「留在這裡。甚麼也別做。」

雷義迅速起立走到門前，把門打開一線往外窺視。看見屋外巷道聚集著的全都是他熟悉的鄰人，才稍稍寬心。

「甚麼事？」雷義走出去，把門輕輕帶上。

此時正隱伏在街道遠處屋頂上的葛元昇，在那木門開關的短短一刻，瞥見狄斌仍安坐屋內，也就放心。

「雷爺，不得了啦！」平日專門在城內商店打零工謀生的小趙，帶著惶恐地說：「要開打了！『屠房』的鐵四跟鐵五回城了！」

□

「四大門生」裡，除了沈兵辰已然保護著龐文英出城之外，其餘三人：童暮城、左鋒和卓曉陽都跨上馬背，帶領著最後一百名「豐義隆」部下，準備前往北門。

身軀厚碩得像岩石的卓曉陽，回頭看看人門已上鎖的「漂城分行」。

「很快就會回來。走吧。」一臉皺紋的童暮城說，拍拍卓曉陽的肩膊。他又轉頭去看左鋒。臉上橫貫著赤紅刀疤的左鋒沒有說話。他一向是四師兄弟裡最沉默的一個。

「我只是在想……」卓曉陽說：「于潤生在龐爺心裡，份量可真重。」

「你在嫉妒嗎？」童暮城皺眉。

「不。」卓曉陽一向說話直接。「有次沈師哥跟我說：他覺得于潤生和燕師哥很像。我也有這感覺。」

「燕師哥要不是早死，漂城早就是我們的天下了。」童暮城嘆息：「我們幾個，永遠比不上他。」

「快走。」左鋒終於開口。「我有不好的預感。」

童暮城點點頭。

這時他們卻隱約聽到，前面正中路的西端，傳來了大量的馬蹄聲。

卓曉陽的手搭在腰間刀柄上。

「改向東走！快！」童暮城迅速撥轉馬頭。

「不行。」左鋒搖頭。「若從東面轉出北門，就要經過『大屠房』。對方可能前後夾擊。」

「往南吧！」卓曉陽呼叫：「從南門出去，繞遠路跟龐爺會合！」

他們最擔心的是，龐文英此時也可能在城外郊道受到截擊。必須盡快擺脫眼前敵人。

三人指揮著百名部下轉向南方。可是夾在正中路和善南街之間的巷道太狹小，他們的隊伍裡又有載著物資的馬車，難以急行。

後面那來敵似乎越漸接近。他們決定由卓曉陽負責領頭開路，左鋒跟童暮城則在隊尾殿後。

「快去！」童暮城催促著部下穿過街巷。有的人索性跳下馬來，牽著坐騎徒步跑。

左鋒回頭一看，只見街道後方出現了一隊穿著喪服的騎士，前頭有一面「奠」字大幡。

對方人數其實只及這邊一半，可是現時的列陣形勢和士氣，卻大大對「豐義隆」不利。他們只能期望盡快殺出城門，在空曠處迎戰。

「豐義隆」馬隊已經全部脫離了正中路，卻仍在小巷之間緩慢行進。

「我們守著這巷口吧。」左鋒忽然說。

童暮城點頭同意。守住這狹窄的入口，兩個人已經足夠。他們深信沒有人能衝得過。

兩人同時拔出腰間那經歷百戰的長刀。

這兩柄刀已十分陳舊，纏在刀柄上的布帶都褪色破損，刀鍔和柄末的銅件微微帶鏽。印痕斑駁的刃身，卻仍然保養得極鋒利。

這時他們聽見，一記驚人的巨響，從「漂城分行」那邊傳來。

□

「斷脊」鐵鎚五爺的臉長得跟弟弟鐵釘一樣——他們是雙胞胎——唯一不同的是鐵釘剃光了頭，鐵鎚卻仍留著又硬又直、像刺蝟般豎立的頭髮，只有天靈蓋中央卻禿了圓形一片，乍看好像戴著一個烏黑的冠冕。

鐵鎚五爺用的武器就是鐵鎚。一柄四十八斤重、兩邊呈尖錐狀的大鐵鎚。普通人連舉起來也很吃力。

他在發出攻擊時，最花力氣其實也只是把它舉起來揮出第一下，然後就能巧妙借助鐵鎚本身的重量去完成動作，雙臂只要引導著它的運行路線，就能做出一波又一波的猛擊。那大鐵鎚停頓下來的時候，就是擊中敵人身體的時候，有時要連續打倒幾個人才能停頓下來。這種強烈的重擊之下，對方肉體往往只剩毛髮仍然完好。

此刻鐵鎚一記一記擊打著的卻並非人類，而是「豐義隆漂城分行」內的柱子、牆壁、門戶和家具。那大鐵鎚穿過木頭時，就像穿過豆腐。磚瓦碎裂震落。鎚頭每次停頓時重重砸在石地板上，壓出一叢叢蛛網狀的裂紋。連續不斷的破壞。整座「漂城分行」的結構開始動搖。鐵鎚五爺以劇烈的吼聲和揮鎚動作，宣洩著喪失弟弟的仇恨。

□

敵人終於到達童暮城和左鋒面前。

他們看見當先持著大幡的小鴉。兩人很清楚，這年輕小子並不是他們的眞正對手。

那人半掩在旗幡之後。

急風捲過。幡動。

一騎自幡後馳出。

於是童暮城和左鋒終於看見，他們聞名已久的「挖心」鐵爪四爺。

鐵爪赤著雙手，雙足一前一後，站立在急奔的馬兒背上。

——這是超越凡人的巧妙平衡力。

童暮城額角在流汗。

鐵爪四爺與他足下坐騎，全速衝到兩人跟前。

左鋒以左手握刀，刀尖遙遙對準著鐵爪的胸腹；童暮城則身體向前微傾，右掌裡的長刀斜斜下垂，準備隨時斬殺鐵爪的馬，再順勢攻擊失去平衡的敵人。

馬蹄未停。

三匹馬在窄巷中央即將撞成一團。

童暮城手中刀，從右下方往左上方斜向撩斬。

刃鋒割破了鐵爪下面那坐騎頸項與臉。血花激噴。四蹄蹌踉。馬身崩潰。

然而鐵爪並沒有掉下來。就在坐騎中刀前的剎那，他的雙足已躍離馬背。

童暮城出刀同時，亦不忘牽引自己的馬往側閃躲，以免跟對方正面衝撞。

左鋒則在旁掩護著童暮城出招時露出的破綻。他們同門逾二十年，並肩作戰何止千百次，彼此早已有心靈相通般的默契。

可是左鋒此刻發現，鐵爪並不在他應該在的位置。

——他就像在左鋒和童暮城眼前突然消失。

童暮城只想到唯一的可能。

他仰起頭。

鐵爪四爺乘著足底下坐騎的奔勢躍到了高處，像俯衝捕獵的猛鷹般，掠向童暮城頭頂。

童暮城看見了，一隻捏成爪狀的手掌。

下一瞬間，他感受到頸椎急劇轉動帶來的刺痛。

他想舉起長刀反擊。但腦袋已無法指揮手臂。

鐵爪四爺的身影飛越過去之後，童暮城原本仰起的臉，變成轉向了正後方。

他人生的最後一刻，看見了很少人能看見的東西：自己的背項。

童暮城的屍體滾倒鞍下的同時，鐵爪雙腳足尖才輕飄飄著地。

悲慟的左鋒，此刻已來不及拉轉馬首。他直接躍下鞍來，扶起童暮城軟軟的頭頸。童暮城的額頭上，留下了四道指甲插進的血痕。後腦處的頭髮間也有個血淋淋的小洞。

左鋒抬起頭來。這時他才第一次看清這位就像會飛天的鐵爪四爺。

鐵爪的臉長得很英挺，跟兩個弟弟毫不相像。兩條濃密的眉毛甚具神采，眉稍斜上直飛鬢角，嘴巴四周長著修飾得整齊的鬍鬚，披散的長髮烏黑得發亮。他的皮膚也遠比弟弟白皙，好像長年不見陽光。三兄弟唯一共同的特質，就是那雙異樣地長的手臂。鐵爪的雙掌十指留著長甲，並且修整成尖狀，堅厚的指甲光滑而潤澤。此刻右手那五片指甲都染成了鮮紅。

「告訴我，殺死我弟弟的人在哪裡。我可以讓你活著離開。」鐵爪的聲線也出奇地優雅。沒有人想到這把好聽的聲音，竟屬於一個已年過四十的殺人魔。「不過你要留下一條手臂。握刀的那條。」

左鋒沒有發出怒號，神情也沒有驚恐。他只是靜靜地放下童暮城的屍身。

「屠房」這支復仇馬隊已把巷道口封死。攔在後面的則是鐵爪。左鋒很清楚，自己將死在今天。

他現在唯一的希望是纏著鐵爪，盡量拖延，讓卓曉陽的部隊能順利出城。

「你要找的那個人在地獄。」左鋒拾起童暮城的刀。「你就下去找他吧。」

左鋒猛躍，卻並非撲向鐵爪。他的身體在半空中旋轉，剛好跨坐在馬鞍上，他右刀一拍馬臀，坐騎立時吃痛向前狂奔。

左鋒單騎揮舞雙刀，殺進了「屠房」馬隊陣中。

——既然要死，就多拉幾個人陪我！

首當其衝的是小鴉。他及時閃身，躲過了左鋒的猛斬。刀刃砍斷他手上的奠幡。

左鋒的馬踏過奠幡，繼續向前衝殺。

鐵爪躍奔追向前頭。他的腳速竟然比左鋒的馬還要快。他舒展長臂，手指已幾伸及馬尾。

鞍上的左鋒，雙刀帶起一股接一股血泉。

「屠房」的人紛紛怒叫，卻未來得及反擊。三人被左鋒的雙刀砍倒。其中一個斷氣後，腦袋給馬蹄踹碎。

鐵爪這時輕輕躍起，足尖著落在左鋒坐騎的臀上。

左鋒知道鐵爪就在身後。他卻沒有理會。

刀刃再砍倒一人。

這卻已是最後一個。

鐵爪的腳尖在急奔的馬上借力跳躍而起，雙足踏住了左鋒兩肩。他左右拇指貫進左鋒的耳孔，其餘八隻手指，則分別緊抓著左鋒的兩邊腮顎。

鐵爪腰肢急激左右轉動發勁。左鋒的頸骨瞬間碎斷。

可是鐵爪仍未滿足。他踹在左鋒肩上的雙腿猛地用力。

左鋒頸項皮肉開始破裂。

最後是一記令在場所有人都戰慄的異響。鐵爪四爺把左鋒的頭顱硬生生拔離了軀體。

鐵爪抱著那噴出鮮血的首級，翻身後躍著地。一身麻衣被染成赤紅。

「痛快！」

鐵爪拋去首級。他仰頭看著天空。

——六弟，你看得見嗎？

□

鐵鎚五爺奔出「豐義隆漂城分行」的大門。

他再一次舉起大鐵鎚，向外面牆角唯一仍完好的柱子猛擊。

接著的轟然巨響，漂城中央一帶的人都聽得見。

整座「漂城分行」崩塌。

□

龐文英指揮的主力，停駐在漂城以東四里外一片草坡上。四百多「豐義隆」人馬排列成守備陣勢，以防止「屠房」襲擊。

「四大門生」三人所率領的殿後軍，卻遲遲仍未到來會合。龐文英感到強烈不安。按理童暮城他們假如已經出城，即使受到追擊，要逃來這裡也不是難事。最怕的是他們在城內遇襲。但是龐文英認為，朱牙在這形勢下，應該不會再在漂城裡挑起戰火。

——除非是連朱牙他也控制不了……

「兵辰，你認為發生了甚麼事？」

守在龐文英身旁的沈兵辰默然。他很清楚三個師弟的實力。「豐義隆」二祭酒座下「四大門生」這個名號，是用鮮血和實績堆出來的。他們全是當年京都黑道大戰年輕一輩的代表人物。

——但那畢竟已經過了九年……

官道遠方傳來馬蹄聲。眾人馬上戒備，在道路兩旁擺出迎擊陣式。

當龐文英看見遠方那來者時，他的心像突然沉進了冰水。

只有一匹馬往這邊奔來。

沈兵辰遠遠就辨別出那孤獨騎士的壯碩身影。是師弟卓曉陽。

他沒等候龐文英號令，馬上領著十多騎馳向卓曉陽處迎接。

龐文英心裡仍存著一絲希望：也許童暮城和左鋒仍留在後方頑抗，卓曉陽單騎突圍出來請援……

可是當看見卓曉陽滾倒馬鞍下時，他的心碎了。

卓曉陽跪伏在沈兵辰跟前，破爛的衣衫沾滿血污。眼淚滴落在道路泥土上。

龐文英策馬慢慢踱步過去，然後跨下馬鞍，把卓曉陽扶起來。

「龐爺……」即使流著淚，卓曉陽的臉仍然剛毅。「請派我一隊人馬！我要回去報這血仇！」

「是誰？」龐文英閉著眼。雙肩在微微顫抖。

卓曉陽擦乾眼淚說：「是鐵四和鐵五！」

「其他人呢？」沈兵辰問。

「他們爲了掩護我出城，全都犧牲了……龐爺、沈師哥，我們馬上打回去！」

「不。」沈兵辰斷然搖頭：「現在『屠房』氣勢正盛，我們去是找死。」

「可是至少也要帶回童師哥和左師哥的屍首啊！」

「師弟，冷靜下來。」沈兵辰的臉仍是一貫地冰冷：「我們不能爲了已經死去的人，犧牲更多活著的人。現在已經不可能回城。」

這一切說話龐文英都聽不進耳朵。他只感到身體內裡很冷、很冷……他再次憶起燕天還。他很清楚記得燕天還中箭時的無助表情。九年前那一箭，不僅貫穿了燕天還的心臟，也射得龐文英的心重傷。那本已結痂的傷口，現在又再次裂開來。強烈的孤寂與遺憾洶湧而至。

此刻龐文英渴望，于潤生就在身旁。

□

兩天之後，于潤生在農莊裡與李蘭成親。

禮儀一切從簡，但歡快的氣氛並沒有因而退減。這是他們六人結義以來辦的第一樁喜事。

「可惜老三跟白豆不在……」龍拜嘆息著說，然後又硬抓著李老爹來拚酒。其實他早已連耳根都變紅。

齊楚殷羨地看著身穿禮服的于老大。

于潤生發現他的目光，過來握著他手掌。

「別急，老四。」于潤生把酒杯塞在齊楚手裡。「你會娶到那個女人。」

「老大，眞的嗎？」齊楚緊張得捏著于潤生的手臂。

「你不是說過的嗎？『只要是老大說的話我就相信。』」

齊楚把杯中酒一口喝乾。

鎌首已經能夠坐起來了，一雙被鐵釘貫穿過的手掌卻仍要包紮著，他用雙腕挾著一根筷子，插進一塊肉排骨裡，動作笨拙地嚼著。

「老五，要我幫忙嗎？」于潤生走到鎌首身邊。

鎌首搖搖頭。「這頓飯，讓我想起在猴山時吃的鹿肉……」

「嗯。」于潤生坐在鎌首旁。「白豆燒菜的本事眞不賴。那個時候在山裡，油鹽醬料都沒有。可是直到現在，我每次最餓的時候，總是先想起當年他燒的鹿肉和野菜粥……」

「二哥，你剛才說甚麼？」另一頭傳來齊楚的怒吼。

「怎麼啦？」龍拜醉得連眼也快睜不開。「我說有空要再去『萬年春』……那又怎樣？」

「你去……找誰？」

「找那個……對了，老四，她叫甚麼名字？」

「果然！」齊楚跨前一步，抓住龍拜的衣襟。

龍拜猛力把齊楚雙臂摔開。「呸！發甚麼瘋？爲了個婊子，就要跟我動——」

龍拜的話還沒說完，齊楚的拳頭已揮出。

原本圍著賭骰子的葉毅、吳朝翼和另外四名部下，及時把兩人架開抱住。

「臭小子！」龍拜在空中胡亂揮舞著手腿。「我好歹也是你二哥，你敢動我？就爲了那個臭——」

「住口！不許你再侮辱她！」齊楚的聲音既像命令，又像在哀求。

「夠了，老二。」于潤生走到兩人之間。「這是我的好日子，大家兄弟啊，別再胡鬧。」

龍拜聽了稍稍回復清醒，把原本還要罵的話吞回去。

「不許你再……侮辱她……」齊楚的聲音變成嗚咽，掙扎的動作也停了下來。

于潤生看著部下把兩人扶回房間，心裡想：要是白豆在就好了。這種事情他一向處理得最好……

狄斌平日在六人裡最不起眼，可是當不在的時候，卻讓人察覺到他有多重要。

□

在夜裡的田陌間，于潤生與從岱鎮秘密前來主婚的龐文英，並肩踱步。沈兵辰保持在數丈外的距離，默默守護。剛剛死了兩個多年的同門師弟，他卻仍然沒有流露哀傷。

龐文英停下步來，以溫暖的眼神看著于潤生。

——燕天還畢生都沒有娶妻生子。

「龐爺，對不起。要是我知道左師哥跟童師哥新喪，必定把這親事延後。」

「我們江湖中人，不必拘泥。」龐文英揮揮手說。「潤生，恭喜。」

于潤生點頭道謝。

「唉，暮城跟阿鋒……想不到『屠房』竟有這麼厲害的人物。以後除了兵辰，我能夠依靠的人就只有你。」龐文英搭著于潤生的肩頭。「還有你那些兄弟……對了，打死了鐵釘的那個，叫鎌首是嗎？他恢復過來了沒有？」

「龐爺有心，他快要全好了。我這五弟……」于潤生微微一笑才說下去：「……他可真是頭怪物。」

「我找個好的大夫，派過來再看看他吧。對付鐵爪這種傢伙，恐怕非要他不可。」

于潤生再次表達謝意。

「事情進行得如何？」

「全都按照我預想。現在只等我六弟，把城裡精挑的腥冷兒帶回來。」

「潤生，你要小心。」龐文英凝重地說：「『屠房』可能會出城來施襲擊。我已經失去了兩個門生。我不可以再失去你。」

他回頭看看沈兵辰的身影，繼續說：「這一戰要是失敗，我即使僥倖活命，也沒有面目回總行……」

「龐爺別擔心。」于潤生輕輕握著龐文英的手掌。龐文英感到當中傳達的已不單是主從之間的信賴，還有一種像父子般的親密感覺。

「我們會成功的。」

于潤生說時仰著頭。他那再度流漾著異采的雙眼，凝視著黑暗夜空中那些其實已然萎縮死亡了百萬年的遙遠星光。

新娘此刻仍在房間裡等他。他完全忘記了她，渾然沉醉在爭奪權力的世界中。

「三個月後，我們把朱牙和『八大屠刀手』的頭顱，掛在全漂城最高的旗桿上。」

《殺禪》卷二【恐怖樂園】・完

附錄

卷一　原版後記

《殺禪》我至今寫了七年。

在大專時代立志成為小說家後，我第一本構思、動筆的小說就是《殺禪》。那兩年間在城市理工學院的學生餐廳和圖書館咖啡室裡，時常傻傻地凝視虛空思索，然後在沾了廉價咖啡的原稿紙上疾書，寫了一頁又一頁根本不知道有沒有機會發表的文字。結果到畢業總共累積了十五、六萬字（期間最少兩次從頭到尾的修訂沒有計算在內）和一個還沒有說完三分一的故事。假如這些東西能夠換算學分就太好了。回想起來，那是我最能夠享受寫作純粹樂趣的時期。

最初創作《殺禪》的概念十分簡單：把我所理解的、聽聞的、讀到的甚至看見的所有世上最黑暗、邪惡的事情投進故事裡，讓一個從沒有接觸過世俗的主人公去經歷這一切。當時懷抱著文學野心的我深信：沒有進過紅塵的人無法看破紅塵；沒有看清世界醜陋面貌的人也無法改善這個世界。《殺禪》要像西藏密教一些兇惡的神像般令人恐懼，從而讓修行者接受恐懼，克服恐懼而獲得參悟。

到了今天我的世界觀改變了。我發現所謂正義與邪惡、醜陋與美善往往不容易區別；我發現在黑暗與光明之間確實存在一種叫灰的顏色；我發現懷著改造世界這偉大理想的人，對世界的戕害反而往往最深刻巨大；我發現許多從前堅信存在的絕對價值其實只是相對價值……

於是，《殺禪》也改變了。

事實上這種轉變在我寫《惡魔斬殺陣》時已開始出現。最主要是我盡力避免在小說裡直接表達道德、價值上的判斷。當然作者和作品必定存在本身的價值觀，但我只想透過故事和人物的命運來表現某些觀念，讓讀者擁有自行思考、判斷的空間，而不要以一個全知、超然的觀點在小說裡說教。我確信眞理並不能靠記憶別人的教誨而獲得，而必須自己眞心地領悟。這一點大概是我的思想與「禪」最相近之處。

我並非佛教徒。《殺禪》的「禪」也沒有宗教上的意義。那只是一個象徵。在我所理解，「禪」就是一個「看破」的過程。同樣我希望《殺禪》能讓人看見世界的眞實面貌。世上既有所謂的「歡喜禪」，也應該有殺戮之禪吧？性與暴力從來都是人類的兩大課題。

在這本書的宣傳稿上有這一句：眞正的權力是看得見的：暴力。堅信人性美善的人看了也許不同意吧？但是撥開空泛的教條仔細想想，世界上、歷史上所有的部落和國家，最主要的組成原因是戰爭——不論是自衛還是侵略。政府和法律最根本處也是依靠武力來支撐。一個人只要擁有比國家軍隊、警察更強大的私人武力，不管他干犯了甚麼罪行，即使是那個國家最神聖、公正的法律也永遠無法制裁他。也許你要質疑世上有沒有這樣的人存在。那可能是你太天眞。

看過《殺禪》的讀者或許會以爲我是個灰暗、悲觀的人。事實上我只是個典型的水瓶座，熱中於追求世界的眞相，卻又矛盾地容易墮入幻想的陷阱。而且人長大了，知道的事情比從前多了，發覺這個世界上實在有太多毫無理由地樂觀的人。

《殺禪》第一卷出版時正好是我的生日。一九九七年，我二十八歲，與于潤生同年。

喬靖夫

一九九七年一月七日

卷二　原版後記

曾聽說哲學家第一個要解答的問題是：我們爲甚麼不自殺？這也就是在問：人生存有甚麼意義？

我想：生存事實上並沒有甚麼客觀的意義。有的只是種種主觀的意願：爲了肉體的享樂；爲了愛和被愛；爲了完成某種事業或使命；爲了權力和尊嚴；爲了報恩或報仇……又或者，生存就是爲了思考生存的意義。

一個人假若連自己生存的意義也還沒有想清楚，他便沒有資格去死。現實中絕大多數的自殺者，不過是以死來逃避一些原應以生命來解決的問題。

有人會認爲，質疑人爲何不自殺是一種危險的思想。我則認爲不思不想才是最危險的事。

從構思《殺禪》開始，我的內心一直在掙扎，質疑這本小說是否眞的具有我預想中的價值？會否被人誤解它眞正想表達的東西？

《殺禪》其實是一本充滿矛盾的書。一方面我竭力以浪漫得近乎著迷的手法去描繪暴力與權力；但同時《殺禪》的主題卻是要質疑、批判以至否定這些東西。我至今不知道這樣寫對不對。

可是《殺禪》就像一隻囚禁在我心裡太久的猛獸，我只能夠憑直覺把他釋放出來。也許世界本來就是如此矛盾。我們渴求英雄，然而一個眞正理想的世界是一個不需要英雄的世界。《殺禪》是一個七卷完結的長篇*，而在寫《殺禪》的過程中我仍在不斷反思它的意義和世界觀，因此寫得格外辛苦。

可是我想這還是値得的。我不想在人生中留下任何遺憾。

一部電影的對白說：「永遠」是一個令人畏懼的字眼。可是我認爲世上眞正有價値的東西都是永恆的（或至少是終身的）。例如回憶。例如眞愛。

我深信小說在某種意義上也是屬於永恆的東西。所以我珍視自己寫的每一本小說，因爲我一生中只有一次機會把它寫出來。

喬靖夫

一九九七年三月三日

編按：作者當時的預想，最後以八卷作結。

《殺禪》重編版說明

《殺禪》是一本複雜的小說。

它也是我接近三十年前，剛剛開始立志寫作的時候，腦袋裡出現的第一部長篇小說。

一個小說作者，在起步之初，就生出寫這種作品的野心，既是幸運，也是不容易承受的重量。

當初架構《殺禪》的故事和執筆，所花的時間心力非常多，幸好當時只是廿歲出頭的我，這兩樣東西都非常充足。我從一開始就對這部小說有股莫名的執著，簡直像著了魔似地持續埋首兩、三年，由學生寫到變成社會人，才產出了大概相當於現在全書四分一數量的文字。那一次又一次的改寫，期間對好些情節做過各種重大更易，摸索著最適合的語言，不斷放進新念頭，又把其中一個主角完全刪掉……已經記不清在這個歷程中，自己丟棄過多少張填滿的原稿紙。透過這種漫長的重複操作，今日大家看見的《殺禪》世界觀，還有其中的書寫風格與情懷，才慢慢安頓了下來。如今回想，那是我寫作生涯裡一個極具決定性的磨練階段。

而即使到了幾年後《殺禪》成書出版，這種「磨練」的不成熟痕跡仍然存留在文字裡，這是我無法否認的。

幾年前由於《武道狂之詩》得到良好迴響，連帶令前作《殺禪》也得到關注，原有的存書再次賣得動，有卷數開始斷市。我就是從那時候，開始生起了推出《殺禪》新版的念頭。

當時出版社問我是不是要對《殺禪》做修改，還是單純地重校再版？我經過反覆考量，最終決定還是希望做一次完整的修編。

這並不是輕率的決定。常有人會覺得，作者修舊作，是在抹消過去的自己；也會有喜歡作品的老讀者覺得，修訂是對他們的一種背叛。

我可以保證，這兩件事情，絕對沒有發生在這個新版本的《殺禪》上。

進行這次修編工作，我謹守著以下幾項原則和方式：

一，原故事所有情節都不改動。

二，原書篇章敘述，基本全無更改。

三，主要修訂工作，是在文句構成和用詞上，務求表達更精悍準確，對白更具人味，整體情緒和文風更一致。

四，有非常少量難以改善而又不甚重要的描述，予以刪除；另有少數地方，從前不必要地寫得過於隱晦，則增補了文字。這類增刪加起來的分量，佔全書不足百分之一。

五，過去因為認為《殺禪》是架空故事，因此覺得一些現代用語沒需要避開；今日重讀後，我認爲這只會令讀者抽離書中古代世界，造成不必要障礙，故予以修改統一。

六，修正過去的情節錯誤和不一致。

在我心目中，這次修編是把從前原來的意念，利用現在自己擁有的能力，更精準地再表現一次。這就像舊唱片的remastered版本，用了新技術去重刻，聲音更清晰豐潤，但還是原來那首樂曲。

執行的過程裡，大部分時間我都感覺，就像在擔任從前那個自己的編輯。因此我把這新版，簡單地命名爲「重編版」。

正由於《殺禪》的主題複雜，也難以歸入固有的小說類型，當年原版推出時，行銷上實在遇上許多困難。

我衷心地希望，藉著這次「重編版」面世，能夠給更多人了解這部我寫了超過十五年的作品。

可以這樣說：沒讀過《殺禪》，你最多只是認識半個我而已。

喬靖夫

二零一九年一月二十五日

國家圖書館出版品預行編目資料

殺禪. 第1部 / 喬靖夫著. -- 初版. -- 臺北
市 : 蓋亞文化, 2019.02
面； 公分. -- (喬靖夫刀筆志 ; 1)
ISBN 978-986-319-395-1 (平裝)

857.7　　　　108001016

喬靖夫刀筆志 001

殺禪 第1部 重修版

作　　者　喬靖夫
封面插畫　Steven Choi
書名題字　馮兆華
封面設計　莊謹銘
總 編 輯　沈育如
發 行 人　陳常智
出 版 社　蓋亞文化有限公司
地址：台北市103赤峰街41巷7號1樓
電話：02-2558-5438　　傳真：02-2558-5439
電子信箱：gaea@gaeabooks.com.tw
投稿信箱：editor@gaeabooks.com.tw
郵撥帳號 19769541　戶名：蓋亞文化有限公司
法律顧問　宇達經貿法律事務所
總 經 銷　聯合發行股份有限公司
地址：新北市新店區寶橋路二三五巷六弄六號二樓
電話：02-2917-8022　　傳真：02-2915-6275
初版一刷　2019年02月
定　　價　新台幣 320 元
Published and printed in Taiwan

ISBN 978-986-319-395-1